Meurtres et pudding de Noël

DU MÊME AUTEUR AU CHERCHE MIDI :

Meurtres et pépites de chocolat
Meurtres et charlotte aux fraises
Meurtres et muffins aux myrtilles
Meurtres et tarte au citron meringuée
Meurtres et cupcakes au caramel
Meurtres et biscuits au sucre
Meurtres et cheesecake aux cerises
Meurtres et tarte au citron vert
Meurtres et carrot cake
Meurtres et choux à la crème

À PARAÎTRE AU CHERCHE MIDI :

Meurtres et chaussons aux pommes

Joanne Fluke

Meurtres et pudding de Noël

Les enquêtes de Hannah Swensen : 11

Traduit de l'anglais (États-Unis)
par Florianne Vidal

le cherche midi

Vous pouvez consulter notre catalogue général
et l'annonce de nos prochaines parutions sur notre site :
www.cherche-midi.com

Directeur de collection : Arnaud Hofmarcher
Relecture : Hubert Robin

Titre original : *Plum Pudding Murder (A Hannah Swensen Mystery)*
Éditeur original : Kensington Publishing Corp

92, avenue de France
75013 Paris
serviceclients@lisez.com

Mis en pages par Nord Compo
Dépôt légal : novembre 2024
ISBN 978-2-7491-7916-2

Chapitre 1

Lake Eden, Minnesota
Dix jours ouvrables avant Noël

Les soirs de déprime – ce soir-là en était un –, Larry Jaeger se demandait pourquoi il avait autant tardé à revenir dans sa ville natale, une charmante bourgade nommée Lake Eden dont les habitants non seulement ne connaissaient rien aux affaires, mais faisaient preuve d'une telle naïveté que leur soutirer de l'argent, voire toutes leurs économies, était un jeu d'enfant. Une telle facilité rendait l'exercice presque ennuyeux, Larry ayant toujours préféré affronter des adversaires à sa mesure.

Afin de pimenter un peu son quotidien, il lui arrivait de tenter le diable. Sans pour autant éveiller le moindre soupçon. Même le maire Bascomb, qui se prenait pour un investisseur avisé, s'était laissé avoir comme un boy-scout. Face à de tels pigeons, Larry avait l'impression de gâcher son talent. Pour un homme comme lui, rien n'était plus exaltant que de remporter la mise sous le nez d'un type qui avait cru lui faire les poches. Or, à Lake Eden, personne ne faisait les poches de personne.

Et puis il y avait Courtney, son associée et fiancée. Courtney, qui avait largement investi dans la foire aux sapins de l'Elfe fou et en possédait cinquante pour cent des parts. Sur le papier du moins.

Redoutant les commérages, la jeune femme était descendue à l'auberge de Lake Eden plutôt que de s'installer avec son futur mari dans l'immense caravane qu'ils appelaient le QG des Elfes. Larry, lui, se fichait éperdument des commérages. Ce qui l'ennuyait c'était de ne pas l'avoir auprès de lui vingt-quatre heures sur vingt-quatre. Il craignait qu'en prenant de la distance, Courtney échappe à son emprise et commence à se poser des questions. Contrairement à ses précédentes conquêtes, elle avait le sens des affaires. S'il lui prenait la fantaisie de mettre son nez dans les comptes, elle s'apercevrait vite qu'ils n'avaient ni queue ni tête et que leur société reposait sur du vent.

Il n'y avait plus personne dans le parc où était installée la foire aux sapins. Le dernier elfe – comme ils désignaient leurs employés – avait quitté les lieux depuis dix minutes au moins. Hannah Swensen n'allait pas tarder. Il lui remettrait son chèque, et après cela il pourrait enfin prendre un peu de repos.

Mais pour l'instant, il fallait procéder à l'extinction des feux. Larry sortit de la caravane par la porte de derrière et se dirigea vers l'armoire électrique fixée sur un large poteau. Comme les gros radiateurs soufflants disposés le long de l'allée principale étaient éteints – les elfes les coupaient chaque soir à la fin du service –, le froid le saisit à peine eut-il fait quelques pas.

Dans l'armoire, il y avait trois commutateurs placés l'un au-dessus de l'autre. Celui du haut commandait l'alimentation des bâtiments, des trois tentes, des manèges et des réverbères en forme de sucre d'orge qui s'allumaient automatiquement à l'arrivée du crépuscule. Le deuxième contrôlait l'éclairage de secours, à savoir les guirlandes d'ampoules basse intensité suspendues en travers des allées. Le troisième était relié à la caravane du patron. Nul n'était censé y toucher. Larry avait demandé à l'installateur de le bloquer pour éviter qu'un employé maladroit ne le prive de courant pendant qu'il regardait un match à la télé.

La nuit, la musique braillait encore plus fort qu'en plein jour, quand elle se mélangeait aux bruits de la foule. Sa caravane n'était pas insonorisée, mais Larry avait fini par s'habituer aux grondements de moteurs, aux bruits de pas, aux conversations, aux rires et aux cris des enfants. En revanche, les chants de Noël qui tournaient en boucle le rendaient hystérique.

Les lumières de secours s'allumèrent en même temps que les premières mesures de « Douce nuit » jaillissaient des haut-parleurs. Le premier soir, Larry avait commencé par abaisser le commutateur du haut sans prévoir que, une fois les réverbères éteints, il n'y verrait plus rien. Résultat, pour couper cette satanée musique, il avait dû aller chercher une lampe de poche dans sa caravane. Une erreur qu'il ne commettrait plus.

« Douce nuit, sainte nuit. Tout se tait, plus de bruit... » hurlaient les chœurs avant que Larry les réduise au silence.

« Ouf, ça fait du bien ! » maugréa-t-il en refermant l'armoire. Puis, comme il mourait de froid, il regagna ses pénates au petit trot.

La première gorgée de cognac calma ses frissons. La seconde l'emplit d'une douce chaleur qui se diffusa jusque dans ses orteils. Larry posa son verre sur la table basse, prit la télécommande de la télévision et chercha de quoi se distraire. Défilèrent une émission de cuisine, deux documentaires animaliers, trois piètres reconstitutions historiques, une demi-douzaine de films interprétés par des inconnus, un concert symphonique dirigé par un chef dont il n'avait jamais entendu parler, des jeux télévisés vieux de dix ans au bas mot... Bref, rien de potable sur aucune des deux cents chaînes satellites auxquelles il était abonné.

De guerre lasse, Larry choisit de regarder un match de basket en rediffusion et, le cognac aidant, réussit à se convaincre qu'il ne l'avait jamais vu. Un joueur venait de marquer un tir à trois points sans que le ballon ne touche le filet quand une lumière au-dehors attira son regard.

Une voiture était en train de se garer le long du trottoir. Sûrement Hannah et son ami dentiste. Qui d'autre, à une heure pareille ? L'écriteau sur la grille indiquait que le parc était fermé, mais on pouvait entrer par le portillon.

Dans le vestibule, sur une petite table, était posée l'enveloppe contenant le chèque et le reçu. Larry alla chercher le plateau sur lequel Hannah lui avait livré son pudding de Noël. Une vraie tuerie, soit dit en passant. La preuve, il ne restait que des miettes. Hannah serait ravie d'apprendre qu'il prévoyait de lui en commander une dizaine chaque jour pour la cafétéria des Elfes fous.

On frappa à la porte. Perdu dans ses pensées, Larry ouvrit sans tergiverser. Mais quand il vit qui se tenait sur le seuil, son sourire se figea.

« Que faites-vous ici ? Vous êtes la dernière personne que je m'attendais à voir !

— Eh bien, je serai la dernière personne que vous verrez. » Cette réplique jaillit d'une bouche crispée par la colère. « Vous allez payer pour ce que vous avez fait.

— Que... qu'est-ce que j'ai fait ? »

Comprenant qu'il ne s'agissait pas d'une visite de courtoisie, Larry recula d'un pas, espérant peut-être échapper à son destin.

La porte se referma. L'individu s'avança. Larry recula encore.

« Que voulez-vous ? »

La réponse se présenta sous la forme d'un pistolet. De stupeur, Larry lâcha le plateau qui tomba avec fracas. Puis il tendit les mains devant lui, comme pour se protéger. Un geste aussi inutile que pathétique.

« Non ! Pas ça... » furent ses ultimes paroles.

Chapitre 2

La veille

Cela faisait deux fois que cet horripilant bonhomme en pain d'épice menaçait de lui crever l'œil ! Juchée sur un escabeau, Hannah Swensen évita de justesse un nouvel impact sucré et, ce faisant, perdit l'équilibre. Par réflexe, elle empoigna la branche où elle venait d'accrocher, en plus d'une guirlande lumineuse, un minicookie coulé dans de la résine et un bouquet de houx en plastique. La branche tint bon, l'escabeau se stabilisa et Hannah reprit sa dignité.

« J'ai fini ! » claironna-t-elle comme s'il y avait quelqu'un pour l'entendre dans la boutique qu'elle gérait avec son associée, Lisa Herman.

Hannah avait profité de la pause pour garnir le sapin. Deux fois par jour, en fin de matinée et au milieu de l'après-midi, le Cookie Jar connaissait une baisse de fréquentation. Ce qui s'expliquait aisément. À 16 h 15, par exemple, il était trop tard pour s'offrir un goûter et trop tôt pour venir récupérer les cookies commandés en prévision du dîner.

Ce jour-là, les deux amies s'étaient réparti les tâches. Lisa faisait les livraisons, Hannah s'occupait de la déco.

Une tasse du divin breuvage que la gazette locale, le *Lake Eden Journal*, avait désigné comme le « meilleur café de la région », serait la bienvenue. Hannah se servit et alla s'asseoir à sa table préférée, celle qui permettait de voir sans être vue. La rue au-dehors aurait pu illustrer une carte de Noël. Dans un silence feutré, de gros flocons s'écrasaient sur le trottoir déjà recouvert d'une épaisse couche de neige vierge. Le sapin dans la vitrine avait fière allure. Hannah sourit de contentement.

La nuit tombait tôt à la mi-décembre. À cette période de l'année, certains de ses concitoyens ne voyaient presque jamais le jour. Ils partaient au travail avant l'aube, avec un peu de chance apercevaient un furtif rayon de soleil vers midi par la fenêtre de leur bureau, puis regagnaient leur domicile au crépuscule. Passer l'hiver dans le Minnesota était une longue et terrible épreuve. Tout le monde ne supportait pas de vivre cloîtré. Dès les premières chutes de neige, ceux qu'on surnommait « les oiseaux migrateurs » montaient dans leur camping-car pour aller soigner leur claustrophobie sous d'autres latitudes, en Floride ou en Californie, et ne réapparaissaient qu'au printemps. Ceux qui n'avaient pas les moyens de partir trois mois, mais voulaient tout de même faire le plein de vitamine D, s'offraient un séjour tout compris dans un club de vacances à Hawaï, à Saint-Thomas ou aux Bahamas, et revenaient au bout d'une semaine dotés d'un hâle à rendre jaloux les voisins qui pendant leur absence étaient restés fidèles à la patrie des chasse-neige, des cagoules de ski et des chaufferettes chimiques.

Pour se remonter le moral, ces derniers se répétaient qu'ils auraient le temps de perfectionner leurs techniques de survie, un hiver dans le Minnesota débutant parfois au mois d'octobre pour s'achever fin avril. Quand les températures descendaient en dessous de moins quarante, nul ne sortait sans avoir enfilé plusieurs couches de vêtements, d'où les gros nounours qu'on voyait en ville agglutinés autour des bouches d'aération.

Après les fêtes de Noël, quand l'ennui devenait palpable, les gens s'inventaient des dérivatifs. Tout était bon pour échapper à l'univers noir et blanc qui s'étirait à l'infini derrière les vitres. Fin janvier, c'était le carnaval d'hiver, riche en compétitions sportives et autres courses de traîneaux. En février, le grand bal de la Saint-Valentin était précédé d'un dîner citoyen dans les locaux du centre communautaire. Avec le mois de mars revenaient les Folles Journées. On installait des radiateurs à gaz tous les trois mètres le long de Main Street, les commerçants sortaient leurs articles sur le trottoir et les autochtones faisaient semblant de s'amuser comme des fous entre les congères et les plaques de verglas. En avril, on chassait les œufs de Pâques. À l'extérieur, si le temps s'y prêtait. Dans le cas contraire, pour éviter que les œufs décorés par le club des Aquarellistes ne gèlent dans leur coquille, on les cachait dans le centre communautaire.

Mais c'était le mois de décembre qui rassemblait le plus de suffrages. Et ce pour la bonne raison qu'il se terminait par les fêtes de Noël. Cette année-là, comme les précédentes, les boutiques de Main Street avaient sorti leurs plus beaux ornements. Dans la devanture de la First Mercantile Bank, dirigée par Doug Greerson, brillait un sapin aspergé de neige artificielle rose bonbon et tendu de jolies guirlandes dorées ponctuées de sucres d'orge et de boules en satin rose.

Fidèle à son habitude, Gus York, le barbier, avait enroulé autour de son enseigne une guirlande électrique dont les lumières multicolores se reflétaient sur la neige fraîche. Il avait aussi collé sur le pourtour de sa vitrine, derrière laquelle trônaient deux superbes fauteuils en chrome et cuir, toutes sortes de babioles clinquantes, pommes de pin rouge et or, nœuds en satin écarlate et autres étoiles en strass.

Pour ne pas être en reste, Al Percy, le patron de l'agence immobilière voisine, avait installé dans sa devanture une maison miniature étonnamment réaliste et poussé le zèle jusqu'à mettre des ampoules à l'intérieur, de telle sorte qu'on apercevait les moindres détails de la salle à manger et du salon – un sapin, un lustre à pampilles, une table dressée pour le repas de Noël. Il avait même épinglé des minicouronnes de houx sur chaque porte et posé un Père Noël à califourchon sur le toit.

La vitrine des Tissus Trudi valait le détour, elle aussi. Sur une toile de fond en velours rayé rouge et vert vivement éclairée, ses deux gérantes, Trudi et Loretta, avaient créé un tableau de Noël en trois dimensions, avec une douzaine d'angelots – vêtus de tuniques confectionnées dans un taffetas vendu en boutique – qui voletaient suspendus à des fils invisibles au-dessus d'une forêt composée de poinsettias et d'épicéas guère plus hauts que des bonsaïs.

De là où elle se tenait, Hannah ne voyait pas le Hal and Rose's Café, mais elle savait qu'un bel arbre y avait trouvé sa place dans la matinée. C'était toujours le même, un sapin métallique qui changeait de couleur grâce à un système de lentilles teintées tournant devant un petit projecteur. Les sapins métalliques avaient eu leur heure de gloire peu avant la naissance de Hannah. Elle se rappelait que son père et son grand-père en avaient toujours quelques exemplaires dans leur quincaillerie. Pour elle, Noël n'aurait pas été Noël sans l'arbre de Rose.

La voix de Lisa retentit dans le fournil. « Me revoilà ! »

Hannah émergea de sa rêverie. Un instant plus tard, la porte battante façon saloon s'ouvrait sur sa jeune associée munie d'une tasse de café fumant.

« Ce sapin est magnifique ! s'écria-t-elle en s'avançant pour mieux admirer l'arbre décoré. C'est fou ! Les mini-cookies n'ont pas bougé. Pourtant, ça fait deux ans que je les ai fabriqués.

— Cela ne m'étonne pas. La résine laque est un excellent conservateur. Savais-tu qu'autrefois, les gens croyaient qu'on la fabriquait avec les ailes d'un insecte rare vivant uniquement en Inde ?

— Tu me fais marcher ?

— Oui. En réalité, on la fabrique à partir des sécrétions que certains insectes femelles déposent sur l'écorce des arbres.

— C'est mieux.

— Pas forcément. Il arrive que l'insecte soit récolté en même temps que l'écorce.

— Beurk ! J'aurais préféré ne rien savoir.

— Désolée. Ce n'est pas ragoûtant, je l'admets. Tu as fini tes livraisons ?

— Il ne reste que la commande de M. Jaeger. Je la lui porterai tout à l'heure, en rentrant chez moi. C'est sur mon chemin. » Lisa s'assit à côté de Hannah et prit une gorgée de café. « Je suis tombée sur Herb tout à l'heure en sortant d'ici. Il m'a emmenée dans sa voiture de patrouille. Elle est mieux chauffée que la mienne. »

Hannah sourit. Quand Lisa parlait de l'homme qu'elle avait épousé moins d'un an auparavant, ses yeux étincelaient. Ces deux-là étaient faits l'un pour l'autre, comme aimaient à le répéter le père de Lisa et la mère de Herb.

« Pendant que je faisais ma tournée, poursuivit la jeune femme, il a eu le temps de me raconter que le maire Bascomb avait conduit Mme Bascomb aux urgences, hier soir.

— Stephanie ! La pauvre ! » Hannah nota que Lisa persistait à désigner ses aînés par leur nom de famille, comme si elle-même était encore une enfant. « Tu sais ce qu'elle a ?

— Le Dr Knight lui a diagnostiqué une mauvaise grippe. Elle aurait dû se faire vacciner. Le docteur était furieux. Il paraît qu'il lui avait envoyé un courrier de rappel mais qu'elle ne s'est pas présentée à son cabinet.

— Pourquoi ? »

Bien qu'elles soient seules dans la boutique, Lisa regarda autour d'elle puis se pencha à l'oreille de son amie.

« Le courrier mentionnait que le vaccin était destiné aux personnes de plus de quarante-cinq ans.

— Et Stephanie s'est dit que si on la voyait dans la salle d'attente du Dr Knight, une heure après, toute la ville connaîtrait son âge.

— Herb pense comme toi. Et il se trompe rarement.

— Vanité, ton nom est Stephanie Bascomb, déclama Hannah en plagiant Shakespeare. J'espère qu'elle sera bientôt guérie.

— Oui, ça va aller. Le docteur la garde en observation pour être sûr qu'elle se repose et s'alimente correctement. Résultat : je ne verrai pas mon mari jusqu'à la fin de la semaine.

— Pardon ? bredouilla Hannah.

— Je ne verrai pas mon mari jusqu'à la fin de la semaine. Le maire profite de l'absence de sa femme pour installer sa cabane de pêche aux Mille Lacs. Herb l'accompagne. Ils partent ce soir à minuit pour éviter les embouteillages.

— J'ignorais que Herb pratiquait la pêche sur glace.

— Ça ne le passionne guère, mais comme le maire est son employeur, il ne peut pas refuser. Cela dit, cette cabane est très confortable. S'il n'a pas envie de pêcher, Herb pourra toujours regarder la télé ou jouer au billard. »

Hannah se remémora la seule et unique fois où elle était entrée dans la cabane du maire. C'était au mois de février, et elle avait traversé le lac gelé sur une motoneige pour servir du café chaud et des cookies aux participants du concours de pêche sur glace, le clou du carnaval d'hiver. De prime abord, la cabane de l'édile lui avait paru luxueuse, mais la découverte macabre qu'elle y avait faite peu après son arrivée l'avait empêchée d'en apprécier tous les charmes.

« J'ai promis à Herb de lui préparer un pain de porc aux haricots. Il le partagera avec le maire.

— Un pain de porc aux haricots ?

— Je compte suivre la recette de Patsy, qui l'a rapportée de Californie le mois dernier. Avec son amie, elle était allée dîner à Paso Robles dans un lieu nommé... Vic's Café, je crois. Ce plat figurait au menu.

— Comment a-t-elle obtenu la recette ? »

Lisa égrena un petit rire.

« Tu connais Patsy. Rien ne l'arrête.

— Certes », sourit Hannah. Patsy était la digne sœur de Marge Beeseman, la belle-mère de Lisa, une maîtresse femme elle aussi. « J'en conclus que Patsy s'est contentée de la demander au chef.

— Tu n'es pas loin de la vérité. Patsy est allée voir le patron, Jan, et lui a expliqué qu'elle voulait s'assurer que son beau-frère, mon père, donc, absorbait une dose suffisante de carbohydrates complexes. Tu sais que papa ne mange quasiment rien le matin. Patsy s'est dit que deux tranches de pain de porc aux haricots lui seraient plus bénéfiques que deux tartines de pain blanc industriel.

— Les carbohydrates complexes ont-ils un effet sur les symptômes de la maladie d'Alzheimer ?

— Aucune idée, mais Patsy estime qu'un régime alimentaire plus équilibré ne lui ferait pas de mal. Elle en connaît un rayon question diététique. Et je devance ta question : j'ai interrogé le médecin qui soigne papa. Il n'a rien contre le pain de porc aux haricots au petit déjeuner.

— Drôle de nom... Ce pain contient vraiment du porc et des haricots ?

— Oui ! gloussa Lisa. Mais si on l'ignore, on ne s'en aperçoit pas. J'en ferai deux. Comme ça, je t'en apporterai un pour que tu goûtes.

— J'ai hâte. Herb t'a appris autre chose d'intéressant ? »

Lisa hésita un instant.

« Pour ta mère, tu es déjà au courant, j'imagine.

— Ma mère ?

— Oui. Elle s'est inscrite à l'université populaire. La mère de Norman aussi. Pour apprendre à mieux gérer leur commerce.

— Eh bien, c'est une excellente décision, lâcha Hannah, surprise que Delores ne lui en ait pas parlé. Je me demande pourquoi elle ne... »

À cet instant précis, la porte de la rue s'ouvrit et Delores Swensen fit son apparition. Elle épousseta la neige sur le manteau rouge cardinal qui rehaussait son teint de porcelaine et ses cheveux noir corbeau, s'en défit et le suspendit au perroquet près de l'entrée.

« Bonjour, mesdames, lança-t-elle, tout sourire. Est-il trop tard pour une tasse de café ?

— Il n'est jamais trop tard pour une tasse de café. »

Hannah se leva précipitamment.

« Avec des cookies ? » proposa Lisa.

Delores prit le temps de réfléchir avant de se prononcer.

« Volontiers. Ce soir, j'ai cours, et je n'aurai pas le temps de rentrer à la maison pour dîner. Auriez-vous quelque chose au chocolat ?

— Si nous avons quelque chose au chocolat ? s'étrangla Hannah. Tout ce qu'il y a dans cette boutique est à base de chocolat. Enfin presque. »

Lisa examina les grands bocaux où étaient présentés les cookies du jour.

« Il nous reste... des croquants aux pépites de chocolat, des fondants coco... À moins que vous ne préfériez une tranche de cake amandes-chocolat. Ou bien... » Elle se rapprocha du comptoir pour vérifier. « Oui. Nous avons encore deux délices cerise-chocolat. Ils sont un peu écrasés, mais cela n'affecte pas leur goût.

— Va pour les délices cerise-chocolat. » Delores alla s'asseoir près de sa fille. « As-tu des projets pour ce soir, ma chérie ? »

Hannah eut envie de lui rétorquer que cela ne la regardait pas mais, craignant de paraître impolie, décida de rester évasive le temps de savoir ce que sa mère avait en tête.

« Je ne sais pas trop.

— Donc tu n'as pas de projet précis.

— Non, pas vraiment. » Sa manœuvre ayant échoué, Hannah revint à sa première option. « Je peux savoir pourquoi tu me poses cette question ? »

Delores gloussa.

« J'aurais dû commencer par cela. Je te félicite, ma chérie. Tu es restée courtoise mais sans t'engager pour autant.

— Merci, maman. Alors, pourquoi cette question ?

— À cause de Carrie.

— Carrie veut connaître mes projets pour ce soir ?

— Non, pas du tout. » Delores s'interrompit et attendit que Lisa pose les cookies et le café devant elle. « Merci beaucoup.

— Avec plaisir, roucoula Lisa avant de s'adresser à son associée et amie. Si tu as besoin de moi, je serai dans le fournil. J'ai promis une fournée de croustillants à la myrtille au révérend Knudson. Sa grand-mère ne jure que par les myrtilles. Il paraît qu'elle n'a plus besoin de lunettes depuis qu'elle en mange régulièrement.

— Tu comprends de quoi elle parle ? murmura Hannah en regardant Lisa franchir la porte de communication.

— Je sais qu'en ce moment, les myrtilles et les mûres ont la cote. Elles amélioreraient l'acuité visuelle. »

Hannah haussa les épaules, dubitative.

« C'est vrai ?

— Va savoir. Personnellement, j'en mange parce que j'aime ça. Si en plus elles sont bonnes pour la vue, c'est encore mieux.

— Excellente philosophie. Mais revenons à nos moutons. Quel rapport entre Carrie et mes projets pour ce soir ? »

Delores prit une gorgée de café et soupira. « Elle s'est encore décommandée au dernier moment. Nous étions censées aller à ce cours ensemble. C'est le deuxième qu'elle rate. Alors j'ai pensé que si tu étais libre, tu pourrais m'accompagner. Tu sais que je déteste rouler seule la nuit, en hiver. »

Hannah était faite comme un rat.

« D'accord, je viendrai avec toi. De quel genre de cours s'agit-il ?

— Gestion d'un petit commerce.

— Intéressant », marmonna Hannah en se disant que, quitte à mourir d'ennui, elle ferait peut-être bien de prendre des notes.

Après tout, elle aussi tenait un petit commerce.

« Tu verras, Mlle White est très compétente. Après avoir passé son diplôme d'expert-comptable, elle s'est spécialisée dans la fiscalité des petites entreprises. J'ai déjà appris un tas de choses sur la tenue de ma comptabilité. Par exemple, je sais quels documents il faut conserver et ceux dont je peux me débarrasser. »

Une pensée fugace traversa l'esprit de Hannah. Ce genre d'enseignement s'adressait plutôt à son associée, laquelle assurait la gestion financière et comptable de leur pâtisserie. La connaissant, Lisa n'hésiterait pas à la remplacer auprès de Delores. Surtout si Hannah le lui demandait comme un service. Et puis non, songea-t-elle en se rappelant que Herb devait partir le lendemain pour les Mille Lacs avec le maire. Pas question que Lisa sacrifie sa dernière soirée avec son mari ! Une pensée généreuse assortie d'une intention égoïste : si Lisa se rendait à l'université populaire, elle n'aurait pas le temps de préparer le pain de porc aux haricots qu'elle avait promis de lui faire goûter le lendemain matin.

« Pourquoi Carrie t'a-t-elle fait faux bond ? Elle a un problème ?

— Je ne sais pas.

— Elle ne t'a rien dit ? »

Hannah n'en revenait pas. Les deux femmes n'avaient jamais eu de secrets l'une pour l'autre, même lorsque Delores s'était entichée d'un sinistre individu nommé Winthrop Harrington, troisième du nom.

« Juste qu'elle avait un empêchement... d'ordre personnel. C'est mot pour mot ce qu'elle m'avait déjà sorti la semaine d'avant.

— Quel genre d'ordre personnel ?

— Elle ne l'a pas précisé.

— Et tu n'as pas insisté ?

— Enfin, Hannah ! Je ne voulais pas être indiscrète.

— Je comprends. Pourtant, mon petit doigt me dit que tu as pris le risque.

— Bon, d'accord, j'ai insisté. Mais ça n'a rien donné. Elle a simplement promis de tout me raconter en temps voulu. Et elle a raccroché. Une fois, passe encore, mais là, je commence à m'inquiéter. Carrie ne m'a jamais fait de cachotteries. J'espère qu'elle n'a pas d'ennuis.

— Des ennuis ? À quoi penses-tu ?

— Imagine qu'elle soit malade, et qu'après avoir travaillé toute la journée au Grenier de Mamie, elle n'ait plus la force d'assister à nos cours du soir. À moins que... qu'elle ne soit tombée dans l'alcool. J'ai lu quelque part qu'on pouvait côtoyer des alcooliques pendant des années sans rien soupçonner. Ou alors... Depuis que Norman lui a acheté cet ordinateur, je me demande si elle ne joue pas au poker en ligne. Pourvu qu'elle n'ait pas dilapidé ses économies !

— Rien de tout cela ne me convainc. Il faudrait qu'elle ait beaucoup changé.

— Elle *a* beaucoup changé. Depuis quelque temps, elle ne m'adresse quasiment plus la parole, alors qu'avant, nous parlions de tout. »

Hannah perçut une note de panique dans la voix de sa mère, mêlée à la déception de n'être plus la confidente de celle qu'elle avait toujours considérée comme sa meilleure amie.

« Veux-tu que je me renseigne ? proposa-t-elle.

— Tu ferais cela, ma chérie ? Oh, ce serait formidable ! » Delores semblait vraiment soulagée. « Je te conseille d'en parler à Norman, pour commencer. Il a peut-être remarqué quelque chose.

— Bonne idée. À quelle heure se termine ce cours ?

— À 19 h 30. Il ne dure qu'une heure.

— Je vais lui demander de me rejoindre chez moi vers 20 heures. Pour l'appâter, je lui promettrai un dessert.

— Tu n'as pas besoin de dessert pour l'appâter, gloussa Delores. En général, il accourt dès que tu le siffles. Il me rappelle ton père. Quand nous étions fiancés, je n'avais qu'à décrocher le téléphone et il rappliquait, quelle que soit l'heure. »

Hannah soupesa les paroles de sa mère. Celle-ci n'avait pas tort. Quand il n'était pas pris par ses patients, Norman se rendait toujours disponible pour elle.

« S'il n'est pas au courant, tu n'auras qu'à interroger nos connaissances. Discrètement, bien sûr.

— Oui, c'est ce que je vais faire.

— Un conseil, ma chérie... Quand tu circules en ville, essaie de repérer la voiture de Carrie. Si tu la vois garée dans un endroit inhabituel, cela nous mettra peut-être sur une piste.

— Pas bête.

— Norman et toi pourriez aussi lui rendre une petite visite dans la soirée. Vous trouverez bien un prétexte.

— Norman n'a pas besoin de prétexte pour rendre visite à sa mère. Pendant qu'ils discuteront, je fouinerai un peu.

— Excellente idée. Merci pour ton aide, ma chérie. » Delores avala une dernière bouchée, termina son café, se leva et ajouta, avec une petite tape sur l'épaule de sa fille : « Je passerai te prendre à 18 heures chez toi. Cela nous laissera une demi-heure pour rejoindre l'université.

— Tu ne préfères pas que je conduise ?

— Non, ma chérie. Ce n'est pas sur ton chemin. Il vaut mieux que je vienne te chercher et que je te redépose après le cours.

— Comme tu voudras, maman », répondit docilement Hannah tandis que Delores récupérait son manteau, l'enfilait et sortait précipitamment.

Quand la porte se referma derrière son élégante génitrice, Hannah poussa un soupir de soulagement teinté d'exaspération. Elle s'était encore fait rouler dans la farine. Contrairement à ce qu'elle avait prétendu, Delores ne craignait pas de conduire la nuit en hiver. Sinon, elle ne lui aurait pas proposé de venir la chercher à son appartement, ce qui l'obligeait à parcourir un grand nombre de kilomètres seule au volant.

Oscillant entre amusement et contrariété, Hannah alla rejoindre Lisa dans le fournil. Delores était vraiment une manipulatrice hors pair. Non contente d'avoir persuadé sa fille aînée d'assister à un cours qui ne l'intéressait pas, elle venait de lui arracher la promesse d'enquêter sur les faits et gestes de sa meilleure amie, avec par-dessus le marché l'aide du fils de celle-ci !

Chapitre 3

Alors qu'elle marchait avec sa mère sur le trottoir qui menait à Stewart Hall, Hannah fut saisie par une impression de déjà-vu. Elle n'avait pourtant jamais fréquenté l'université populaire de Lake Eden. Et pour cause, cet établissement n'existait pas lorsqu'elle avait décroché son bac. En revanche, il ressemblait beaucoup à celui, plus prestigieux, où elle avait fait ses études supérieures. Le parking des étudiants, par exemple, était rempli des mêmes *tas de boue*, comme aurait dit Cyril Murphy, le propriétaire du garage Murphy, service de limousines et réparations en tout genre. De fait, la plupart de ces vénérables véhicules semblaient avoir connu de nombreux propriétaires et autant d'accrochages.

« Tiens, c'est pour prendre des notes, dit Delores en lui tendant un cahier. Toi aussi tu tiens un petit commerce.

— Merci. »

Hannah glissa le cahier sous son coude et suivit sa mère dans la cour centrale, où elles se mêlèrent au flot des étudiants qui rejoignaient leurs salles respectives en serrant contre eux classeurs, livres et parfois ordinateurs portables. Il faisait si froid que Delores avait jugé bon de brancher le chauffe-moteur de sa berline à l'une des prises mises à la disposition des usagers. Pourtant, la grande majorité de ces jeunes gens allaient tête et mains nues, parkas grandes ouvertes. Au lieu de bottes fourrées quelques-uns portaient même des baskets. Hannah avait constaté un phénomène similaire sur son ancien campus. À cet âge, on se sentait invulnérable, prémuni contre les dangers – grippes, bronchites et autres engelures – qui guettaient le commun des mortels.

Arrivée à l'entrée de Stewart Hall, Delores ralentit le pas pour laisser passer un groupe. Hannah nota son regard désapprobateur.

« Qu'y a-t-il ?

— Tu as vu ? Les filles n'avaient pas de bonnet, et encore moins de gants. Elles ne savent donc pas que le gel abîme la peau et les cheveux ? Ou alors elles s'en fichent.

— C'est un peu des deux, répondit Hannah en l'entraînant à l'intérieur du bâtiment où les accueillit une douce chaleur. Où est notre salle ?

— Au deuxième. Suis-moi. »

Delores mit le cap sur un escalier dont elle gravit prestement les marches. Hannah, qui tentait de l'imiter, se laissa vite distancer. Au premier étage, elle était déjà hors d'haleine. Cela faisait longtemps qu'elle n'avait pas remis les pieds chez Olympe Fitness. Avec l'approche des fêtes de Noël et les commandes qui affluaient au Cookie Jar, elle ne pouvait plus se permettre de s'absenter quatre-vingt-dix minutes par jour pour faire de l'exercice. Du moins était-ce l'excuse dont elle se berçait pour apaiser sa mauvaise conscience.

« Dépêche-toi, ma chérie. » Delores se retourna pour l'inciter à presser l'allure. « Ne soyons pas en retard. »

Je veux bien, songea Hannah, *mais si j'entre dans cette salle rouge comme une pivoine, je vais me couvrir de honte.*

« Hannah ? insista Delores.

— Une seconde, maman. » Hannah se pencha comme pour examiner la semelle de sa botte. « J'ai marché sur une punaise. Vas-y, je te rattrape. »

Hannah récupéra plus vite que prévu. Ayant repris son souffle, elle grimpa les dernières marches et surgit dans le couloir où sa mère l'attendait. Aussitôt, une silhouette étrangement familière attira son regard. Celle d'un homme qui venait vers elles d'un pas rapide.

Il regarda sa montre puis se mit à courir mais sans s'écarter. Comme s'il ne les voyait pas. À tel point qu'en les croisant, il accrocha le bras de Hannah et faillit la renverser. Le cahier s'envola et retomba deux mètres plus loin. Le maladroit s'en aperçut, pila net, se retourna, ramassa l'objet et le rendit à sa propriétaire avec un sourire navré.

« Veuillez m'excuser. J'aurais dû faire attention. Pas de bobo ? »

Hannah le dévisagea, incapable d'articuler un mot.

« Elle n'a rien, crut bon d'intervenir Delores. N'est-ce pas, ma chérie ?

— Oui, ça va, bredouilla Hannah d'une voix qu'elle reconnut à peine.

— Dans ce cas, je vous laisse. Mes étudiants m'attendent.

— Qu'enseignez-vous ? renchérit Delores pour tenter d'excuser le mutisme de sa fille.

— La poésie. En fait, je suis rattaché à l'université Macalester. On m'a chargé d'organiser un événement interuniversitaire avec quelques collègues. Les Christmas Follies.

— Passionnant ! s'exclama Delores. Ce spectacle sera-t-il ouvert au public ?

— Oui, et il sera également retransmis à la télévision. Nous avons recruté plusieurs jeunes talents venant de cinq universités de la région. » L'homme s'interrompit et se tourna vers Hannah. « Excusez-moi, mais j'ai l'impression de vous avoir déjà rencontrée. »

Hannah plongea ses yeux dans le regard bleu de l'homme qu'elle avait jadis follement aimé, un regard *mystérieux*, *pénétrant*, trouvait-elle en ce temps-là, et n'y vit qu'un grand vide. Il l'avait complètement oubliée, cela ne faisait aucun doute. Comment une telle chose était-elle possible ? songea-t-elle en priant pour que le sol s'entrouvre et l'engloutisse.

Delores ne comprenait toujours pas son silence.

« Hannah ?

— Oui, fit cette dernière d'une voix étonnamment ferme étant donné les circonstances. Nous nous sommes déjà vus. »

Puis, sans demander son reste, elle prit sa mère par le bras et l'entraîna vers la salle de cours.

« Hannah ! répéta Delores assez fort pour qu'il l'entende. Tu as été grossière envers ce charmant jeune homme.

— Oui.

— Je ne comprends pas.

— C'est normal. »

Arrivée à destination, Delores s'immobilisa et consulta sa montre.

« Nous avons une minute. Dis-moi qui est ce monsieur.

— Quelqu'un que j'ai cru connaître, autrefois. Entrons, maman.

— Pas si vite. Un instant j'ai eu l'impression que tu allais me planter là et t'enfuir à toutes jambes. Pourquoi ?

— Ce n'est pas très important.

— Bien sûr que si. Est-ce l'homme dont tu m'as parlé ? Celui qui t'a fait renoncer à ta carrière universitaire ? »

Hannah respira un bon coup. D'un côté, elle aurait aimé se confier à sa mère, de l'autre elle savait que lui raconter les détails de cette pitoyable histoire d'amour ne l'avancerait pas à grand-chose.

« Je ne veux pas en parler », lâcha-t-elle.

Puis elle ouvrit la porte et poussa Delores à l'intérieur.

Ce cours n'en finissait pas. Il paraît qu'au moment de mourir, les gens voient leur vie défiler en l'espace de quelques secondes. Là, c'était exactement l'inverse. Sur la pendule murale, la grande aiguille mettait une heure à progresser d'une minute. Pour tromper l'ennui, Hannah prenait des notes, tandis que d'une voix monocorde Mlle White exposait à son auditoire tout ce qu'un petit commerçant devait savoir sur les comptes de résultat, les méthodes de facturation et la tenue des registres fiscaux. Puis, à 19 h 25, l'épuisant monologue s'interrompit, et Hannah vit sa tortionnaire ouvrir le dossier posé sur le bureau devant elle.

« À présent, si vous le voulez bien, penchons-nous sur les mauvaises pratiques commerciales », dit-elle en changeant de ton. Certains élèves sursautèrent, comme tirés d'une douce torpeur. « Le cas pratique que je vous propose d'étudier pour la semaine prochaine concerne un vendeur de télévisions. »

Kimberly White présenta l'affaire en quelques mots : quatre personnes avaient fondé une société sur la base d'un partenariat, les trois premières fournissant l'apport en capital, la quatrième sa force de travail. Puis elle distribua les documents – comptes de résultat, déclarations de revenus, relevés bancaires et registres de paie – sur lesquels les élèves devaient plancher, le but étant de déterminer comment le vendeur avait pu maintenir son commerce à flot pendant plus de cinq mois en vendant ses postes de télé à perte.

En s'insérant dans la file qui sortait lentement de la salle, Hannah songeait avec appréhension au trajet de retour. Delores chercherait certainement à lui faire dire ce qu'elle n'avait toujours pas l'intention d'avouer au sujet de sa relation avec Bradford Ramsey.

Arrivées au rez-de-chaussée, la mère et la fille passèrent devant plusieurs salles dont la plupart étaient ouvertes. Hannah s'arrêta net.

« Ce ne serait pas le Dr Love ? fit-elle en désignant une femme assise derrière un bureau.

— Oui, c'est elle. Mais ici on l'appelle Dr Schmidt, répliqua Delores en passant la tête pour saluer sa nouvelle amie.

— Bonsoir ! s'écria le Dr Love, visiblement ravie. Et Hannah ! Quel plaisir ! Je crois qu'on ne s'est plus revues depuis la sortie du roman de votre mère. Comment allez-vous ?

— Très bien, docteur Schmidt.

— Appelez-moi Nancy, répliqua son interlocutrice avant de se retourner vers Delores. Tu tombes bien. Je m'apprêtais à te téléphoner. J'aimerais changer la déco de mon bureau. Pourrais-tu me trouver une bibliothèque vitrée à l'ancienne ?

— C'est ton jour de chance ! s'esclaffa Delores. Luanne, mon assistante, revient d'une vente aux enchères qui se tenait chez un célèbre avocat de Saint-Paul. Elle a acheté deux magnifiques bibliothèques en noyer munies de caissons protégés par des portes vitrées.

— Ceux qu'on soulève et qui s'encastrent ?

— Précisément. Si cela t'intéresse, passe donc au magasin.

— Bien volontiers. Demain vers midi, c'est possible ? Je dois être dans les studios de KCOW vers 10 heures pour enregistrer une émission. Après, je suis libre.

— Je te ferai une tasse de café. Noir avec deux sucres ?

— Tout à fait. » Le Dr Love se tourna vers Hannah. « J'ai été enchantée de vous revoir.

— Moi de même. »

Le vent du nord s'était levé. À peine les deux femmes eurent-elles quitté le bâtiment qu'un froid intense les assaillit, leur coupant le souffle. Les mains en protection devant le visage, elles rejoignirent leur véhicule en luttant contre les bourrasques qui balayaient le parking presque désert, les autres étudiants ayant regagné leur domicile dès la fin des cours. Hannah parcourut les derniers mètres en trottinant. Elle s'apprêtait à débrancher le câble du chauffe-moteur quand une voix l'interpella.

« Norman ! » Elle l'avait reconnu, malgré l'énorme parka et la grosse toque de fourrure dont il était affublé, mais elle n'esquissa qu'un demi-sourire de peur que ses incisives ne se changent en glace. « Que faites-vous ici ?

— Je suis venu vous chercher en me disant que, par un temps pareil, votre mère préférerait rentrer directement chez elle.

— C'est très aimable à vous, Norman, fit Delores en s'immisçant dans la conversation. Mais cela ne me dérange pas. »

Cette déclaration intempestive vint confirmer les soupçons de Hannah. Sa mère avait effectivement espéré lui soutirer des infos sur Bradford Ramsey pendant le trajet de retour.

« Mais ce n'est pas tout, poursuivit Norman avant de se pencher pour décrocher le câble et l'enrouler autour du pare-chocs avant. Hannah et moi avons des choses à nous dire. »

Toujours courtois, il ouvrit la portière de la berline et d'un geste invita Delores à prendre place au volant. Celle-ci hésita un instant puis s'exécuta. Elle aurait bien aimé en savoir davantage sur l'ancien amoureux de sa fille, mais son amie Carrie passait en priorité.

« On se voit demain, ma chérie, lança-t-elle en mettant le contact. Je passerai boire un café au Cookie Jar avant l'ouverture. »

Une minute plus tard, confortablement installée à la droite de Norman, Hannah descendait la fermeture de sa parka puis retirait son bonnet et ses gants pour profiter de l'agréable chaleur régnant dans l'habitacle.

« Avez-vous dîné ? demanda Norman en s'engageant sur l'autoroute.

— Non. J'ai eu juste le temps de nourrir Moshe.

— Donc votre chat passe avant vous ? » fit Norman d'une voix douce.

Hannah vit son sourire indulgent à la lumière du tableau de bord. Il adorait Moshe, et Moshe le lui rendait bien.

« Absolument, confirma-t-elle. Et vous ? Avez-vous dîné ?

— Non. Je comptais vous inviter. Vous avez une préférence ? »

En matière de restaurants, leur petite bourgade était largement pourvue. Parmi les meilleurs établissements, il y avait la pizzeria Bertanelli, l'auberge de Lake Eden et la Corner Tavern. La proposition était alléchante, mais, tout bien pesé, Hannah avait plutôt envie de rentrer chez elle et de regarder une bêtise à la télé, lovée contre Norman.

« Chez Bertanelli ? La Corner Tavern ? L'auberge de Sally ? énuméra son compagnon.

— Et si je vous préparais un petit quelque chose à la maison ? Ça vous dit ?

— Avec plaisir. Mais je ne veux pas que vous passiez trop de temps à cuisiner. Vous avez assez travaillé pour aujourd'hui.

— D'accord. Dans ce cas, je réchaufferai le pain de viande que j'ai mis de côté. Et pour aller avec, je ferai quelques biscuits éclair au fromage.

— Des biscuits éclair ? Je crois n'en avoir jamais mangé.

— Pas chez moi, en tout cas. Prudence, une camarade de lycée qui s'est installée à Niagara Falls après le bac, vient de m'envoyer la recette.

— Disposez-vous de tous les ingrédients nécessaires ou avons-nous besoin de passer chez Quick Stop ?

— J'ai tout ce qu'il me faut. J'avais prévu d'en préparer une fournée ce soir pour les offrir demain à Lisa, qui en raffole. »

La circulation était fluide. Parfaitement entretenue, la berline de Norman filait comme sur un tapis roulant. Bercée par la douce musique de jazz qui sortait des enceintes, Hannah savourait l'instant en regardant défiler le paysage nocturne. Quand ils arrivèrent – trop vite à son goût – en vue de son lotissement, elle tendit à Norman la carte commandant l'ouverture de la barrière. Celle-ci était intacte, chose relativement rare, ses voisins ayant une fâcheuse tendance à la défoncer. Peut-être avaient-ils enfin compris que cette carte se démagnétisait si on la rangeait dans son portefeuille avec d'autres du même genre.

« Je vous conseille de vous garer dans le parking souterrain, dit-elle. Puisque j'ai deux places à ma disposition. »

Norman s'engagea sur la rampe et se rangea à droite du break rouge cerise marqué à l'enseigne du Cookie Jar. À peine sortie du véhicule, Hannah se mit à claquer des dents. La température avait encore chuté.

« Vous devriez brancher votre chauffe-moteur.

— Bonne idée. »

Hannah regarda Norman dérouler le câble que, sous ces latitudes, tout conducteur prévoyant se devait de posséder, au même titre qu'un bidon de liquide antigel et un nécessaire de survie en cas de panne comprenant couvertures, gants, bonnets et parkas. Avant l'invention du portable, les gens du coin emportaient également une boîte de conserve vide, une bougie et des allumettes. Trois objets dont Hannah se munissait dès les premières chutes de neige, plutôt que risquer de mourir de froid à côté d'un téléphone déchargé.

Ils s'engouffrèrent dans l'escalier et en émergèrent au rez-de-chaussée où une énième rafale les accueillit – aussitôt, les yeux de Hannah se remplirent de larmes. Quelques pas encore et ils furent de nouveau en terrain couvert. Sur le palier du premier étage, Norman prit la clé que tenait sa compagne et la glissa dans la serrure.

Dès que la porte s'ouvrit, une masse de fourrure orange et blanche se précipita vers eux à la vitesse d'un boulet de canon. Moshe atterrit dans les bras de Norman et se mit à ronronner.

« Serais-tu content de nous voir, mon grand ? » lui demanda Norman en le déposant sur le dossier du canapé, sa place favorite. Une question à laquelle le matou répondit en ronronnant deux fois plus fort. « Tu veux jouer avec ta souris ? »

Moshe produisit un miaulement de pur bonheur et sauta de son perchoir pour mieux observer les déplacements de Norman, lequel s'était mis en quête du rongeur en caoutchouc. Voyant son chat occupé, Hannah suspendit sa parka et passa dans la cuisine.

D'abord, les biscuits éclair au fromage. Après avoir allumé le four, elle mit les ingrédients dans le mixeur et le fit tourner. Norman la rejoignit au moment où elle versait la pâte ainsi obtenue dans un récipient de taille moyenne.

« Un coup de main ?

— Volontiers, répondit Hannah, qui n'était pas femme à décourager les bonnes initiatives. Vous pourriez râper le fromage. Il me faut une demi-tasse de cheddar, une demi-tasse d'asiago et une demi-tasse de parmesan. Je vous conseille d'utiliser le mixeur. Il est muni d'une lame spéciale. »

Norman se pencha sur le bol en plastique transparent.

« Il reste un peu de farine sur les bords. Je vais le nettoyer.

— Inutile. Il a servi à mixer les ingrédients secs et le beurre. De toute façon, à la fin, tout sera mélangé. »

Quand les trois fromages furent râpés, Hannah intégra les deux premiers à la pâte, gardant le parmesan pour plus tard. Quand il la vit prendre les œufs, Norman l'arrêta d'un geste.

« Ça aussi, je peux le faire.

— Très bien. Battez-les à la fourchette dans un verre. Pendant ce temps, je mesurerai la crème aigre et le lait. »

Norman se mit au travail et, quelques secondes plus tard, se tourna vers elle, tout fier de lui montrer son œuvre.

« Est-ce que ça va ?

— Impeccable », répondit Hannah. De fait, le mélange était homogène et légèrement mousseux. « Maintenant, prenez cette cuillère et tournez pendant que j'incorpore les derniers ingrédients.

— Entendu. »

Hannah ajouta les œufs battus, la crème aigre puis versa le lait assez lentement pour que Norman puisse remuer sans faire d'éclaboussures.

« On dirait de la colle pour papier peint, dit ce dernier avec l'humour dont il était coutumier. Sans doute à cause des grumeaux de fromage.

— Personnellement, je préfère la comparer à du fromage blanc, répliqua-t-elle du tac au tac, sachant qu'il la taquinait. Au moins, c'est comestible.

— Je n'en suis pas si sûr. La dernière fois que j'ai dîné chez elle, ma mère m'a servi un genre de gelée verte à base de fromage blanc et de ciboulette. À propos de ma mère, je voudrais vous parler d'une chose qui me tracasse.

— De quoi s'agit-il ? demanda Hannah sur un ton faussement détaché.

— Eh bien, depuis que j'ai emménagé à Lake Eden, nous avons l'habitude de dîner ensemble tous les jeudis soir. Une semaine c'est elle qui cuisine, la semaine d'après, je l'invite au restaurant.

— Et ce rythme vous convient parfaitement, j'imagine. »

Avec une cuillère à soupe, Hannah préleva une petite quantité de pâte qu'elle déposa sur la plaque.

« À moi, oui. Mais à elle, je n'en suis pas sûr.

— Comment cela ? »

Hannah s'humecta le bout des doigts sous le robinet pour pouvoir modeler son futur biscuit au fromage.

« Jusqu'à récemment, je croyais qu'elle appréciait ces rendez-vous hebdomadaires. Mais figurez-vous que, depuis trois semaines, elle les annule systématiquement. »

Hannah regarda son compagnon et vit l'inquiétude sur son visage.

« Sans vous donner d'explications ?

— Elle m'en donne, mais je ne les trouve pas convaincantes. La première fois, elle avait soi-disant attrapé un mauvais rhume. Sauf que le lendemain, quand je l'ai vue, elle allait très bien. La deuxième fois, elle prétendait avoir du travail en retard à la boutique, mais quand je suis passé devant Le Grenier de Mamie en sortant de la clinique, les lumières étaient éteintes. »

Donc Carrie mentait à son fils. Plutôt que d'énoncer cette évidence, Hannah répondit par une question.

« Et la troisième fois ?

— C'était jeudi dernier. Quand j'ai appelé pour confirmer notre rendez-vous, elle m'a dit qu'elle avait un empêchement. J'ai voulu savoir lequel, et là, elle a botté en touche. Qu'en pensez-vous, Hannah ? Je me fais des idées ?

— Non, vous avez raison de vous interroger », répondit Hannah en finissant de saupoudrer ses biscuits de parmesan râpé. Puis elle empoigna la plaque à deux mains, l'enfourna, régla le minuteur sur quatorze minutes et se retourna vers Norman. « Elle se comporte de la même façon avec ma mère. D'où ma présence à l'université, ce soir. Carrie et Delores se sont inscrites ensemble, mais Carrie n'a assisté à aucun cours. Elle se décommande toujours à la dernière minute.

— Delores s'inquiète, elle aussi ?

— Oui. D'autant qu'il n'y a pas si longtemps elles se disaient tout. Carrie a changé d'attitude du jour au lendemain. Ma mère craint d'avoir perdu sa confiance. »

Norman marqua un temps d'arrêt puis secoua la tête.

« Je ne sais comment je dois le prendre...

— Que voulez-vous dire ?

— D'un côté, je suis rassuré de ne pas être le seul à qui elle bat froid, de l'autre, si Delores elle-même se fait du souci, cela veut dire qu'il y a vraiment un problème.

Que dois-je faire, à votre avis ? Prendre le taureau par les cornes et lui demander ce qui cloche ? »

Hannah haussa les épaules.

« Vous pouvez toujours essayer, mais je ne vous garantis pas le résultat. Ma mère l'a fait, et Carrie a répondu qu'elle lui raconterait tout en temps voulu.

— En temps voulu ? On est bien avancés.

— Certes. »

Hannah sortit le pain de viande du frigo et en coupa deux belles tranches qu'elle posa dans une poêle à frire légèrement beurrée. Puis elle couvrit et fit réchauffer à feu doux.

« Il me reste un peu de salade estivale de Sally. Vous en voulez ?

— Oui, merci. Donnez-la-moi, je m'en occupe. » Norman prit le saladier que Hannah lui tendait, sortit deux bols d'un placard et les remplit de fleurettes de brocolis et de choux-fleurs. « Je me disais juste... c'est beaucoup demander mais... » Il s'interrompit, la gorge serrée. « J'ai vraiment besoin de savoir ce qui se passe. On dirait qu'elle cherche à couper les ponts. Ça ne lui ressemble pas du tout.

— Je suis d'accord », murmura Hannah en retournant les tranches.

Carrie était plutôt du genre à vouloir régenter la vie de son fils. Si Norman s'était fait construire une maison à la campagne, c'était dans l'espoir d'y vivre un jour avec Hannah – qui avait contribué à en concevoir les plans –, mais aussi pour s'éloigner d'une mère trop envahissante. À l'époque où il logeait encore chez elle, le pauvre devait lui rapporter tout ce qu'il avait fait dans la journée, comme s'il avait encore dix ans.

« Le temps est écoulé ! lança Norman en dispersant quelques graines de tournesol salées sur les bols de salade. Voulez-vous que je les sorte ?

— S'ils sont bien dorés, oui. Sinon, laissez-les encore une minute ou deux. Et n'éteignez pas le four. Je le réglerai sur deux cent soixante degrés avant que nous passions au salon.

— Deux cent soixante, c'est très chaud ! s'étonna Norman. Vous comptez faire cuire autre chose ?

— Oui, des fondants au chocolat façon sundae pour le dessert. Ils seront prêts au moment du café. Vous allez adorer.

— Je n'en doute pas, mais... revenons à ce que nous disions. Acceptez-vous de m'aider ?

— Bien sûr, répondit Hannah sans respecter la règle qu'elle s'était fixée, c'est-à-dire ne rien promettre avant de savoir à quoi elle s'engageait.

— Merci, Hannah. J'étais sûr de pouvoir compter sur vous.

— Que dois-je faire ? » demanda-t-elle, un peu inquiète malgré tout.

Visiblement embarrassé, Norman hésita un long moment avant de se lancer. « Je voudrais que vous m'aidiez à espionner ma mère. »

Biscuits éclair au fromage

Préchauffer le four à 220 °C,
la grille en position médiane.

3 tasses* de farine ordinaire
2 cuillerées à thé de crème de tartre (important)
1 cuillerée à thé de bicarbonate de soude
1 cuillerée à thé de levure chimique
1 cuillerée à thé de sel
½ tasse de beurre salé ramolli (1 plaquette, ¼ livre)

½ tasse de cheddar râpé (étuvé)
½ tasse d'asiago râpé**
2 gros œufs battus (à la fourchette dans un verre)

*** Une table de conversion des volumes se trouve en fin d'ouvrage !**

**** Ma famille n'aime pas beaucoup l'asiago, donc je le remplace par une double ration de cheddar. À ma connaissance, personne ne s'en est jamais plaint. Cela dit, j'ai tendance à penser que, dans cette recette, on peut utiliser toutes sortes de fromages à l'exception des pâtes crémeuses, du type brie, Saint-André ou gorgonzola.**

1 tasse de crème aigre (225 g)
½ tasse de lait***

½ tasse de parmesan râpé pour la garniture (prendre du vrai parmesan)

Première étape

Dans un bol de taille moyenne, mélanger soigneusement la farine, la crème de tartre, la levure chimique, le bicarbonate de soude et le sel. Ajouter le beurre salé ramolli coupé en morceaux, comme pour une pâte à tarte.

Note de Hannah : si l'on utilise un robot ménager, il est préférable d'incorporer le beurre salé froid coupé en huit morceaux. Choisir une lame en acier. Quand l'appareil a pris la consistance voulue, le transférer dans un bol de taille moyenne et passer à la deuxième étape.

Deuxième étape

Ajouter le cheddar et l'asiago râpés, les œufs battus et la crème aigre (dans cet ordre). Bien mélanger.

***** On ajoute plus ou moins de lait. L'essentiel est d'obtenir un appareil ni trop humide ni trop sec ayant l'aspect du fromage blanc campagnard.**

Verser le lait et mélanger jusqu'à obtenir une pâte homogène.

Troisième étape

Prélever des cuillerées à soupe de pâte et les déposer sur une plaque non enduite de matière grasse (Lisa la recouvre d'une feuille de papier sulfurisé). 12 biscuits pour une plaque.

S'humecter les doigts pour rectifier la forme des biscuits. (Pour ma part, je les laisse irréguliers, pour qu'on voie qu'ils sont faits maison.)

Saupoudrer de parmesan râpé.

Cuire à 220 °C pendant 12 à 14 minutes, ou jusqu'à ce que les biscuits soient bien dorés.

Les laisser refroidir 5 bonnes minutes sur la plaque puis les décoller au moyen d'une spatule. Pour qu'ils restent tièdes, les présenter dans un panier garni d'une serviette.

Rendement : 12 à 14 biscuits au fromage.

Note de Hannah : quand j'en fais pour ma mère et qu'il en reste, elle les rapporte chez elle pour les manger au petit déjeuner avec ses œufs brouillés, après les avoir coupés en deux et tartinés d'un peu de beurre.

Note de Lisa : Herb en emporte souvent pour sa pause déjeuner. Je les coupe en deux moitiés que je badigeonne de mayonnaise et de moutarde, puis j'étale une tranche de jambon et je referme.

Chapitre 4

« C'était absolument délicieux ! s'exclama Norman en raclant son bol pour ne rien laisser de la glace à la vanille que Hannah avait servie avec le fondant au chocolat. Je vendrais mon âme pour ce dessert.

— Moi aussi. Vous en voulez encore ? J'en ai préparé pour six. »

Norman ne se le fit pas dire deux fois. « Je crois que je vais me laisser tenter. »

Hannah fonça dans la cuisine où elle démoula un troisième fondant. Après l'avoir décapité au moyen de deux fourchettes – une technique qu'elle avait mise au point pour les soufflés –, elle attendit que le chocolat chaud se répande dans l'assiette pour ajouter une bonne cuillerée de glace à la vanille. Elle revenait sur ses pas quand elle entendit la voix de Norman dans le salon.

« Si tu es gentil, tu pourras goûter ma glace. »

Comme le confirma le miaulement plaintif qui lui répondit, c'était à Moshe que son invité venait de faire cette promesse.

« C'est aussi bon avec de la glace au café, dit-elle en posant l'assiette devant Norman. Une autre tasse ?

— Avec plaisir. Votre café est le meilleur de... » Son compliment fut interrompu par un coup de sonnette. « Vous attendez quelqu'un ?

— Non. En tout cas, ce n'est pas ma mère.

— Comment le savez-vous ? »

Hannah désigna Moshe.

« Si c'était elle, il aurait les poils hérissés.

— Je vais aller voir. »

Quand Norman se leva pour regarder par l'œilleton, Hannah dissimula un sourire. *Précaution inutile*, songea-t-elle. Son lotissement était sécurisé et il faisait un temps à ne pas mettre un cambrioleur dehors. Au pire, si jamais l'un d'entre eux se présentait à sa porte, elle se sentait de taille à le repousser avec le rouleau à pâtisserie décoratif accroché dans l'entrée.

« Qui est-ce ? appela Norman après avoir vainement tenté d'identifier le visiteur qui se découpait en ombre chinoise sur le palier.

— C'est moi, Mike ! répondit une voix qui s'introduisit par la fente sous la porte. Ouvrez-moi, s'il vous plaît. Ça caille ! »

Norman se tourna vers Hannah en gloussant. « Qu'en pensez-vous ? Je le laisse entrer ? dit-il assez fort pour que Mike l'entende. Ou vous préférez qu'on garde pour nous les derniers fondants au chocolat façon sundae ? »

Après un long silence, Mike demanda : « Vous avez bien dit fondants au chocolat façon sundae !? »

Hannah éclata de rire. « Ouvrez-lui, Norman. J'en ferai d'autres. »

Pendant qu'elle remplissait une troisième assiette – l'une de celles que sa mère lui avait offertes à Noël –, Norman introduisit son rival et néanmoins ami. Un paradoxe dont pour l'instant Hannah se satisfaisait, tout en sachant que leur trio éclaterait si un jour elle choisissait d'épouser l'un ou l'autre.

« Merci de m'avoir ouvert, grogna Mike.

— Avais-je le choix ? répliqua Norman. Vous êtes de la police.

— Ah oui, c'est vrai. Alors, ces fondants au chocolat façon sundae, comment sont-ils ?

— À tomber à genoux. »

Au même instant, Hannah sortit de la cuisine armée d'un plateau surmonté de deux tasses et de l'assiette qu'elle destinait à Mike.

« Voilà pour vous, messieurs, dit-elle en posant le tout sur la table basse. Allez-y, mangez pendant que c'est chaud. »

Mike plongea sa cuillère dans le chocolat fondant, recueillant au passage un peu de pâte et une lichette de glace, la glissa entre ses lèvres, ferma les yeux et se mit à ronronner comme un félin heureux.

« Ça vous plaît ? demanda Hannah.

— Si ça me plaît ? Ah, merci, Hannah ! J'ai couru toute la journée. Je n'ai même pas eu le temps de manger.

— Dans ce cas, puis-je vous proposer du pain de viande ? Je peux vous en réchauffer une tranche et vous la servir avec un biscuit au fromage. »

Mike émit un borborygme que Hannah interpréta comme un assentiment. De retour dans la cuisine, elle mit une tranche de pain de viande au micro-ondes, coupa un biscuit par le milieu et en tartina les deux moitiés avec de la mayonnaise.

« Ketchup ? proposa-t-elle en coupant en fines rondelles quelques cornichons cultivés par Lisa.

— Oui, et de la moutarde aussi, si vous en avez. »

Tandis qu'elle parachevait son œuvre, Hannah entendait Mike racler le fond de son assiette à dessert. Elle sortit la tranche de pain de viande, referma le sandwich et, quand elle revint dans le salon, constata qu'il ne restait plus une miette de fondant au chocolat devant Mike. Preuve que celui-ci mourait de faim.

« Bonsoir, mon grand, dit-il à Moshe. Tu veux goûter ? Attends un peu, je te coupe un petit bout de viande. »

Aussi différents soient-ils, songea Hannah un instant plus tard, pendant qu'elle rinçait les ustensiles dans l'évier avant de les mettre dans le lave-vaisselle, Norman et Mike partageaient la même affection pour son chat, lequel les adorait sans distinction. C'était l'une des choses qui lui plaisaient le plus chez eux. Mais c'était aussi pour cela qu'elle avait tant de mal à faire son choix. Souvent, elle se disait que si Moshe avait aimé l'un et détesté l'autre, elle serait déjà casée. Comme ce n'était pas le cas, elle continuait de fréquenter les deux et cette situation lui convenait à merveille.

Elle venait de reprendre sa place sur le canapé quand le téléphone sonna. À peine eut-elle décroché que sa sœur Andrea se mit à hurler dans le combiné.

« Hannah ! Il faut absolument que tu m'aides ! Bill est encore au travail. Je n'y arriverai pas toute seule ! »

Cette fois, Hannah eut la prudence de s'informer avant de promettre, un principe qu'elle tentait de suivre depuis le jour où Andrea, adolescente, l'avait suppliée de l'accompagner à un concert de rock alternatif où elle s'était retrouvée coincée pendant plus de deux heures avec six collégiennes hystériques dans une salle à l'acoustique déplorable, dont elle était ressortie à moitié sourde.

« De quoi s'agit-il, exactement ?

— Je suis censée acheter un arbre de Noël pour la classe. Figure-toi que Tracey a oublié de m'en informer. Elle ne me l'a dit que ce soir en se couchant. Son institutrice cherchait un ou une volontaire, et bien sûr Tracey m'a désignée. Et c'est pour demain !

— Bienvenue dans le monde des parents d'élèves, pouffa Hannah. Allons, Andrea, respire. Trouver un arbre de Noël en décembre, ce n'est pas très difficile. Tu peux compter sur moi.

— Merci, Hannah ! Je savais que tu ne me laisserais pas tomber.

— Une grande sœur répond toujours présente ! Si je passe te prendre demain matin, ça te va ?

— Pas demain matin. Ce soir ! rétorqua Andrea. Je dois l'apporter aux aurores pour que les branches aient le temps de reprendre leur forme initiale et que les enfants puissent le décorer dans la matinée.

— Où dénicher un arbre de Noël à 9 heures du soir ?

— À la foire aux sapins de l'Elfe fou, s'immisça Mike, qui n'avait rien raté de la conversation.

— Oui, ils sont ouverts jusqu'à 23 heures, renchérit Norman. Nous avons largement le temps.

— Nous ? bredouilla Hannah.

— Oui. Vous, Andrea, Norman et moi, dit Mike. Nous n'allons pas vous laisser seules face à l'adversité. Choisir un arbre c'est une affaire d'homme. Je ne veux pas que demain, Tracey soit la risée de ses petits camarades parce que sa mère et sa tante auront acheté un sapin tout rabougri couvert de neige rose bonbon. »

Hannah fut tentée de lui balancer une réplique à la hauteur de l'insulte mais se ravisa. Après tout, il n'avait pas tort. Tout le monde savait qu'Andrea avait un faible pour les sapins roses. Combien de fois ne s'était-elle pas extasiée devant celui qui trônait dans la vitrine de la banque ? À eux trois, ils arriveraient sans doute à la dissuader de commettre cette faute de goût.

« Très bien, fit Hannah, tout sourire. J'avais l'intention d'y passer, de toute manière. Pas pour acheter un arbre. Mon appartement est trop petit et je n'en profiterais pas, vu que je ne suis jamais chez moi. Mais il paraît que cette foire vaut le détour. Larry Jaeger a fait du bon boulot, m'a-t-on dit.

— Il revend vos cookies dans sa cafétéria, n'est-ce pas ? s'enquit Norman.

— En effet. D'ailleurs, il faut que je lui parle de cela. Quelqu'un m'a rapporté qu'à 18 heures, il n'y en avait déjà plus. S'il est partant, je suis prête à augmenter mes livraisons quotidiennes. »

Norman fit un clin d'œil à Mike. « Le cours de ce soir porte déjà ses fruits. »

Hannah allait lui renvoyer une remarque bien sentie quand Andrea se manifesta de nouveau.

« J'ai cru reconnaître la voix de Norman. Et celle de Mike, aussi.

— Oui, ils sont avec moi. Et ils veulent bien nous aider. Si cela te convient, on peut se retrouver sur le parking de la foire aux sapins à 22 heures.

— Parfait. Ça me laisse le temps de monter au grenier chercher notre vieux socle. Tracey n'a pas su me dire si son institutrice en avait un.

— Bon, à tout à l'heure. » Hannah raccrocha et se tourna vers ses deux visiteurs. « Nous partons dans dix minutes. Quelqu'un veut une tasse de café pour la route ? »

Les deux hommes acceptèrent en chœur. En mettant de l'eau dans la cafetière, Hannah sentit une vague de fatigue la gagner. La journée avait été longue. Pourtant, elle avait hâte de découvrir la foire aux sapins de l'Elfe fou, alias Larry Jaeger.

Fondants au chocolat façon sundae

Préchauffer le four à 260 °C,
la grille en position médiane.

1 tasse de beurre salé (2 plaquettes, ½ livre)
1 ⅓ tasse de pépites de chocolat noir
4 jaunes d'œuf (mettre les blancs au frigo dans un récipient fermé pour les ajouter à des œufs brouillés)
5 œufs
1 tasse de sucre blanc (semoule)
1 tasse de farine ordinaire

Prévoir de la glace à la vanille pour compléter.

On peut opter pour des moules à muffin (taille XL), en silicone de préférence. Si l'on choisit un moule rigide, mettre une caissette en papier dans chaque alvéole et, après la cuisson, retirer les fondants en les pinçant entre deux grosses cuillères. Avec les quantités données dans la recette, on obtiendra 9 fondants.

On peut aussi prendre des moules individuels à soufflé ou à brioche, mais il faudra décoller les fondants avec une lame puis les renverser sur un plat. Pour 6 à 8 fondants.

Conseil de Hannah : par souci de commodité, j'utilise les petits moules jetables en aluminium qu'on trouve dans tous les bons supermarchés. Les fondants se détacheront plus facilement. Bien sûr, ils ne sont pas gratuits, mais rien n'empêche de les réutiliser après les avoir lavés.

Chemiser les moules avec un peu d'huile et de farine.

Mettre le beurre et les pépites de chocolat dans un bol au micro-ondes pendant 90 secondes à 900 W. Vérifier en tournant avec une fourchette car le chocolat a tendance à garder sa forme même une fois fondu. Laisser refroidir.

Quand le bol est tiède au toucher, casser les 4 œufs, mettre les blancs de côté, battre les jaunes puis les mélanger tout doucement au chocolat.

Casser 5 œufs entiers et les incorporer l'un après l'autre à la préparation en remuant bien après chaque ajout.

Mettre le sucre blanc. Puis la farine. Mélanger jusqu'à obtenir une pâte lisse et homogène.

Verser dans les moules et déposer ces derniers sur la grille ou la plaque du four.

Cuire à 260 °C pendant 7 minutes EXACTEMENT. Ne pas ouvrir la porte du four pendant la cuisson. Le secret de cette recette repose sur une température élevée et constante pendant une durée limitée. Ceci afin d'obtenir un fondant bien ferme à l'extérieur et coulant à l'intérieur.

Au bout de 7 minutes, sortir les moules et les poser sur une grille. Si le cœur de chaque fondant paraît liquide, pas d'inquiétude. C'est le but recherché.

Laisser refroidir 2 minutes puis renverser sur des assiettes à dessert ou dans des coupelles. Avec deux fourchettes, décapiter chaque fondant et laisser le chocolat s'écouler.

Garnir d'une boule de glace à la vanille.

Servir immédiatement.

S'il en reste, on peut les réchauffer au micro-ondes. Mais ne pas s'attendre à retrouver la même saveur. Les fondants seront mangeables, mais au centre, à la place du chocolat fondu, il y aura de la pâte.

Note de Hannah : pour faire plus chic, je garnis le pourtour de chaque assiette avec de la compote de fruits. Ma mère adore le couple chocolat-compote. Mes sœurs préfèrent la version chocolat-crème glacée, au chocolat pour Andrea, à la vanille pour Michelle. Quant à moi, je trouve que rien ne se marie mieux avec le chocolat tiède que la glace au café.

Chapitre 5

Dès que Norman pénétra sur le parking bondé, Hannah repéra la Volvo vert foncé de sa sœur. Andrea en était descendue et faisait de grands signes pour montrer qu'elle leur avait gardé la place d'à côté.

Des chants de Noël se déversaient des haut-parleurs. En descendant de voiture, Hannah reconnut « Hark the Herald Angels » dans une interprétation plus nasillarde que l'original. Les gens qui habitaient en face devaient être ravis.

Hannah gémit, se boucha les oreilles et articula :

« Bonsoir, Andrea.

— Bonsoir, Hannah. » Andrea se tourna vers Norman. « Je suis vraiment contente que vous soyez là. Trois avis valent mieux que deux.

— Et quatre, je ne t'en parle même pas, répliqua Hannah. Mike nous rejoint bientôt. Avant qu'il n'arrive, je préfère t'avertir. Ne lui dis pas que tu nous attendais sur une place de stationnement. Ce n'était pas très malin de ta part. Tu aurais pu te faire renverser par un automobiliste pressé de se garer.

— Qui oserait renverser la femme du shérif !

— Il fait très sombre. Et tu n'es pas phosphorescente, que je sache. »

Andrea détestait avoir tort. À son silence, Hannah comprit qu'elle cherchait une excuse.

« Pourtant, Norman m'a vue, lui. Et il a ralenti.

— Norman est un bon conducteur. Mais imagine qu'un type ait déboulé comme un dingue après avoir sifflé deux ou trois verres de vin chaud chez le caviste !

— Eh bien... » Andrea soupira. « Tu as raison. Je n'aurais pas dû me mettre là. » Puis, se tournant vers Norman : « Bill n'en saura rien, d'accord ?

— N'ayez pas d'inquiétude. Je sais ce qui arrive au porteur de mauvaises nouvelles.

— Qu'est-ce qui lui arrive ? demanda Andrea.

— Il peut se faire tuer. Dans son *Antigone*, Sophocle a écrit : "Personne n'aime le messager porteur de mauvaises nouvelles."

— Mais c'est horrible ! s'écria Andrea. On n'a pas le droit de tuer les gens juste parce qu'on n'aime pas les nouvelles qu'ils apportent. J'espère qu'il y a eu des sanctions ! »

Connaissant les lacunes de sa sœur en histoire et en littérature, Hannah vola à son secours.

« C'était il y a très longtemps dans un pays très lointain. Et nul ne peut affirmer que cette pratique ait vraiment existé. Mais l'adage a survécu. Shakespeare l'a repris dans *Henri IV*, et certains prétendent qu'Oscar Wilde et Mark Twain l'ont également cité dans leurs écrits.

— De son vrai nom, Mark Twain s'appelait Samuel Clemens, se rengorgea Andrea. Ah, voilà Mike ! reprit-elle dans un sourire. Je me demande où il va pouvoir se garer.

— N'importe où », répondit Hannah en voyant le gyrophare s'allumer sur le toit du véhicule de patrouille.

Mike s'arrêta derrière les berlines de Norman et d'Andrea. Dès qu'il eut rejoint ses amis, cette dernière sortit le bout de papier sur lequel l'institutrice de Tracey avait noté ses recommandations. L'arbre devait mesurer entre un mètre vingt et un mètre cinquante, avoir des aiguilles courtes et des branches assez espacées pour que les enfants puissent le décorer sans trop de mal.

« Un épicéa bleu, suggéra Mike.

— Ou un pin sylvestre, proposa Norman. Attendons de voir ce que l'Elfe fou possède en magasin.

— Je suis vraiment contente que vous soyez là, tous les trois, fit Andrea en se dirigeant vers l'entrée du parc. À la maison, c'est toujours Bill qui s'occupe du sapin. Et il ne l'achète pas. Il va en couper un chez ses parents. Ils en ont des centaines sur leur terrain.

— Il emmène Tracey ? demanda Norman.

— Oui, depuis deux ans. Avant, elle était trop petite. » Andrea se tourna vers sa sœur. « C'était toi qui accompagnais papa, tu t'en souviens ?

— Bien sûr ! Nous achetions nos sapins chez Red Owl. Le père de Florence les faisait livrer par camion et les exposait devant le supermarché. On aurait dit des lances posées contre le mur de brique.

— Il les vendait gelés ? s'étonna Norman.

— Oui. Le livreur les entassait sur la plate-forme de son camion, sous une bâche. Le temps qu'ils arrivent, ils étaient complètement raides. Je les revois encore, ficelés comme des momies. Un jour, j'ai demandé à papa comment il faisait pour savoir à quoi ressemblerait notre sapin une fois dégelé. En fait, il avait un truc.

— Lequel ? souffla Andrea en accrochant le bras de sa sœur. Les arbres de l'Elfe fou sont peut-être gelés, eux aussi.

— Papa a dit qu'il devait avoir l'air d'une carotte et mesurer deux fois sa circonférence. Comme je ne comprenais pas, il m'a expliqué que pour mesurer un sapin, il fallait passer une cordelette autour de ses branches inférieures, puis la tendre à la verticale pour voir jusqu'où elle allait. Après, il m'a montré comment faire.

— Waouh ! dit Mike, impressionné. Vous deviez avoir de très beaux sapins, chez vous.

— En effet, sauf une année. Mon père et moi avons ramené l'arbre à la maison, il l'a installé sur son socle, a retiré la ficelle et m'a promis qu'il dégèlerait dans la nuit. Comme il était tard, je suis montée me coucher.

— Comment était-il le lendemain ? demanda Andrea. Je n'en ai aucun souvenir.

— Normal, tu étais encore bébé. Eh bien, quand je suis descendue prendre mon petit déjeuner, l'arbre avait effectivement dégelé, mais il avait aussi perdu toutes ses aiguilles. Je pense qu'il était trop vieux.

— Papa a dû être horriblement déçu, gémit Andrea. Qu'a-t-il fait ?

— Il a trouvé quelqu'un pour le remplacer à la quincaillerie, et il est allé en couper un autre derrière la ferme de grand-mère et grand-père Swensen.

— J'espère que l'arbre de Tracey ne perdra pas ses aiguilles, murmura-t-elle, affolée. Quelqu'un sait-il différencier un jeune sapin d'un vieux ?

— Oui, moi, dit Norman. Il suffit de vérifier la qualité des aiguilles. Si elles s'effritent quand on les touche, ça veut dire que c'est un vieil arbre.

— Je connais une meilleure méthode, dit Mike. Je sors mon badge, je demande à voir la facture de la dernière livraison et je choisis un arbre parmi les plus récents. »

Norman lui donna une petite bourrade dans le dos. « Bravo ! Je m'incline. Allons-y. »

En entrant dans le parc, Hannah remarqua une série de petites luges vertes rangées près du portail. Une femme venait d'en décrocher une et d'y asseoir son fils de quatre ans. Derrière l'enfant était posée une grande caisse rouge destinée à recevoir les achats, un peu comme dans un caddie de supermarché.

« Astucieux, commenta Norman.

— Et comment ! répondit Hannah. Mais que se passe-t-il si quelqu'un arrive avec deux enfants ?

— C'est là que j'interviens. » Les quatre amis se retournèrent en même temps vers une jeune fille blonde en tenue d'elfe. « Je m'appelle Mary. Je serai votre elfe, ce soir.

— Vous dites ça à tous les clients ? répliqua Hannah.

— Non, seulement à vous. Je plaisante, mademoiselle Swensen. Je suis la petite sœur de Tricia Barthel. Vous ne m'avez pas reconnue, mais je ne vous en veux pas. Avec ce déguisement, c'est normal.

— Il est mieux que celui que je portais l'année dernière quand nous avons fêté Noël à l'auberge de Lake Eden. Au moins, toi, tu es à l'aise dans tes collants.

— Bonsoir, Mary, dit aimablement Andrea. Je cherche un arbre pour la classe de ma fille. Il doit mesurer entre un mètre vingt et un mètre cinquante de haut, avoir des aiguilles courtes et des branches assez espacées pour que les enfants puissent le décorer sans trop de mal.

— Nous avons ce qu'il vous faut. Suivez-moi. »

Mary mit le cap sur une tente située au fond du parc. D'abord, Hannah s'avoua un peu étonnée, puis elle se dit que, vu leurs dimensions imposantes, les premières tentes devaient abriter les sapins les plus grands et les plus chers. En chemin, la petite troupe passa devant deux boutiques, l'une de jouets, l'autre de souvenirs, estampillées Chez l'Elfe fou. Et tout du long, ils eurent droit à l'inévitable « We Wish You a Merry Christmas » jaillissant à plein volume des enceintes qui couvraient la zone.

Hannah rattrapa leur elfe pour lui glisser à l'oreille :

« Pas étonnant que vous soyez tous fous avec cette musique.

— Oui, pouffa Mary. Au début, c'est pénible. Mais j'ai fini par m'habituer. Je ne l'entends quasiment plus. Si elle s'arrêtait je crois que je le remarquerais, mais elle ne s'arrêtera pas avant 23 heures.

— Les voisins ne râlent pas ?

— Non. J'ai demandé à la directrice comment M. Jaeger faisait pour éviter les plaintes. Eh bien, il paraît qu'il a offert un sapin et un bon d'achat de cinquante dollars à toutes les familles du quartier.

— Pas bête. »

Les habitants de Lake Eden ne roulaient pas sur l'or. Un petit coup de pouce était toujours le bienvenu, surtout en période de fêtes.

« Nous y sommes, annonça Mary en pénétrant dans une vaste tente rayée vert et rouge. Les sapins à aiguilles courtes sont tous rassemblés ici. »

Hannah eut l'impression de s'enfoncer dans une forêt de conifères. Elle ferma les yeux et respira l'enivrante odeur de résine. En plus, l'espace était chauffé, remarqua-t-elle avec satisfaction. Elle ne serait donc pas obligée de mettre en pratique la méthode que son père lui avait apprise.

« Les épicéas bleus sont là-bas. » Mary désigna une zone délimitée par un ruban bleu. « Mais je vous les déconseille. Dans une salle de classe, ils risquent de sécher en quelques jours.

— Merci de nous avertir, fit Andrea avec gratitude. Et ceux-ci ? ajouta-t-elle en pointant le doigt.

— Ce sont des pins sylvestres. » Mary les escorta vers un stand cerné d'une bande verte. « Ils ont la cote auprès des enseignants parce qu'ils durent très longtemps et que leurs aiguilles ne tombent pas, même quand les branches commencent à jaunir. En plus, ils ne sont pas chers. »

Sa sœur ayant tendance à croire que la qualité d'un bien dépendait de sa valeur marchande, Hannah savait comment elle allait réagir.

« Je ne veux pas forcément le moins cher, déclara Andrea, sans surprise. Dis-moi, Mary, que penses-tu de ceux-là ? renchérit-elle en désignant sur la droite un groupe de sapins entouré d'une bande rouge. Je les trouve superbes.

— Ce sont des sapins nobles. Du haut de gamme, répondit Mary avant de poursuivre à mi-voix : Je ne devrais pas le dire, mais vous ne trouverez pas plus frais. En plus, leurs aiguilles sont très souples. » Mary en arracha une et l'écrasa entre le pouce et l'index. « D'habitude, quand elles sèchent, elles deviennent piquantes. D'où leur nom, j'imagine. Celles des sapins nobles n'ont pas ce défaut. Elles seront sans danger pour les enfants, au moins jusqu'aux vacances.

— Dans ce cas, mon choix est fait, déclara Andrea en s'avançant pour inspecter les arbres serrés les uns contre les autres. Puis-je savoir combien ils mesurent ?

— Il y a un code couleur. Je vais vous le montrer. »

Pendant qu'Andrea et Mary se faufilaient entre les sapins nobles, Norman s'approcha discrètement de Hannah et lui dit : « "Les Douze Jours de Noël" viennent à peine de commencer et j'ai déjà la migraine. »

Hannah le considéra d'un air perplexe puis réalisa que « We Wish You a Merry Christmas » avait laissé place à une rengaine tout aussi énervante.

« Oui, c'est le couplet des oiseaux. Donc il en reste huit, compta-t-elle. J'ai de l'aspirine dans mon sac. Vous en voulez ?

— Non, merci. Ça ira mieux dès que nous serons sortis.

— Hannah ! dit Mike. Si on essayait la Bûche de Noël ? »

Hannah connaissait ce manège. Il s'agissait d'une immense balançoire en forme de « bûche » comportant plusieurs paires de sièges. On s'asseyait face à son coéquipier, on attachait sa ceinture de sécurité et c'était parti. La vitesse de l'engin devait augmenter de manière exponentielle car les gens hurlaient plus fort à chaque descente. Quelques années auparavant, elle aurait peut-être relevé le défi, ne serait-ce que pour prouver à Mike qu'elle n'avait peur de rien. Depuis, elle avait appris qu'agir inconsidérément ne prouvait rien du tout.

« Non, merci.

— Et le traîneau magique du Père Noël ?

— La grande roue, vous voulez dire ?

— Oui. Une grande roue dont chaque nacelle est un traîneau tiré par un renne en plastique. De là-haut, on doit voir toute la ville. »

Ce manège-là lui plaisait davantage, mais elle n'accepterait qu'à une condition.

« D'accord, si c'est moi qui conduis.

— C'est que... ce n'est pas un vrai traîneau.

— Je plaisantais. Bon, on attend que ma sœur ait choisi son arbre et on fait un tour tous ensemble ?

— Allez-y avec Mike, dit Norman. Je reste pour aider Andrea.

— Sérieux ? fit Hannah en se demandant si Norman se sacrifiait uniquement par politesse.

— Absolument. J'ai vu qu'il y avait la queue devant les manèges, mais prenez votre temps. Quand Andrea sera décidée, il faudra encore glisser l'arbre dans un filet de protection et le porter jusqu'à la voiture.

— Dans ce cas... » Hannah se tourna vers Mike. « Faisons d'abord un saut à la cafétéria de l'Elfe fou. Je veux voir s'ils sont vraiment à court de munitions. »

Hannah et Mike s'engagèrent sur l'avenue du Pôle-Nord, qui débouchait sur une rangée de cabanes en rondins dont les enseignes joliment peintes pendaient au-dessus des portes comme dans les pubs anglais.

« Ces cabanes ont dû lui coûter un bras, dit Mike en désignant celle qui abritait la boutique de jouets.

— Comment le savez-vous ?

— Je me suis renseigné sur les prix, à l'époque où j'habitais Minneapolis. Je voulais en mettre une dans le jardin pour ranger la tondeuse à gazon, la souffleuse à neige, ce genre de choses.

— Combien ça vaut ?

— Mille dollars le petit modèle. Et c'était il y a deux ans. Celles-ci sont beaucoup plus grandes. Elles ont dû leur coûter dans les cinq mille dollars chacune, sauf s'ils ont obtenu une grosse remise.

— Ou bien elles sont en location, suggéra Hannah.

— Ce serait logique puisqu'elles ne serviront qu'une dizaine de jours. À moins que Larry ne les ait achetées dans l'idée de les revendre ensuite.

— Elles sont trop volumineuses pour un jardin. » Hannah prit Mike par le bras et l'entraîna vers une cabane devant laquelle s'étirait une longue file d'attente. « À quoi d'autre pourraient-elles servir ?

— À entreposer des outils, des meubles, que sais-je ? On peut aussi en faire un garage pour deux véhicules, voire un tracteur.

— Mouais, répondit Hannah, dubitative. Les portes sont trop étroites. Il faudrait les modifier, ce qui engendrerait des frais supplémentaires. »

Mike gloussa.

« Le maire Bascomb sera peut-être intéressé. Ça lui ferait une seconde cabane de pêche sur glace. Encore plus grande que la première.

— Avec lui, tout est possible, ricana Hannah avant de prendre place dans la file d'attente.

— Je vous offre une tasse de café ? proposa Mike. En revanche, je crois qu'ils n'ont plus de cookies.

— Comment le savez-vous ? Nous ne sommes pas encore entrés.

— Regardez ! Les gens sortent avec des boissons chaudes et rien d'autre.

— Vous m'impressionnez !

— C'est le métier, fit Mike, faussement modeste. Je suis policier, contrairement à vous. »

Hannah se mordit la langue. Elle lui aurait volontiers rétorqué qu'elle avait résolu une douzaine d'affaires de meurtre sans son aide, mais elle ne voulait pas gâcher la soirée. Blessé dans son orgueil, Mike ne manquerait pas de lui rappeler qu'elle avait le chic pour se mettre dans des situations inextricables, et qu'elle serait morte plusieurs fois s'il n'était pas intervenu à temps. Par conséquent, mieux valait ne rien dire et le laisser rouler des mécaniques.

« Après vous, dit Mike en poussant la porte de la cabane.

— Merci. »

Hannah cligna les yeux. Tout étincelait dans cette boutique. Les petites ampoules qui clignotaient par centaines selon un rythme aléatoire se reflétaient sur les couronnes de Noël fixées derrière le comptoir. Un gros ours en peluche coiffé d'un chapeau écossais accueillait les clients à l'entrée en leur souhaitant un joyeux Noël. Il y avait des guirlandes en papier bleu et argent accrochées un peu partout, des chandelles électriques sur les rebords de fenêtre et deux grands sapins dressés contre le mur du fond.

« Vous avez vu ces arbres ? » fit Mike, comme si on pouvait les rater.

Ils mesuraient au moins cinq mètres de haut et leurs branches croulaient sous les décorations. Hannah ne put s'empêcher d'admirer les anges perchés au sommet. Leurs ailes en gaze de soixante centimètres d'envergure s'agitaient au moindre souffle d'air, donnant l'impression qu'ils allaient bientôt décoller.

Hannah et Mike remercièrent l'ours écossais et attendirent leur tour entre des cordelettes de velours rouge tenues par des piquets en forme de sucre d'orge.

La file progressait rapidement. Quand vint leur tour, Mike désigna la vitrine vide.

« Plus de cookies.

— Vous aviez raison. Je me demande depuis combien de temps ils sont en rupture de stock.

— Depuis 18 heures, répondit l'elfe qui s'était avancé pour prendre leur commande. Vos cookies se sont carrément envolés, mademoiselle Swensen.

— Krista ? hasarda Hannah, la jeune vendeuse ayant une vague ressemblance avec la petite-fille de Barbara Donnelly.

— Oui, c'est bien moi. Grand-mère m'a dit que j'étais méconnaissable quand elle m'a déposée ici, dans l'après-midi.

— Ta grand-mère a raison. Si tu n'avais pas parlé, je ne t'aurais pas reconnue.

— Je préfère passer incognito, vu comment certains clients réagissent quand je leur annonce qu'il n'y a plus de cookies. M. Jaeger devrait en commander davantage. Vous pourriez lui en toucher un mot ?

— Je vais le faire. Il est là, ce soir ?

— Il est là tous les soirs. Après la boutique de jouets, tournez à gauche sur l'allée Rudolph. Vous verrez une caravane tendue de guirlandes lumineuses avec un sapin floqué bleu sur le devant. C'est le QG des Elfes. Vous n'aurez plus qu'à toquer et M. Jaeger vous ouvrira. Mais dites-moi ce qui vous ferait plaisir.

— Pour moi, ce sera un grand Holly Jolly, s'il vous plaît, répondit Mike avant de s'adresser à Hannah. Que prendrez-vous ?

— Je ne sais pas. Qu'est-ce qu'un Holly Jolly ?

— Un chocolat chaud mélangé à du café parfumé à l'orange, récita Krista. Avec de la crème fouettée par-dessus. C'est vraiment bon, mademoiselle Swensen.

— Alors j'en veux bien un. »

Moins d'une minute plus tard, Hannah et Mike ressortaient de la cafétéria avec deux gobelets fumants. Hannah prit une gorgée et fut heureusement surprise.

« Délicieux.

— C'est idéal pour lutter contre le froid. Je me demande toutefois si ces Holly Jolly ne seraient pas encore meilleurs avec une goutte de cognac. »

Hannah s'avoua surprise. Mike buvait rarement. Quand il faisait un bon dîner, il prenait une bière ou un verre de vin. Mais jamais elle ne l'avait vu boire du cognac.

« Ou de Grand Marnier, poursuivit-il. À la place de l'extrait d'orange. Ou carrément de la vodka orange. On trouve de la vodka à tous les parfums, aujourd'hui. »

Trois boissons alcoolisées en l'espace de vingt secondes !

« Vous avez passé une mauvaise journée ? lui demanda-t-elle.

— Oui. C'est en partie à cause de cela que je suis venu vous voir. Mais je n'ai rien voulu dire devant Norman. Après tout, ce n'est qu'une présomption.

— Quelle présomption ?

— Je crois que Carrie vole à l'étalage.

— Quoi ?!

— Je vous le répète, ce n'est qu'une présomption. Mais je ne vois pas d'autre explication. »

Hannah s'arrêta net.

« Attendez une minute. Pouvez-vous m'expliquer d'où vous vient cette idée ? Et s'il vous plaît, commencez par le commencement.

— Cela fait trois fois que je la suis depuis le centre commercial jusque chez elle. Hier dimanche, lundi et mardi soir de la semaine dernière.

— Vous suivez la mère de Norman ? » fit Hannah, sidérée.

Carrie n'avait rien d'une voleuse. Mais la kleptomanie était une maladie, Hannah l'avait appris en cours de psychologie. Certaines personnes volaient parce qu'elles manquaient d'argent, d'autres parce qu'elles ne pouvaient s'en empêcher. C'était une addiction comparable à l'alcoolisme. D'ailleurs, pour résoudre leurs problèmes, les kleptomanes suivaient le même genre de programme que les alcooliques.

« Oui, mais pas exprès, répondit Mike, embarrassé. C'est juste qu'elle sort du centre commercial en même temps que moi. À l'heure de la fermeture. Leur service de sécurité est à court de personnel, en ce moment. Je leur donne un coup de main deux fois par semaine en attendant qu'ils embauchent un nouveau vigile.

— Des tas de gens aiment traîner dans le centre commercial jusqu'à l'heure de la fermeture. En hiver, c'est le seul endroit où ils peuvent se promener sans être obligés d'enfiler un bonnet et des bottes. Qu'est-ce qui vous pousse à croire que Carrie vole à l'étalage ?

— Encore une fois, ce n'est qu'une présomption. Mais franchement, quand elle fourre ses paquets dans le coffre de sa voiture, je lui trouve un air coupable. »

Les intuitions de Mike étaient rarement infondées. Pourtant, Hannah ne parvenait pas à imaginer la mère de Norman dans la peau d'une délinquante.

« Les paquets qu'elle fourre dans son coffre, comme vous dites... de quelles boutiques viennent-ils ?

— Hier soir, ils venaient de La Pantoufle de Verre, une maroquinerie de luxe. Un sac énorme contenant au moins six cartons à chaussures.

— Avez-vous interrogé le gérant de La Pantoufle de Verre ? »

Le regard que Mike lui lança aurait pu dessécher un mélèze centenaire.

« Vous me prenez pour un débutant ?

— Nullement. Qu'a-t-il répondu ?

— Qu'elle avait acheté six paires de chaussures et les avait payées avec une carte de crédit. La carte est valide. Ils ont vérifié.

— Donc elle n'a rien volé.

— Elle n'a rien volé à La Pantoufle de Verre. Mais il y avait d'autres paquets dans le coffre. Malheureusement je n'ai pas vu ce que c'était.

— OK. » Hannah respira un bon coup. « Si vous n'êtes pas sûr de vous, laissez tomber, au moins jusqu'à ce qu'un commerçant vous signale un problème. Ils vérifient leurs stocks régulièrement, n'est-ce pas ?

— Tous les vendredis. Vous avez raison, Hannah. Je ne dois pas tirer de conclusions hâtives. C'est juste que je n'ai pas aimé son expression quand elle m'a aperçu. Comme si elle craignait que je lui pose des questions. Jamais elle ne m'avait regardé comme cela.

— Je comprends, dit Hannah en lui prenant le bras. Mais ce n'est peut-être rien. Vous aviez travaillé toute la journée au poste de police et toute la soirée au centre commercial. Vous étiez fatigué, c'est normal.

— J'étais fatigué, mais ce regard, je ne l'ai pas imaginé.

— D'accord. Laissons cela pour l'instant. Nous avons une grave décision à prendre.

— Laquelle ?

— Que préférez-vous faire en premier ? Aller voir Larry pour parler cookies ou grimper dans le traîneau du Père Noël ?

— Commençons par Larry, décida Mike. J'ai des questions à lui poser.

— À propos de quoi ?

— De la pancarte accrochée près du guichet, à l'entrée du parc. Nous sommes passés devant tout à l'heure.

— Je ne m'en souviens pas.

— Il y avait écrit dessus : "Ici, on vend à perte et on se rattrape sur le volume." »

Hannah resta bouche bée.

« Mais... mais... C'est impossible !

— Je ne vous le fais pas dire. Je veux que Larry m'explique si c'est de l'humour ou s'il y croit vraiment. »

Hannah acquiesça d'un signe de tête et suivit Mike sur le chemin enneigé. S'il s'agissait d'une plaisanterie, elle ne la trouvait pas drôle. Dans le cas contraire, c'était pour le moins troublant, songea-t-elle en se rappelant le sujet du prochain cours de gestion. Si jamais Delores lui proposait encore de l'accompagner, elle aurait un bel exemple de mauvaise pratique commerciale à présenter à Mlle White.

Holly Jolly

1 tasse de café fort, brûlant
1 tasse de poudre de cacao
¼ cuillerée à thé d'extrait d'orange*

Mélanger le tout et présenter garni d'une cuillerée de crème fouettée sucrée.

*** Ou, comme Mike l'a suggéré, une goutte de cognac, de Grand Marnier ou de vodka orange.**

Chapitre 6

« Qui est-ce ? demanda une voix masculine après que Mike eut toqué à la porte de la caravane.

— Mike Kingston et Hannah Swensen.

— Une seconde. J'arrive. »

Un instant plus tard, Larry Jaeger les faisait entrer. Si l'on en jugeait d'après la canette de bière, les chips et le bol de crème à l'oignon posés sur la table basse, il devait être en train de regarder un match de football à la télé.

L'écran était d'une taille plus que respectable. Hannah reconnut les maillots rouge et or des Vikings. Contre quelle équipe jouaient-ils ? Elle s'approcha pour tenter de voir l'inscription en haut à gauche. *LA*, lut-elle. L'absence de point entre les deux lettres prêtait à confusion. S'agissait-il de Los Angeles ou de la Louisiane ? Plutôt que d'être prise en flagrant délit d'ignorance footballistique, elle contourna adroitement l'obstacle.

« Comment s'en sortent les Vikings ?

— Comme d'habitude, répondit Larry en leur désignant les fauteuils posés face au canapé. Ils ont mené jusqu'à la mi-temps, et maintenant ils se la coulent douce. Je vais couper le son pour qu'on puisse discuter tranquillement. »

Hannah le regarda partir en quête de la télécommande. Si elle avait dû le décrire en un mot, elle aurait choisi « moyen ». Larry n'était ni brun ni blond, ni gros ni maigre, ni grand ni petit. Sa tenue vestimentaire elle-même – jean, chemise à carreaux, bottes en daim – ne brillait pas par son originalité.

Pourtant elle savait que, sous son apparence banale, Larry Jaeger n'avait rien d'un homme ordinaire. Dire qu'il était doué pour les affaires aurait été un doux euphémisme. Au lycée Jordan déjà, il transformait en dollars tout ce qu'il touchait.

Visiblement, il n'avait pas changé depuis. Sa foire aux sapins attirait les foules et ses boutiques tournaient à plein régime. La phrase inscrite sur la pancarte à l'entrée avait de quoi surprendre, mais c'était peut-être un trait d'humour.

« Je suis content de vous voir, Hannah, dit Larry d'une voix ni grave ni aiguë avant de pointer la télécommande sur le poste de télé. Je prévoyais de vous appeler demain matin. Les vendeuses de la cafétéria réclament davantage de cookies.

— C'est bon signe ! sourit Hannah, heureuse que Larry ait déjà pris sa décision. Combien dois-je vous en livrer ?

— Voyons voir... nous en écoulons environ six douzaines par heure l'après-midi et encore plus le soir... Disons trente-six douzaines supplémentaires. Ça devrait suffire. »

C'était une grosse commande.

« Va pour trente-six douzaines, se réjouit Hannah. Vous avez une préférence ?

— J'ai remarqué qu'il n'y en avait pas au chocolat blanc.

— Je viens justement de tester une nouvelle recette au chocolat blanc. Rêves de citrouille. Ils se distinguent par leur consistance particulièrement moelleuse. Qu'en pensez-vous ?

— Parfait. Cinq douzaines, c'est possible ? » Il attendit que Hannah réponde d'un hochement de tête pour ajouter : « Et nous manquons aussi de cookies au gingembre. Vous en faites ?

— Oui, il y en a sur notre carte.

— On dit cinq douzaines de cookies au gingembre ?

— Ça marche.

— Et des cookies à la guimauve ? Les enfants adorent la guimauve.

— Je suis tout à fait d'accord », abonda-t-elle en se basant sur les goûts de Tracey. La dernière fois que sa nièce avait passé l'après-midi au Cookie Jar, Hannah avait inventé un brownie à la guimauve rien que pour elle. « Que diriez-vous de quatre plaques de brownies chocolat-guimauve ? Sachant que chaque plaque représente une douzaine de parts.

— Vendu ! »

Comme Larry prenait un air pensif, Hannah supposa qu'il était en train de calculer.

« Nous en sommes à quatorze douzaines, annonça-t-elle pour l'aider.

— Je sais, mais je pensais à autre chose. Nous recevons beaucoup de monde après l'heure du dîner. Pourriez-vous nous préparer l'un de ces merveilleux desserts de Noël ?

Une pâtisserie tellement succulente que les gens se précipiteraient chez nous rien que pour la déguster ?

— L'idée n'est pas mauvaise », répondit Hannah, laconique.

Avant de lui proposer quoi que ce soit, elle voulait savoir ce que Larry entendait par « merveilleux dessert de Noël ».

« Je pense à quelque chose qu'on ne fait pas chez soi, qu'on ne trouve pas dans les supermarchés de la région et que la plupart des gens n'ont jamais goûté. »

Hannah aurait pu lui citer plusieurs desserts correspondant à sa description, mais elle avait déjà trop de travail pour s'engager à lui livrer, en plus du reste, des tourtes à la canneberge ou des tartelettes au chocolat meringuées.

Après quelques secondes d'intense réflexion, le visage de Larry s'éclaira.

« Du plum-pudding ! Un gâteau anglais qui cadre parfaitement avec l'esprit de Noël.

— L'esprit, c'est bien beau, intervint Mike, qui s'était tu jusqu'à présent. Mais je crains que votre plum-pudding ne soit pas du goût de nos concitoyens. J'en ai mangé à Minneapolis, dans un restaurant chic. Eh bien, ça ressemblait à du cake aux fruits et il n'y avait pas une seule prune à l'intérieur.

— Pas de prune dans le plum-pudding ? fit Larry en prenant Hannah à témoin.

— Mike a raison. Les Anglais le font avec du citron, des fruits secs ou confits mais pas de prunes.

— Pourtant, *plum* signifie prune, n'est-ce pas ? Alors quoi ? »

Hannah haussa les épaules.

« Ce nom vient peut-être du fait qu'on l'enveloppe dans un tissu pour le cuire au bain-marie, ce qui lui donne l'aspect d'une grosse prune...

— Mes clients n'en voudront pas, soupira Larry, déçu.

— Attendez un peu », rebondit Hannah en songeant au dessert spectaculaire qu'elle avait promis de réaliser pour les noces de Claire et du révérend Knudson. Et si elle faisait d'une pierre deux coups ? « Je vais créer une variante du plum-pudding et j'y mettrai des prunes. Vous ne comptez pas le servir flambé, je suppose ?

— Vous supposez bien, répondit Larry.

— Y a-t-il un micro-ondes dans la cafétéria de l'Elfe fou ?

— Oui.

— Très bien. Il sera meilleur chaud. Je vais tenter le coup. »

Larry ne semblait pas convaincu.

« Il n'y aura pas de fruits confits à l'intérieur, j'espère ? Je déteste cela.

— Rassurez-vous. Il ne contiendra ni citron ni fruits secs, mis à part quelques raisins, peut-être. Si vous voulez, je peux vous en faire un à titre d'essai.

— Volontiers », déclarèrent les deux hommes en chœur.

Hannah éclata de rire.

« Je m'y mettrai dès demain matin et je vous l'apporterai dans l'après-midi, en même temps que les cookies. Qu'en pensez-vous ?

— Le plus grand bien », répondit Larry.

Hannah se tourna vers Mike.

« J'en ferai un autre pour vous. Vous n'aurez qu'à passer au Cookie Jar vers midi. Et s'il reste des cookies au sucre, je vous les donnerai aussi.

— Les cookies au sucre sont une valeur sûre ! »

Larry se leva pour les raccompagner.

« Une dernière chose, dit Mike. Vous n'avez pas décoré votre caravane. Pourquoi ?

— Décorer ma caravane ? Non, merci ! J'ai ce qu'il me faut dès que je sors d'ici. Je ne sais pas comment Courtney peut supporter tous ces trucs qui brillent.

— Courtney ?

— Ma fiancée. C'est elle qui gère la boutique de jouets. Il y a un tel raffut, là-bas, entre les poupées qui parlent, les automates qui couinent et tout le reste !

— Ça doit être pénible, je vous l'accorde, dit Mike.

— Elle s'en plaint souvent, mais elle dit que c'est bon pour les affaires. » Larry semblait impatient de les voir partir. « Désolé, mais j'ai un rendez-vous d'affaires dans cinq minutes. C'est important. »

Hannah et Mike marchèrent jusqu'à la porte. Au moment de sortir, ce dernier s'arrêta et se retourna vers leur hôte.

« J'ai vu la pancarte près des guichets. C'est une plaisanterie, n'est-ce pas ?

— Évidemment. On ne peut pas à la fois vendre à perte et faire du profit, quel que soit le volume de la transaction. Même un enfant de cinq ans sait cela.

— Alors pourquoi cette inscription ? insista Hannah en espérant glaner de la matière pour son devoir à la maison.

— Quand j'étais ado, il y avait une pub qui passait à la télé. Pour un vendeur de matelas, si j'ai bonne mémoire.

Leur slogan était si drôle que je l'ai inscrit sur une pancarte. J'ai même pris des cours de dessin pour faire quelque chose de joli. C'est cette pancarte que vous avez vue en entrant dans le parc. Depuis que j'ai fondé ma société, L J Entreprises, j'ai investi dans plusieurs affaires. Eh bien, chaque fois que j'ouvre un nouveau commerce, je l'accroche à l'entrée. C'est devenu une tradition. »

Les étoiles luisaient comme des cristaux de glace sur le ciel parfaitement dégagé. La lune ronde projetait ses rayons diaphanes sur la neige bleue. À cette hauteur, la musique était nettement plus supportable. Les notes s'envolaient, restaient un instant suspendues dans l'air glacé et finissaient par se disperser, comme à regret.

« Vous avez froid ? » demanda Mike en passant un bras autour de ses épaules.

Hannah n'avait pas froid, mais au lieu de répondre non elle se pelotonna contre la poitrine de Mike en souriant de bonheur.

« Regardez ! La cafétéria. » Mike se pencha par-dessus bord. « Et là-bas ! La tente des arbres floqués ! Je suis content qu'Andrea n'ait pas pris un sapin avec de la neige artificielle.

— Et moi donc ! » dit Hannah.

Un arbre floqué dans le hall d'un hôtel ou la vitrine de la First Mercantile Bank, passe encore. Mais pas dans une école ! Les enfants méritaient mieux qu'un sapin aspergé de plastique ou de Dieu sait quelle matière imitant la neige.

« Cette bûche de Noël monte vraiment haut, dit Mike en se penchant de l'autre côté. Vous avez vu ? Quand elle atteint son point culminant, elle s'immobilise un court instant avant de repartir dans l'autre sens. »

Hannah s'imagina suspendue dans les airs entre les bras de Mike. Ce serait bien agréable, songea-t-elle. À condition de ne jamais redescendre.

« Et voilà le QG des Elfes, reprit Mike. Là-bas ! »

Hannah baissa les yeux juste à temps pour apercevoir une silhouette masculine entrer dans la caravane. Sans doute le visiteur dont Larry leur avait parlé. De loin, il ressemblait un peu à Earl Flensburg, l'homme qui conduisait le chasse-neige et la remorqueuse du comté de Winnetka. Sauf que ce n'était pas lui. Comment un modeste employé municipal pouvait-il avoir rendez-vous avec un homme d'affaires de la carrure de Larry Jaeger ?

« Vous ne trouvez pas bizarre qu'il n'y ait pas la moindre décoration de Noël, chez lui ? » demanda Mike.

Hannah mit une seconde à comprendre de qui il parlait.

« Pas spécialement. Quand on baigne en permanence dans le même environnement, je comprends qu'on ait envie d'autre chose.

— Attention, Hannah, répliqua Mike avec ce sourire diabolique qu'elle adorait parce qu'il lui donnait des fourmis dans les orteils. Vous parlez comme les hommes infidèles qui se cherchent des excuses. »

Et vous en connaissez un rayon, grinça-t-elle en son for intérieur.

« Ou comme un ouvrier qui rêve d'aller camper dans la nature, préféra-t-elle lui renvoyer. Ou comme un Minnésotain qui s'achète un billet d'avion pour Hawaï.

— Vous marquez un point. Moi-même, je ne cracherais pas sur des vacances au soleil. À ce propos, Hannah... j'ai deux semaines de congé à prendre avant la fin du mois de janvier. Je pensais partir pour Saint-Thomas et je... Ce ne serait pas Andrea ? Mais oui, c'est bien elle. » Mike se pencha davantage en agitant les bras. « Elle est au pied de la roue. Elle nous attend. »

Sauvée par le gong, songea Hannah, sans savoir si elle devait se féliciter ou bien regretter que Mike ne soit pas allé jusqu'au bout de ce qui ressemblait fort à une proposition de voyage en amoureux.

La nacelle amorça sa descente, mettant un point final à leur moment d'intimité. Hannah se pencha, fit un petit signe à sa sœur, puis le traîneau s'immobilisa et un employé se précipita pour l'aider à s'en extraire.

« Vous vous êtes bien amusés ? demanda Andrea quand ils eurent rejoint le plancher des vaches.

— C'était agréable, répondit Hannah.

— Agréable ! la taquina Mike. Je m'attendais à quelque chose de mieux.

— D'accord, on s'est bien amusés. » Hannah se tourna de nouveau vers Andrea. « En tout cas, sache que tu peux monter dans ce manège avec Tracey, voire avec Mamie McCann et Bethany. Elles ne seront pas malades. En revanche, méfie-toi de la bûche de Noël.

— Tu m'étonnes. Je suis passée devant en vous rejoignant. Je ne mettrai jamais les pieds dans ce truc. Ni autre chose, d'ailleurs ! » Andrea fit volte-face et leur indiqua la sortie. « Nous avons fini nos achats. Norman est sur le parking. Il attache les arbres.

— Je vais lui donner un coup de main », dit Mike qui se précipita en laissant les sœurs Swensen derrière lui.

Quand elles furent seules, Hannah demanda :

« Tu as bien dit *les arbres ?* Aurais-tu acheté plusieurs sapins ?

— J'ai vraiment dit *les arbres* ? Ma langue a dû fourcher. J'espère que le mien ne rayera pas le toit de ma Volvo.

— Comment ça, *le tien* ? Dois-je en conclure que tu as acheté un sapin pour quelqu'un d'autre ?

— Quand je dis le *mien*, je parle de celui que j'ai choisi pour la classe de Tracey. *Les arbres*, c'est pour désigner tous ceux qui sont exposés ici. Nous sommes dans une foire aux sapins, que je sache ! »

Hannah dévisagea sa sœur, laquelle détourna le regard.

« Tu m'en parles maintenant ou plus tard ?

— Plus tard, soupira Andrea. J'avais promis de ne rien dire et j'ai déjà presque vendu la mèche. Plus de questions, d'accord ?

— D'accord, répondit Hannah par simple bonté d'âme. Dis-moi juste si tu as visité la boutique de jouets. Je suis curieuse.

— Oui, j'y suis entrée, rebondit Andrea, reconnaissante. Je cherchais un globe terrestre pour Bethany. Malheureusement, ils n'en ont pas.

— Un globe terrestre pour bébé ?

— Oui, un truc en mousse qu'on peut malaxer, jeter, faire rouler, écraser. C'est un excellent jouet d'apprentissage. Les enfants s'amusent, et, en même temps, ils apprennent la géographie.

— Si tu le dis », fit Hannah, convaincue que Bethany adorerait son nouveau ballon, mais que ce dernier serait largement obsolète le jour où elle saurait lire les noms imprimés dessus.

De nouveaux pays apparaissaient constamment, d'autres disparaissaient ou s'appelaient autrement. Quand elle regardait la cérémonie d'ouverture des Jeux olympiques, Hannah s'amusait à compter les délégations qui défilaient sous une bannière encore inconnue quatre ans auparavant.

« Ce n'était qu'une idée. En fait, j'ai trouvé autre chose pour elle, reprit Andrea tandis qu'elles franchissaient le portillon donnant accès au parking.

— Quoi ?

— Ils vendent des petits animaux au crochet. Trop chou ! La vendeuse m'a dit qu'ils étaient fabriqués à Lake Eden. J'ai d'abord pris un éléphant pour Bethie. Ensuite, j'ai vu un lion et je l'ai acheté pour Tracey. Elle est dans sa période gros félins.

— Tu en as eu pour combien ?

— Vingt dollars pièce. Mais ils ont l'air solides et ils passent à la machine. Pour des jouets faits main, je trouve que ce n'est pas cher.

— En plus, tu soutiens l'artisanat local. Ce qui n'est pas négligeable. » Hannah se rappela une chose que Larry lui avait dite. « As-tu aperçu la gérante ? Elle s'appelle Courtney, et c'est la fiancée de Larry Jaeger. »

Andrea fouilla dans ses souvenirs. « Je ne vois que la petite brune à la caisse. Elle portait une robe chasuble en velours rouge sur un chemisier en dentelle blanche. C'était la plus âgée et la seule à ne pas être déguisée en elfe. »

Elles retrouvèrent sans peine la Volvo et les deux hommes occupés à attacher le sapin sur le toit. Mais quand Hannah posa les yeux sur la voiture de Norman, quelle ne fut pas sa surprise de voir un deuxième sapin pareillement arrimé.

« Vous en avez acheté un, vous aussi ? lui demanda-t-elle.

— Non, c'est le vôtre.

— Le mien !? » Hannah jeta un coup d'œil sur l'immense pin sylvestre puis revint vers Norman. « C'est vraiment gentil de votre part. Mais les chats et les sapins de Noël ne font pas bon ménage.

— Avez-vous essayé ?

— Eh bien... non. Mais c'est de notoriété publique. Tout le monde sait que les chats grimpent aux branches, arrachent les boules de verre et mangent les guirlandes.

— Comment peux-tu en être sûre ? intervint Andrea. Barbara Donnelly met un arbre de Noël dans son salon chaque année, et pourtant, elle a un chat.

— C'est vrai, renchérit Mike. Barbara m'a dit qu'il n'y prêtait même pas attention. Vous devriez tenter le coup. Moshe est un gentil minet. Il épargnera votre arbre, je suis prêt à le parier. »

Hannah le fixa d'un air incrédule. Comment pouvait-il dire d'un chat qui prenait la baignoire de sa maîtresse pour une piste de bobsleigh et réveillait tout l'immeuble à 2 heures du matin qu'il était un gentil minet ? Le même « gentil minet » avait à son actif une longue série de méfaits. Il avait déchiqueté les coussins du canapé, maintes fois répandu le gravier de sa litière sur le sol de la buanderie, percé la cloison du cagibi pour accéder au sac de croquettes, extrait les sous-vêtements de Hannah du sac à linge sale pour les éparpiller sur le tapis du salon, cela parce qu'il refusait que des étrangers empiètent sur le territoire qu'il considérait comme sien. Moshe était câlin, drôle, fidèle, mais jamais, au grand jamais, elle ne le qualifierait de « gentil minet ».

« Essayez quand même, plaida Norman. Je vous l'installerai. Je serais tellement triste que vous n'ayez pas de sapin chez vous. Ça sent bon, c'est joli et... n'oubliez pas l'esprit de Noël !

— Eh bien... »

C'était une délicate attention, mais qu'avait-elle besoin d'un sapin ?

« Écoutez, ajouta Norman, à court d'arguments. Si ça ne va pas, je viendrai le reprendre.

— Puis-je refuser une telle proposition ? » céda Hannah. Elle serra Norman dans ses bras. « Mais après que vous l'aurez installé, je tiens à ce que vous ayez une conversation en tête à tête avec Moshe.

— Que voulez-vous que je lui dise ?

— Que ce n'est pas un vrai sapin.

— Pardon ?

— Je veux dire... c'est un sapin, mais pas comme ceux qu'on voit dans la nature. C'est un arbre d'intérieur. Un ornement éphémère.

— Vous croyez qu'il comprendra ?

— Oui, si vous lui fournissez un exemple. Vous pourriez lui expliquer que, comme son arbre à chat est un jouet pour chats, mon sapin de Noël est un jouet pour humains. » Hannah se tut et secoua la tête. « Non... ne lui dites rien.

— Mais pourquoi ? s'écria Andrea. Ton raisonnement est juste.

— Je trouve aussi. Mais je crains que Moshe n'en saisisse pas toutes les subtilités.

— Pourquoi ? s'étonna Mike.

— Parce que Moshe ignore qu'il est un chat. Il se prend pour un être humain en manteau de fourrure marchant à quatre pattes. »

Rêve de citrouille au chocolat blanc

Préchauffer le four à 175 °C,
la grille en position médiane.

Je tiens cette recette de Susan, l'une des colocataires de Michelle, et c'est une vraie tuerie !

1 tasse de beurre salé ramolli (2 plaquettes, ½ livre)
½ tasse de sucre blanc (semoule)
½ tasse de sucre roux
1 gros œuf battu (à la fourchette dans un verre)
1 cuillerée à thé de levure chimique
1 cuillerée à thé de bicarbonate de soude
¼ cuillerée à thé de sel
½ cuillerée à thé de noix de muscade (fraîchement moulue)
1 cuillerée à thé de cannelle
½ cuillerée à thé de cardamome (ou ½ cuillerée de cannelle supplémentaire, mais la cardamome est préférable)
1 tasse de purée de potiron*

*** S'assurer que la purée de potiron n'est pas déjà parfumée. Certaines marques en vendent déjà prête pour garnir les tartes à la citrouille. S'il gèle à pierre fendre, que votre voiture refuse de démarrer et que le supermarché est à l'autre bout de la ville, on peut s'en contenter, mais il est toujours préférable de créer son propre assaisonnement.**

2 tasses de farine
2 tasses de pépites de chocolat blanc
1 tasse de noix de pécan hachées

Graisser légèrement les plaques ou les recouvrir de papier sulfurisé. Le résultat sera le même.

Mélanger les deux sucres.

Ajouter le beurre ramolli et remuer jusqu'à obtenir une pâte légère et mousseuse.

Sans cesser de tourner, incorporer l'œuf battu, la levure chimique, le bicarbonate de soude, le sel, puis la noix de muscade, la cannelle et la cardamome.

Verser une tasse de purée de potiron dans le bol. Mélanger soigneusement.

Ajouter la farine par demi-tasses sans cesser de tourner.

Incorporer les pépites de chocolat blanc puis les noix de pécan.

Prélever des boules de pâte avec une cuillère à thé et les déposer sur les plaques, à raison de quatre rangées de trois. Elles s'étaleront pendant la cuisson.

Cuire les rêves de citrouille à 175 °C pendant 12 à 14 minutes ou jusqu'à ce qu'ils soient fermes (les miens cuisent 13 minutes).

Retirer les plaques du four et laisser reposer les cookies 2 minutes avant de les décoller au moyen d'une spatule en métal. Les transférer sur une grille jusqu'à complet refroidissement.

Le glaçage au sucre roux préconisé par Susan s'harmonise parfaitement avec la couleur du potiron et celle du chocolat blanc.

Glaçage de Susan

½ tasse de sucre roux
3 cuillerées à soupe de beurre salé
¼ tasse de lait
1 tasse à 1 ½ tasse de sucre glace
3 douzaines de noix de pécan (facultatif)

Mettre le beurre et le sucre roux dans une casserole sur feu moyen.

Laisser bouillir une minute ou jusqu'à ce que le mélange ait un peu épaissi.

Retirer la casserole du feu. Laisser refroidir 10 minutes.

Verser le lait sans cesser de remuer.

Ajouter le sucre glace par demi-tasses, en mélangeant bien après chaque ajout. L'appareil doit être onctueux et homogène.

Étaler le glaçage sur les cookies. Dès qu'il aura durci, décorer avec une demi-noix de pécan (facultatif).

Note de Hannah : vos enfants essaieront de vous convaincre qu'un rêve de citrouille vaut une assiette de potage au potiron.

Note de Lisa : si je n'ai pas le temps de les glacer (par exemple, si mon père et mon mari campent dans la cuisine en attendant que les rêves de citrouille sortent du four), je me contente de les saupoudrer de sucre glace et c'est très bien ainsi.

Rendement : environ 6 douzaines, en fonction de la taille des cookies.

Chapitre 7

Quand ils pénétrèrent dans le parking souterrain, Mike était déjà là à les attendre. Hannah sourit en voyant qu'il s'était garé près de son break, sur l'emplacement dont elle disposait pour ses invités. Les deux hommes avaient beau entretenir une relation d'amitié, ils continuaient à se jalouser. En s'arrogeant cette place, Mike avait dû calculer qu'après avoir déchargé le sapin et l'avoir installé dans l'appartement, Norman préférerait rentrer chez lui plutôt que déplacer sa voiture sur le parking extérieur. Hélas pour lui, Mike ignorait que Hannah disposait d'un troisième emplacement, généreusement prêté par Marguerite et Clara Hollenbeck, ses voisines.

« Vous pouvez vous arrêter derrière la berline des sœurs Hollenbeck, dit Hannah.

— Parfait. » Norman s'exécuta. « Pour décharger, ce sera plus facile que si je m'étais garé à côté du pilier, là où est Mike. »

Quand ils descendirent de voiture, Hannah constata qu'il avait raison. Le véhicule de police était presque collé contre un gros pilier en béton.

« Je vais le prendre par un bout, dit Mike en s'approchant de la portière côté chauffeur.

— Et moi par l'autre », dit Norman en faisant le tour pour se placer côté passager.

Hannah les regarda opérer en tandem. Après avoir détaché la corde, Norman la lança par-dessus le toit de la voiture vers Mike, qui la réceptionna, la décrocha à son tour et la renvoya. Ils répétèrent la manœuvre une demi-douzaine de fois, jusqu'à ce que l'arbre soit libre.

« On le descend de votre côté ou du mien ? demanda Norman.

— Du vôtre. Il y a plus de place. On dégage et on redresse. Ensuite vous l'attraperez par le sommet et moi par la base.

— Une seconde, fit Norman avant de se tourner vers Hannah. J'ai un socle à sapin à l'arrière. Voulez-vous bien le sortir et dévisser les boulons ? Nous y glisserons le tronc, ce qui donnera de l'équilibre à votre arbre et protégera votre tapis des aiguilles.

— Merci ! » dit Hannah en se penchant pour récupérer le socle en métal glissé sous la banquette.

Comme sa mère et ses sœurs aimaient à le répéter, Norman était une perle. La plupart des hommes n'auraient pas songé à son tapis. Norman, lui, faisait toujours en sorte de lui faciliter la vie.

Cela dit, ce socle était un vrai casse-tête. Autour du cylindre central, elle trouva sans peine les quatre boulons qui servaient à maintenir le tronc. Mais hélas, ces derniers étaient si longs que les dévisser prenait un temps fou. Venus lui prêter main-forte, Norman et Mike s'agenouillèrent et attaquèrent chacun le sien.

« Est-ce suffisant ? » demanda Hannah en se massant le poignet.

Norman jeta un œil et hocha la tête.

« Oui, je crois. Je termine et je vérifie si on a assez de place pour passer le tronc.

— Oui, faisons un essai. » Mike se redressa en se tenant les reins. « Ce machin ne me dit rien qui vaille. »

Norman leva les yeux vers lui.

« Malheureusement, ils n'avaient que ce modèle. J'aurais pu demander à Hannah si elle en possédait un, mais je ne voulais pas gâcher la surprise.

— Vous avez bien fait de l'acheter, le rassura-t-elle. Je n'en ai qu'un et il est dans ma boutique.

— On aurait pu croire qu'à l'époque des satellites et des téléphones portables, un ingénieur aurait imaginé un socle à sapin plus pratique, ronchonna Mike en observant l'objet d'un air dépité. Ils n'ont pas changé depuis que je suis gosse.

— En ce temps-là, ils étaient pires, répliqua Norman. Celui-ci est équipé d'un système de blocage. Un genre de pointe. On couche l'arbre et on enfonce la pointe dans la base avec un marteau.

— Comment allez-vous vous y prendre ? bredouilla Mike. Au premier coup, l'arbre sera projeté deux mètres plus loin. Et même si vous le tenez pour éviter qu'il glisse, vous avez besoin de vos deux mains pour enfoncer la pointe.

— Oui, une main pour maintenir la pointe au centre du tronc. L'autre pour le marteau.

— Donc, l'installation de ce socle nécessite l'intervention de deux personnes, conclut Hannah.

— Je dirais même trois, renchérit Norman. Avez-vous déjà essayé de tenir une planche dans laquelle on plante des clous ?

— Moi, ça m'est arrivé, intervint Mike. Un jour, avec mon frère, j'ai monté une barrière autour du potager de notre mère pour empêcher les lapins de venir grignoter les carottes. Les voisins se contentaient d'un grillage, mais notre mère voulait une vraie palissade en bois. Comme j'étais le plus jeune, mon frère m'a placé à l'extérieur. J'étais chargé de retenir les planches qu'il clouait. Eh bien, j'avais beau pousser de toutes mes forces, chaque coup de marteau me projetait en arrière. Même si je tentais d'anticiper en poussant très fort une seconde avant la percussion, j'étais toujours en décalage. »

Quand ils estimèrent que le cylindre central était suffisamment dégagé, les deux hommes descendirent le sapin et, pendant que Hannah maintenait le socle, tâchèrent de glisser le tronc entre les boulons.

« Ça n'entre pas, constata Mike. À cause des branches inférieures.

— Il faut les couper. » Norman se tourna vers Hannah. « Avez-vous une scie d'élagage ?

— Je ne possède pas ce genre d'outil. La copropriété paie un jardinier pour s'occuper des espaces verts. C'est compris dans les charges.

— Un autre genre de scie pourrait faire l'affaire, renchérit Mike.

— Par exemple ?

— Une scie à main, une scie à tronçonner, une scie à chantourner, une scie à guichet ou même une scie à métaux, répondit Norman. Ce serait mieux que rien. »

Bien qu'adolescente elle eût travaillé chaque été dans la quincaillerie de son père, Hannah n'avait jamais entendu parler de tout cela. « J'ai un couteau Chefpro, proposa-t-elle sans grande conviction. Celui qu'on voit dans la pub à la télé. Ça coupe les légumes congelés... »

Mike leva les yeux au ciel. « Laissez tomber. Je vais appeler Lonnie et demander qu'il m'apporte une paire de pinces coupantes. »

En attendant l'arrivée de Lonnie Murphy, Hannah ouvrit le placard aménagé au fond de son box et en sortit une boîte contenant les décorations de Noël de sa grand-mère. Elle en avait hérité par défaut, ses sœurs n'en ayant pas l'utilité, mais ne s'en était jamais servie. C'était l'occasion ou jamais.

« Qu'est-ce que c'est que ça ? dit Mike en la regardant faire.

— Des décorations de Noël. Elles me viennent de mes grands-parents.

— Elles sont en verre ? » demanda Norman.

Hannah dut faire un effort de mémoire. Elle se souvenait de petits paniers garnis de grappes de raisin, de fraises bien rouges qu'on suspendait par leur tige, de boules argentées ou dorées qui, lorsqu'elle était enfant, lui semblaient aussi grosses que des ballons. En effet, à part les oiseaux fabriqués par son arrière-grand-mère Elsa, toutes ces jolies choses étaient en verre soufflé.

« Oui, pour la plupart.

— Dans ce cas, je vous conseille de les accrocher tout en haut de l'arbre.

— À cause de Moshe ?

— Oui. Chez moi, j'ai commis l'erreur de suspendre une boule de verre un peu trop bas. Caresse a cru que c'était un jouet.

— Elle l'a cassée ?

— Non, mais elle aurait pu. Maintenant je ne mets que des décorations en plastique sur les branches inférieures.

— Pourtant vous disiez que Caresse ne s'approchait pas de votre arbre ? lui rappela Hannah.

— D'habitude, elle ne s'en approche pas. Je suppose que cette boule l'intriguait. Elle brille comme un miroir. Caresse adore regarder son reflet. »

Hannah songea un instant à remettre la boîte là où elle l'avait prise mais se ravisa, vaincue par la nostalgie. Elle avait envie de revoir les décorations de son enfance. Peut-être suivrait-elle le conseil de Norman et ne garnirait-elle que les branches du haut avec ces fragiles antiquités.

« Lonnie arrive », annonça Mike en faisant signe à son subordonné, lequel venait d'apparaître au volant de son véhicule de patrouille.

Le jeune policier s'arrêta et descendit sa vitre.

« C'est de cela dont vous avez besoin ? demanda-t-il en lui tendant la paire de pinces.

— Moi, non. Toi, par contre... » Mike recula pour lui permettre de sortir. « Il faudrait dégager les branches inférieures qui nous empêchent de planter ce sapin sur son socle.

— Telle est donc la situation d'urgence dont parlait le répartiteur ? fit Lonnie, hilare.

— C'est une urgence, je le confirme. Ce sol en ciment est si dur que ton chef commençait à souffrir des genoux. Tu n'as pas encore de problèmes articulaires, je présume. »

Quand Lonnie eut débarrassé les branches surnuméraires, Mike glissa le tronc dans le socle et le maintint à la verticale le temps que Norman, Lonnie et Hannah resserrent les boulons.

« Et voilà le travail ! s'écria Lonnie en se relevant.

— Reste encore un peu, lui dit Mike. Maintenant tu vas m'aider à le porter jusqu'à l'appartement. Je prends le haut, tu prends le bas. Norman nous suivra avec la boîte de décorations.

— Et Hannah avec le sac qui est dans mon coffre, compléta Norman en déverrouillant sa voiture à distance. J'ai cru bon d'apporter quelques bricoles pour garnir le sapin. »

Quelques minutes plus tard, ils gravissaient l'escalier en file indienne. Mike venait en tête, tenant le sommet de l'arbre, suivi par Lonnie puis Norman avec les décorations de Noël de la famille Swensen, et enfin Hannah avec le sac plastique rouge et vert sur lequel était inscrit Chez l'Elfe fou en gros caractères d'imprimerie.

Ayant atteint le palier, Mike recula pour que Lonnie puisse le rejoindre sans encombre devant la porte, où ils déposèrent leur chargement.

« Vous avez assez de place pour ouvrir ? demanda-t-il à Hannah.

— Je devrais y arriver. »

Hannah passa le bras entre deux branches et glissa la clé dans la serrure.

« Et Moshe ? l'alerta Mike. S'il essaye de vous sauter dans les bras, il va croire que la forêt s'est déplacée jusqu'à lui. »

Hannah éclata de rire. « Moshe est très intelligent, mais il n'a pas lu *Macbeth*. »

Le chat de Hannah avait dû entendre des bruits bizarres à travers la porte car, en entrant, ils ne le virent nulle part. Peut-être avait-il opté pour la prudence, ce qui dans son cas signifiait qu'il se terrait derrière un meuble ou en dessous.

« Je vais le chercher, dit Norman en posant la boîte avant de passer dans la cuisine. Je l'ai trouvé ! »

Hannah arriva à temps pour voir Moshe perché sur le frigo sauter dans les bras de Norman. Ce dernier le porta jusqu'au salon, le déposa sur le dossier du canapé, son poste d'observation préféré, et se mit en devoir de le grattouiller derrière les oreilles.

« Ne t'en fais pas, mon grand. Ce n'est qu'un sapin de Noël. »

Le matou observait l'intrus d'un air plus que méfiant. Ses oreilles rabattues en disaient plus qu'un long discours. Pour confirmer que la présence du majestueux pin sylvestre sur son territoire lui déplaisait au plus haut point, il se mit à grogner.

« Du café ? » proposa Hannah à la cantonade. Elle-même n'en avait pas très envie, mais dans le Minnesota, quand on reçoit des invités, on se doit de poser cette question.

« Volontiers, répondit Mike.

— J'en prendrais bien une tasse, moi aussi, renchérit Norman.

— Avec plaisir, dit Lonnie. Pendant que tu le prépares, je vais arroser ton arbre. Tu n'aurais pas un pichet en plastique ?

— Minute, réagit Hannah. Je vais mettre quelque chose en dessous au cas où ça fuirait.

— Pourquoi ce socle fuirait-il ? s'indigna Norman. Il est tout neuf.

— Je sais, mais je ne veux courir aucun risque. Le salon de Phil et de Sue est juste en dessous et ils viennent de changer la moquette. Je reviens tout de suite. »

Pour une fois, la grosse boîte en plastique où elle rangeait son nécessaire à couture se trouvait là où elle se rappelait l'avoir laissée, à savoir dans le placard de la chambre d'amis, sur l'étagère du haut.

« Elle ira parfaitement, dit-elle en revenant avec le récipient improvisé. Attendez, je transfère les aiguilles et les pelotes dans un sac.

— J'ignorais que vous faisiez du crochet, s'étonna Norman.

— Je n'en fais pas. »

Hannah rapporta un sac-poubelle de la cuisine.

« Dans ce cas, vous tricotez, tenta Norman.

— Non plus.

— Si vous ne tricotez pas et ne faites pas de crochet, pourquoi ces aiguilles et ces pelotes de fil ? intervint Mike.

— J'ai trouvé cette boîte dans le dernier appartement que j'ai occupé quand j'étais à la fac. La locataire précédente avait dû l'oublier en partant. Je ne me suis jamais décidée à la jeter. »

Lonnie avait déjà soulevé l'arbre pour glisser la boîte en plastique en dessous.

« C'est la bonne taille, confirma-t-il. Mais, Hannah, que vas-tu faire de toutes ces pelotes ?

— Je les porterai chez Helping Hands à la prochaine occasion. Je ne connais personne qui sache tricoter ou faire du crochet.

— Moi, si, répliqua Lonnie.

— Qui ?

— Ma belle-sœur Jessica. Elle est même plutôt douée. Elle fait des petits animaux pour les enfants. Tu as peut-être aperçu ses créations dans la boutique de jouets de l'Elfe fou. Un jour, elle est passée acheter un sapin avec son mari et ses enfants, Larry Jaeger a vu l'un de ses lions au crochet et lui a demandé si elle pouvait en fabriquer pour lui. Il les lui paie dix dollars pièce. »

Ainsi, les petits animaux qu'Andrea comptait offrir à ses deux filles venaient de chez Jessica. Sachant qu'elle les avait payés vingt dollars chacun, le calcul était simple. Larry réalisait un bénéfice de cent pour cent.

« Tu n'auras qu'à les prendre, lui dit Hannah. Si cela peut la dépanner, je les lui donne avec plaisir. »

Lonnie trouva un pichet et versa de l'eau dans le socle. Tout en préparant le café, Hannah se demandait ce qu'elle allait bien pouvoir servir à ses invités quand son regard tomba sur le paquet de biscuits apéritifs posé sur le comptoir. C'était un bon début. Quoi d'autre ?

Un coup d'œil dans le frigo lui fournit la réponse qu'elle cherchait. Il lui restait une demi-douzaine de palets au fromage dans un film plastique. Pour une petite collation improvisée, quoi de mieux que du fromage et des biscuits salés ? Puis elle se rappela que Norman et Mike avaient mangé des biscuits éclair au fromage peu de temps auparavant. Ne risquaient-ils pas l'overdose ?

Hannah n'hésita qu'un bref instant. Le Minnesota était un État producteur de lait et de fromages. Ses habitants avaient donc intérêt à aimer les produits laitiers. En outre, elle avait très envie de goûter les palets de son amie Nancy Henderson. C'était une recette originale qui provoquerait sans doute quelques haussements de sourcils.

Hannah ouvrit le bocal de gelée de piment jalapeno que Florence, la patronne du supermarché Red Owl, avait commandé spécialement pour elle et en mit trois cuillerées au micro-ondes. Puis elle posa un palet au fromage au centre d'une grande assiette et versa par-dessus la gelée de piment fondue. Évidemment, elle attendrait qu'ils goûtent avant de leur dire quel genre de gelée c'était.

Après quoi, elle posa un couteau sur l'assiette, disposa quelques biscuits salés dans un panier d'osier garni d'une serviette de table, chargea le tout sur un plateau et revint dans le salon.

« Qui veut essayer mon palet au fromage ? J'apporterai le café ensuite. »

Bien entendu, aucun des trois hommes n'aurait eu l'idée de refuser une offre aussi alléchante. Depuis la cuisine où elle était retournée pour s'occuper du café, Hannah écoutait leur conversation.

« C'est assez relevé, vous ne trouvez pas ? disait Norman, la bouche pleine.

— Oui. Elle a peut-être mis des oignons, hasardait Lonnie en croquant dans un biscuit.

— Non, pas des oignons, disait Mike. Ça se rapproche plus du... du poivre.

— En tout cas, c'est délicieux ! reprenait Lonnie. Qu'en pensez-vous, Norman ?

— Je pense que l'ingrédient que nous cherchons se trouve dans la sauce. Enfin, dans cette substance verte qui nappe le fromage. En tout cas, j'aime beaucoup.

— Jalapenos ! » annonça Hannah en revenant avec les tasses.

Elle posa le plateau sur la table basse puis observa leurs mines ébahies.

« Pourtant, ça ne pique pas, dit Mike. Normalement, les piments jalapenos vous emportent la bouche.

— Je n'ai pas utilisé de jalapenos en conserve, mais en gelée.

— Je comprends mieux. Le sucre les a légèrement adoucis, dit Norman en reprenant un biscuit pour y étaler un bout de fromage à la gelée. C'est vraiment succulent, Hannah. Je n'ai jamais rien mangé de tel.

— Moi, si, dit Mike en jetant un regard entendu à la maîtresse de maison. Un jour, pour me faire une surprise, une amie m'a préparé des brownies aux jalapenos. »

Ce n'était pas tout à fait exact. Les fameux brownies étaient moins une surprise qu'un cadeau empoisonné. Hannah les lui avait offerts pour se venger après qu'il avait osé dire à propos d'un brownie fabriqué par une autre qu'il n'en avait jamais mangé de meilleur. Mais la punition n'avait pas atteint son but puisque Mike s'était régalé.

« Mangez, les garçons ! Ensuite, il sera temps de lever le camp, dit Hannah. Il est déjà plus de 23 heures, et demain matin je me réveille aux aurores.

— Et le sapin ! s'écria Norman. Je pensais qu'on le décorerait ensemble. Vous ne voulez pas qu'on vous aide ?

— Si, mais pas ce soir, dit Hannah avec un sourire de gratitude. Je suis trop fatiguée pour entreprendre quoi que ce soit. Je vous appellerai dans la matinée et nous fixerons un rendez-vous. »

Cinq minutes plus tard, tasses, assiette à fromage et couteau de service avaient trouvé leur place dans le lave-vaisselle. Après avoir rempli la cafetière en prévision du petit déjeuner, Hannah fila dans la salle de bains pour ses ablutions vespérales, lesquelles furent exécutées en deux temps trois mouvements. Ayant enfilé le sweat-shirt XXL qu'elle portait pour dormir quand la température extérieure descendait en dessous de zéro, elle était sur le point de se mettre au lit quand elle s'aperçut que Moshe n'était pas couché sur l'oreiller près du sien.

« Moshe ? » appela-t-elle sans succès.

Peut-être était-il resté dans le salon, songea Hannah avant de réaliser que ni Mike ni Norman n'avaient pris le temps de discuter avec lui au sujet du sapin de Noël.

C'est toujours à la mère de s'y coller, pensa-t-elle en s'engageant dans le couloir. Sauf qu'elle n'était pas la mère de Moshe. Pour mériter ce statut elle aurait dû avoir un beau pelage roux, une longue queue touffue et quatre pattes à griffes. Pourtant, face à lui, elle se sentait souvent investie d'un genre d'autorité parentale.

Hannah le trouva juché sur le dossier du canapé, contemplant le sapin d'un regard insondable. Elle allait devoir se montrer persuasive.

« Comment va mon gros bébé ? roucoula-t-elle en le caressant. Il te plaît, *mon* arbre de Noël ? »

Silence. Hannah laissa passer quelques secondes avant de comprendre qu'il ne répondrait pas.

« Mike et Norman viendront peut-être demain soir pour m'aider à le décorer. Tu verras comme il sera beau. Les humains font ce genre de choses chaque année pour Noël. Tu vas aimer, j'en suis sûre. »

Décidément, Moshe n'avait pas envie de parler. Devinant son malaise, Hannah se remit à le caresser en disant : « Et si je t'offrais une nouvelle souris pour Noël ? »

Cette proposition produisit immédiatement son effet. Moshe réfléchit deux secondes et se mit à miauler.

« Deux souris ? Trois souris ?

— Rowwwww, dit-il en léchant la main de sa maîtresse.

— Va pour trois souris. » Hannah lui fit un gratouillis sous le menton. « Allons, Moshe. Il est tard et je suis épuisée. Allons dormir. »

Moshe la suivit dans la chambre et sauta sur son oreiller. Hannah se mit au lit, remonta les couvertures et tendit le bras pour le caresser. Sa fourrure était si douce, sa présence si rassurante, son ronronnement si apaisant.

Hannah s'enfonça tout doucement dans le sommeil. Elle avait passé une excellente soirée, son appartement embaumait, son chat dormait à côté d'elle. Tout était pour le mieux dans le meilleur des mondes… À part un détail : Bradford Ramsey. Pourquoi cet homme qu'elle avait cru ne jamais revoir réapparaissait-il dans sa vie à ce moment précis, au risque de tout gâcher ?

Palets au fromage

Pour 1 palet, il faut :

1 tasse de cheddar finement râpé (prendre du cheddar étuvé)
1 tasse de noix de pécan finement hachées
1 tasse de fromage à la crème ramolli (225 g)
½ tasse d'oignons verts finement émincés
1 petit bocal de gelée de piments jalapenos (75 g)

Mélanger l'ensemble des ingrédients (sauf la gelée de jalapenos). Modeler la pâte obtenue pour en faire une boule puis l'aplatir (comme un palet de hockey).

Mettre au frigo et laisser au moins deux heures (toute la nuit voire plusieurs jours, c'est encore mieux).

Poser le palet au centre d'une assiette décorée. Faire chauffer la gelée de jalapenos au micro-ondes. Quand elle est liquide, la répandre sur le palet avec une cuillère. Servir accompagné de biscuits apéritifs.

Rendement : un palet pour six à huit personnes.

Chapitre 8

La sonnerie du réveil se déclencha beaucoup trop tôt. Accablée de fatigue, Hannah songeait sérieusement à se rendormir, voire à rester au lit toute la journée, cachée sous les couvertures. Pourquoi ne se trouvait-elle pas un petit emploi peinard avec des horaires de bureau, un salaire qui tombe à la fin du mois, des augmentations régulières et des primes de fin d'année ?

Son esprit se figea brusquement, mettant un coup d'arrêt à ses fantasmes existentiels. C'était Noël ! Ça sentait Noël jusque dans sa chambre où s'insinuait le parfum enivrant du pin sylvestre que Norman lui avait offert. On se serait cru dans une forêt de conifères. Pourquoi ne s'était-elle jamais accordé le petit plaisir consistant à se caler au fond de son canapé en rentrant du travail et à s'emplir les poumons de cette bonne odeur de nature, tout en contemplant un sapin brillant de mille feux, une tasse de chocolat chaud posée sur la table basse et, assis à côté d'elle, un être cher de sexe masculin, par exemple Mike, Norman ou bien encore Moshe.

Ses pensées exécutèrent un demi-tour complet. Moshe ! Où était-il ? Quand l'alarme avait retenti, il dormait encore auprès d'elle. D'où les fourmillements qui grignotaient son bras gauche, lequel avait dû servir d'oreiller au félin de dix kilos et quelques.

Elle alluma sa lampe de chevet. Pas de chat dans son lit, pas de matou perché sur le rebord de la fenêtre guettant l'apparition d'un lapin sur la pelouse enneigée, pas de félin domestique ronronnant sur sa coiffeuse pour lui signifier qu'il mourait de faim. Elle en était là de ses constatations quand un son lui parvint. Pas très fort, mais assez tout de même pour l'inquiéter. Le son que produit un arbre qui s'abat au fond d'une forêt, avec d'abord une série de craquements puis des gémissements de plus en plus stridents et enfin le fracas de la chute. Hannah eut droit à un bonus : un plouf et le bruit de l'eau qui coule et s'écoule... dans son salon !

Moshe. Le sapin de Noël. Hannah bondit et, sans prendre le temps d'enfiler ses chaussons et sa robe de chambre, se précipita dans le couloir. Une fois les lumières allumées, force fut de constater que le malheureux conifère, fièrement dressé dans un coin de la pièce quelques heures auparavant, gisait à présent sur la moquette, son socle renversé, baignant dans une large flaque.

Hannah grommela un vocable qu'elle s'interdisait d'employer devant ses nièces. Toutes les précautions dont elle s'était entourée n'avaient servi à rien. Même la boîte en plastique n'avait recueilli qu'une infime partie de l'eau présente au fond du socle.

Digne d'un grizzli tiré de sa léthargie par un chasseur imprudent, un terrible grognement jaillit de la gorge de

Hannah tandis que, paralysée de stupeur, elle regardait la mare s'agrandir lentement mais sûrement, imprégnant le tapis, la moquette, s'insinuant entre les joints du carrelage en dessous, imbibant le matériau isolant et enfin la plaque de ciment qui séparait son appartement de celui de Phil et de Sue Plotnik.

Hannah courut dans la buanderie chercher des serviettes qu'elle étala dans l'espoir de réduire un tant soit peu les dégâts, puis repartit d'un pas chancelant vers la cuisine afin d'ingurgiter la dose de caféine qui l'aiderait peut-être à se réveiller et, qui sait, à s'apercevoir que tout cela n'était qu'un mauvais rêve.

En ouvrant le placard contenant les tasses à café, Hannah tentait encore de se convaincre qu'elle dormait à poings fermés et rêvait qu'elle ouvrait le placard contenant les tasses à café, sortait son mug préféré, celui marqué *Vite un cookie ou je craque* et le posait près de la cafetière. Jamais un rêve n'avait été si réaliste. Elle sentait presque le poids de la tasse dans sa main, entendait presque le tintement de la porcelaine sur le comptoir, le chuintement du café qu'on verse.

À la première gorgée, la douleur qu'elle ressentit en se brûlant la langue lui prouva qu'elle ne rêvait absolument pas. Moshe avait vraiment fait une très grosse bêtise, et ses voisins, après avoir constaté les dommages infligés à leur belle moquette toute neuve, allaient sans doute la maudire jusqu'à la fin de ses jours.

Hannah, qui avait enfourné son premier plum-pudding trois quarts d'heure auparavant, attendait impatiemment la fin de la cuisson quand Lisa entra dans le fournil par la porte de la ruelle.

« Bonjour ! Il fait un froid de canard, ce matin ! lança-t-elle avec un sourire si large qu'il découvrait des dents que Hannah ne lui connaissait pas.

— Tu m'as l'air de bien bonne humeur.

— Je le suis. Herb et le maire Bascomb ont décidé d'écourter leur partie de pêche. Ils reviennent cet après-midi.

— Bien.

— Génial, tu veux dire ! Je t'ai apporté mon pain de porc aux haricots. Tu en veux une tranche ? Grillée avec un peu de beurre, c'est sensationnel.

— J'avoue que ça me tente. Je meurs de faim. »

Très vite, Lisa coupa deux parts et les glissa dans le grille-pain. Quand elle les ressortit, elle étala dessus une lichette de beurre frais puis déposa celle de son amie sur une assiette et la lui apporta avec une tasse de café.

« Maintenant, oublie que tu sais ce qu'il contient et donne-moi ton avis.

— Oublier que je sais ? C'est comme s'obliger à ne pas penser, non ?

— Oui, sans doute, fit Lisa en haussant les épaules. Je n'aurais pas dû te donner les ingrédients. Le jeu est faussé.

— Ce n'est pas grave. Nous ferons le test sur la première personne qui passera cette porte.

— Bonne idée. Mais d'abord, je veux savoir ce que toi tu en penses. »

À peine Hannah en eut-elle croqué un bout qu'un mélange de noix et d'épices chatouilla ses papilles, lui rappelant le pain aux dattes ou à la banane mais avec une texture différente. Si Lisa ne l'avait pas prévenue, jamais elle n'aurait su qu'il s'agissait d'un pain de porc aux haricots.

« Alors, qu'en penses-tu ? lui demanda cette dernière, frémissante d'impatience.

— Délicieux. Je veux la recette.

— La voici. » Lisa ouvrit son sac et en sortit une fiche cartonnée. « Je savais que tu aimerais. Je l'ai copiée ce matin. »

Hannah regarda attentivement sa jeune associée et vit les cernes qui soulignaient ses yeux.

« À quelle heure ?

— Vers 1 heure, je crois. Après le départ de Herb, je n'ai pas réussi à m'endormir. La maison était si vide sans lui. Ce n'est pas que je craigne de rester seule. Non, c'est juste que je me sentais comme abandonnée. » Lisa hésita un instant avant d'ajouter : « Comment fais-tu pour supporter la solitude ? »

Si quelqu'un d'autre lui avait posé la question, Hannah s'en serait peut-être offusquée. Mais Lisa était son amie, et elle semblait vraiment désireuse de connaître la réponse.

« J'ai Moshe auprès de moi, dit-elle sans préciser que son chat n'était pas toujours le compagnon idéal dont elle aurait rêvé, ce dont il avait encore fait la preuve le matin même.

— Oui, évidemment ! fit Lisa en s'illuminant comme si elle venait de recevoir un magnifique cadeau. Je n'y avais pas songé. Grâce à Moshe, tu n'es jamais seule, enfin, pas tout à fait. Il nous faut un chien. »

Hannah resta circonspecte. Lisa et son mari étaient parfaitement libres d'adopter un chien. Pourtant, elle eut envie de mettre son grain de sel.

« Excellente idée ! Le père de Billy vient d'avoir des chiots... » Elle s'interrompit en entendant Lisa éclater de rire. « Euh, je veux dire, la chienne du père de Bill, Flopsy, vient de mettre bas.

— Flopsy ? répéta Lisa. Ce n'est pas le nom de la lapine dans *Pierre Lapin* ?

— Oui, sauf que la Flopsy dont je te parle est un golden retriever. C'est la mère de Bill qui l'a baptisée ainsi. À cause de ses oreilles qui se balancent de droite et de gauche quand elle court.

— Logique. Mais dis-moi, les golden retrievers sont de grands chiens. Je suppose que, une fois adultes, les chiots de Flopsy lui ressembleront ?

— Pas forcément. Le père de Bill pense que Flopsy les a faits avec le jack russell de son voisin.

— Comme le jack russell qu'on voit dans la série *Frasier* ? »

Hannah hocha la tête en guettant la question suivante, laquelle ne tarda pas étant donné que Lisa avait grandi à la campagne.

« Mais... il y a une énorme différence de taille entre... un jack russell et un golden retriever. Comment ont-ils pu... ?

— Ne me demande pas comment mais la chose s'est faite, la coupa Hannah. D'après le vétérinaire, il y avait sûrement un escalier dans les parages, ce jour-là. Enfin, c'est ce qu'Andrea m'a dit. »

Prise d'un fou rire, Lisa se laissa choir sur l'un des tabourets de l'îlot central. Quand elle eut fini de glousser, elle s'essuya les yeux et demanda :

« Le Dr Bob n'a pas donné plus de détails ?

— Non. Il a dû se dire qu'étant mariée, Andrea comprendrait d'elle-même. Tous les chiots de Flopsy ont trouvé des foyers d'accueil. Il n'en reste qu'un. Tu n'as qu'un mot à dire et il est à toi. Andrea m'a montré des photos.

— Je peux les voir ?

— Oui. Je l'appelle. Elle te les apportera. C'est Bill qui les a prises. Il estime que Tracey est assez grande pour s'occuper d'un chiot, mais Andrea n'est pas encore décidée.

— Heureusement pour nous. Herb rêve d'avoir un chien. » Lisa marqua un temps d'arrêt puis sourit. « Tu penses qu'Andrea passera, ce matin ?

— J'en suis presque certaine. À l'heure qu'il est, elle doit être sur le point de partir pour l'école avec Tracey et le sapin qu'elle a acheté hier soir pour décorer la classe. Veux-tu que je lui propose de s'arrêter au Cookie Jar sur le chemin du retour ?

— Ce serait formidable. » Lisa se tourna vers les fours. « Qu'est-ce qui sent aussi bon ?

— Le plum-pudding que j'ai promis à Larry Jaeger. Je le livrerai cet après-midi avec les cookies. » Hannah s'attendait à une question, mais comme celle-ci tardait à venir, elle ajouta : « Au fait, il a augmenté sa commande.

— Super ! Tu es une vendeuse hors pair, Hannah. » Lisa se retourna vers son amie tout en se versant du café. « Il y a des prunes dans ton plum-pudding ? Tu sais que les Anglais n'en mettent pas ?

— Je sais. Ma recette est sensiblement différente. Elle contient des prunes noires.

— Oh, tant mieux ! La version originale est immangeable. L'année dernière, Marge en a acheté un au supermarché. Il était encore pire qu'un cake industriel. »

Lisa frissonna à ce souvenir. « Quel genre de cookies Larry a-t-il commandé ?

— Des cookies au gingembre, et au citron. Je pensais me servir de la recette de Lois Brown. Qu'en dis-tu ? Et jusqu'à ce que Larry décide s'il veut de mon plum-pudding ou pas, nous pourrions lui proposer des cookies au sucre tradition, en complément.

— Où est la recette des cookies au gingembre ?

— La voici. »

Hannah lui tendit une feuille de papier.

« Je vais rassembler les ingrédients », dit Lisa en se dirigeant vers le garde-manger. Elle ouvrit la porte et marqua un temps d'arrêt. « Tu savais qu'il restait seulement dix jours ouvrables avant Noël ?

— Non.

— Moi non plus, je n'avais pas réalisé cela jusqu'à ce qu'ils le disent ce matin, sur KCOW. Tu as fini tes achats ?

— Depuis longtemps. Cette année, sur les conseils de ma mère, je m'en suis occupée avant Thanksgiving.

— Pas bête. Moi aussi, j'ai tout ce qu'il me faut. » Lisa disparut un instant dans le garde-manger puis repassa la tête. « Et si tu appelais Andrea ? Plus j'y pense plus j'ai envie de ce chiot. Herb dit tout le temps qu'il aimerait avoir un chien pour faire de grandes balades avec lui.

— S'il tient de ses parents, il sera facile à dresser. Les jack russell sont des bêtes intelligentes, et il n'y a pas plus fidèle et dévoué qu'un golden retriever.

— C'est juste. Bien sûr, au début, Herb ne pourra pas l'emmener dans ses rondes. Et je ne me vois pas le laisser seul à la maison toute la journée. Tu serais d'accord pour qu'on le garde ici jusqu'à ce qu'il soit dressé ?

— Pas de problème », répondit Hannah sans se soucier des recommandations du ministère de la Santé. Elle trouverait bien un moyen de les contourner. « Si tu décides d'adopter ce petit trésor, tu pourras compter sur mon aide. »

« Oh, il est trop mignon ! s'extasia Lisa devant les photos qu'Andrea avait étalées sur le comptoir en inox. Dommage que Herb ne soit pas là. Je suis sûre qu'il craquerait, lui aussi.

— Veux-tu l'appeler pour en discuter ? proposa Andrea.

— J'aimerais bien, mais il n'a pas pris son portable. Il me l'a laissé au cas où j'aurais un souci en son absence.

— Ne t'inquiète pas. » Andrea pianota sur son téléphone. « Bill va me donner le numéro du maire Bascomb. »

La modernité n'avait pas que des inconvénients, songea Hannah en admirant la rapidité avec laquelle sa sœur, ayant obtenu le numéro de l'édile, réussit à mettre en contact Lisa et son mari. Cela dit, Andrea avait de bonnes raisons pour vouloir que le jeune couple se décide au plus vite. Elles étaient au nombre de trois : les empreintes de pattes que laissait le chiot sur le carrelage immaculé de sa cuisine ; la « chatière » qu'il allait falloir percer dans la future porte du jardin, une porte en bois précieux qu'elle avait commandée sur catalogue ; les accidents qui se produisaient régulièrement sur le tapis bleu glacier du salon.

« Vraiment, ça ne t'ennuie pas ? » demanda Lisa dans l'appareil. La réponse de Herb fit s'épanouir un grand sourire sur son joli visage. « Toi aussi, tu me manques, mon cœur. À quelle heure prévois-tu de rentrer ? »

Andrea poussa discrètement sa sœur du coude et les deux femmes échangèrent un regard satisfait. Hannah était contente que Lisa ait un petit compagnon pour les soirs où Herb travaillait tard. Andrea était contente de ne pas avoir de chien à promener en hiver, quand il gelait à pierre fendre.

« D'accord. Je te dis à tout à l'heure, avant la fermeture. Hannah fait du plum-pudding. Je t'en garderai une part. » Il y eut un silence, puis Lisa éclata de rire. « Non, pas ce genre de plum-pudding. Le sien contient de vraies prunes et il sent divinement bon. J'attendrai que tu arrives pour en manger avec toi. »

Andrea venait de glisser le portable dans son sac quand la porte de la boutique s'ouvrit sur Delores.

« Bonjour, mes chéries ! dit-elle avant de suspendre son manteau en cuir blanc doublé de fourrure.

— Bonjour, maman, répondirent en chœur Hannah et Andrea.

— Bonjour, madame Swensen, s'associa Lisa.

— Tu n'es pas obligée de me donner du Mme Swensen. Delores suffit. Tu peux même me tutoyer et m'appeler maman. Bien, dites-moi, quel genre de cookies vous conseilleriez à une vieille dame fatiguée ?

— Des cookies au gingembre et au citron vous conviendraient-ils ? lui proposa Lisa, prouvant que sa requête n'avait pas eu d'effet sur elle. Nous venons d'en préparer douze fournées.

— Ce serait parfait. »

L'expression *vieille dame fatiguée* perturbait Hannah, surtout venant d'une femme qui n'aurait pas avoué son âge, même sous la torture.

« Tu as un problème, maman ? » lui demanda-t-elle quand Lisa passa dans le fournil pour aller chercher les cookies promis.

Delores s'assit près de sa fille aînée.

« Devine qui ne s'est pas présenté ce matin à la boutique ?

— Carrie ? supposa Hannah, connaissant la situation.

— Eh bien non. Carrie était là. C'est de Luanne dont il s'agit.

— Susie serait-elle malade ? »

Hannah ne voyait pas d'autre explication.

« Je l'ignore. Elle n'a pas appelé et elle ne répond pas au téléphone. Tu crois que je devrais contacter Nettie ? » La dénommée Nettie, veuve de l'ancien shérif, serait devenue la belle-mère de Luanne si son fils, le père de Susie, n'était pas mort prématurément.

« Non. Laisse-moi réfléchir, je vais trouver une autre solution », s'empressa de répondre Hannah, sachant que Luanne tenait autant à sa vie privée qu'à son emploi d'assistante au Grenier de Mamie. Pour qu'elle s'absente sans prévenir il fallait que quelque chose de grave se soit produit.

« Ça tombe très mal, renchérit Delores. J'avais vraiment besoin d'elle aujourd'hui.

— Puis-je t'aider ?

— Je ne crois pas, ma chérie… À moins que tu n'aies résolu le cas pratique que nous a donné Mlle White. »

Hannah secoua la tête. Elle n'avait même pas regardé les documents depuis qu'elle les avait rapportés au Cookie Jar pour les montrer à Stan, son comptable, ou à Doug

Greerson, le directeur de l'agence bancaire. Ce qu'elle n'avait pas eu le temps de faire, au demeurant.

« Luanne aurait pu m'aider à éclaircir certains points, reprit Delores. Tu sais qu'elle suit des cours de comptabilité avec Mlle White ?

— Vraiment ! s'écria Hannah, sincèrement étonnée.

— À terme, je songe à lui confier la gestion de la boutique. » Delores s'interrompit et fronça les sourcils. « Tu n'oublieras pas de te renseigner, ma chérie.

— Je n'oublierai pas. »

Delores croqua dans son cookie. « Très bon, ce glaçage au citron ! Un vrai délice. » Puis, comme font parfois les mères quand elles discutent avec leur progéniture, elle sauta du coq à l'âne. « Au fait... où en es-tu de ton enquête ? »

Hannah décocha à sa sœur un regard signifiant « je t'expliquerai plus tard ».

« Elle progresse, maman.

— Tant mieux. » Delores se tourna vers sa cadette. « Et toi, comment vas-tu ?

— Très bien, maman. Lisa et Herb comptent adopter le dernier chiot de Flopsy. Ils passeront ce week-end chercher le petit trésor. »

Delores étouffa un rire.

« Te voilà débarrassée... Enfin, pour l'instant. Parce qu'à mon humble avis, le dossier est loin d'être clos. Des chiots, il y en aura d'autres. Tracey et Bill ne renonceront pas, et quand Bethie sera plus grande, elle s'y mettra elle aussi. Finalement, tu céderas et vous en adopterez un. C'est ce qui m'est arrivé.

— Je me souviens très bien de Bruno. Il était parfaitement dressé, propre, il n'aboyait pas et ne mâchonnait pas tout ce qui passait à sa portée. »

Delores éclata de rire.

« C'est vrai. Mais t'es-tu jamais demandé qui l'avait si bien dressé ?

— Hannah ?

— Hannah était en classe.

— Papa ?

— Il travaillait à la quincaillerie. »

Andrea écarquilla les yeux.

« C'est toi qui as dressé Bruno ?

— Bien sûr que c'est moi. J'étais la seule personne disponible. Il faut que tu en prennes ton parti, ma chérie. Tu es la mère. Tracey et Bill auront beau te promettre que tu n'auras jamais à t'en occuper, c'est toi qui te promèneras dans le quartier par tous les temps, avec au bout d'une laisse un chiot à qui tu devras apprendre à obéir, à rester sage et à ne pas faire ses besoins n'importe où. »

Pain de porc aux haricots

Préchauffer le four à 175 °C,
la grille en position médiane.

1 boîte de porc aux haricots blancs (400 g)
4 œufs battus (à la fourchette dans un verre)
1 tasse d'huile végétale (arachide de préférence)
1 cuillerée à thé d'extrait de vanille
2 tasses de sucre blanc (semoule)
1 cuillerée à thé de bicarbonate de soude
½ cuillerée à thé de levure chimique
½ cuillerée à thé de sel
1 ½ cuillerée à thé de cannelle en poudre
1 tasse de noix ou de noix de pécan hachées
3 tasses de farine ordinaire

Graisser deux moules à pain de 20 cm sur 12 (7 cm de profondeur).

Ne pas égoutter le porc aux haricots. Verser le tout dans un robot ou un blender. Hacher jusqu'à obtenir une matière homogène.

Mettre les œufs battus dans un grand bol. Ajouter la purée de porc aux haricots. Bien mélanger puis verser l'huile et l'extrait de vanille sans cesser de remuer.

Incorporer le sucre, le bicarbonate de soude, la levure chimique, le sel et la cannelle.

Ajouter les noix hachées puis la farine, une tasse après l'autre, en remuant après chaque ajout.

Remplir les deux moules.

Cuire à 175 °C pendant 50 à 60 minutes. Vérifier la cuisson en plantant une lame fine au centre des pains. Si la lame ressort collante, laisser cinq minutes supplémentaires. Dans le cas contraire, retirer les moules du four et laisser refroidir sur une grille une vingtaine de minutes.

Passer une lame aiguisée autour des pains pour les décoller, puis les renverser sur la grille.

Quand ils sont à température ambiante, les envelopper d'un film plastique. On peut les conserver au congélateur pendant trois mois, protégés dans une poche adaptée.

Note de Hannah et de Lisa : le succès est garanti à condition de ne jamais prononcer le nom de ce plat.

Cookies au gingembre et au citron

Préchauffer le four à 175 °C,
la grille en position médiane.

¾ tasse de beurre ramolli (1 ½ plaquette)
1 tasse de sucre blanc (semoule)
1 gros œuf battu (à la fourchette dans un verre)
3 cuillerées à soupe de mélasse*
1 cuillerée à thé de bicarbonate de soude
½ cuillerée à thé de sel
1 ½ cuillerée à thé de gingembre râpé
1 cuillerée à thé de cannelle en poudre
½ cuillerée à thé de clou de girofle râpé (voir note de Hannah)
½ cuillerée à thé de noix de muscade râpée
2 tasses de farine

Entre ¼ et ½ tasse de sucre semoule (pour rouler les boules de pâte).

Glaçage (après cuisson)

1 tasse de sucre glace
1 cuillerée à thé de jus de citron

*** Graisser légèrement la cuillère qui servira à doser la mélasse.**

Note de Hannah : Delores déteste les clous de girofle, donc si vous l'invitez à goûter vos cookies au gingembre, n'en mettez surtout pas.

Mélanger le beurre et le sucre dans un bol de taille moyenne jusqu'à obtenir une pâte légère et un peu mousseuse.

Ajouter l'œuf battu et la mélasse. Remuer.

Quand la couleur est parfaitement uniforme, incorporer le bicarbonate de soude et le sel.

Ajouter le gingembre, la cannelle en poudre, le clou de girofle et la noix de muscade râpés. Mélanger longuement.

Verser la farine, une tasse après l'autre sans cesser de remuer.

Verser ¼ tasse de sucre blanc dans un bol peu profond. Prévoir d'en rajouter au fur et à mesure.

Prélever une petite quantité de pâte, en faire une boule d'environ 2 cm de diamètre, la rouler dans le sucre et la déposer sur la plaque préalablement graissée. Celle-ci peut recevoir quatre rangées de trois, pas davantage. Presser légèrement sur les boules pour éviter qu'elles ne roulent quand on les porte vers le four.

Cuire à 175 °C pendant 10 minutes. Laisser reposer 2 minutes sur la plaque puis transférer sur une grille jusqu'à complet refroidissement.

Attendre que les cookies soient complètement froids pour réaliser le glaçage.

Faire fondre le sucre glace dans le jus de citron. Si le mélange est trop épais rajouter du citron, s'il est trop liquide rajouter du sucre. Verser sur les cookies.

Le glaçage met 20 à 30 minutes à sécher.

Rendement : 6 à 7 douzaines, en fonction de la taille des cookies.

Chapitre 9

Hannah passa une heure et demie, soit le reste de la matinée, à tenter de joindre Luanne au téléphone. En vain. Décidément, il y avait un problème. Luanne était une personne extrêmement consciencieuse. Depuis qu'elle travaillait au Grenier de Mamie, jamais elle n'était arrivée en retard. Quant à ne pas venir du tout, c'était inimaginable !

Hannah composa son numéro une dernière fois et laissa sonner. Ce n'était pas bon signe. Pour en avoir le cœur net, après avoir livré les cookies et le plum-pudding chez Larry, elle passerait par la maison mitoyenne que Luanne occupait avec sa mère et sa fille Susie. Au besoin, elle irait toquer à la porte d'à côté, chez Nettie.

Même s'il lui restait un mystère à résoudre, Hannah se sentait déjà mieux qu'en début de matinée. Son humeur s'améliora encore lorsque la clochette tinta et qu'elle vit Norman entrer dans la boutique. Elle avait résolu de ne rien lui dire des soupçons de Mike. Pourquoi l'inquiéter alors qu'il n'y avait aucune preuve que Carrie volait à l'étalage ? Mike avait tendance à voir des délinquants partout, notamment quand il faisait des heures supplémentaires au centre commercial après avoir travaillé toute la journée au poste de police.

« Bonjour, Hannah. » Norman s'installa au comptoir. « Comment va votre sapin de Noël ?

— Parlons d'autre chose, voulez-vous ? dit-elle en posant devant lui une tasse de café et la tranche de plum-pudding qu'elle venait de réchauffer au micro-ondes.

— Qu'est-ce que c'est ?

— Du plum-pudding.

— Mais je vois des *prunes* à l'intérieur. Normalement, il n'y en a pas.

— Le mien en a. Si Larry le trouve à son goût et m'en commande pour la cafétéria de l'Elfe fou, je devrais lui donner un nom qui le différencie du plum-pudding à l'anglaise.

— Pourquoi ne pas l'appeler plum-pudding du Minnesota ? proposa Lisa en les rejoignant. Rappelle-toi, la fois où tu as voulu personnaliser ton *cobbler* à la pêche, tu as juste rajouté "du Minnesota".

— Plum-pudding du Minnesota, répéta Hannah en prenant son couteau. Ça sonne bien. Je t'en coupe une, Lisa ?

— J'ai promis à Herb de l'attendre.

— Je vais t'en donner un tout petit morceau. Et quand Herb sera là, tu mangeras le reste.

— D'accord », répondit Lisa comme si elle n'espérait que cela.

Le cœur battant, Hannah regarda Norman et Lisa plonger leurs petites cuillères dans la pâte moelleuse. Ils prirent une première bouchée et, avant même de l'avoir avalée, piochèrent une deuxième fois. Ce qui, pour elle, ne pouvait signifier qu'une seule chose. Son plum-pudding était une réussite.

« Succulent ! déclara Norman.

— Je confirme. » Ayant engouffré sa minitranche, Lisa jeta un regard d'envie sur ce qu'il restait du gâteau. « Il est tellement appétissant. Je vous laisse, sinon je vais me jeter dessus. De toute façon, j'ai des barres au citron à préparer. Sally Percy m'en a commandé deux douzaines pour ce soir. Elle invite ses voisins à décorer son arbre de Noël. »

Quand Lisa se fut éclipsée, Norman posa la question qui devait lui brûler les lèvres depuis qu'il était entré.

« Pourquoi vous ne voulez pas parler de votre sapin ?

— Parce que Moshe n'a rien trouvé de plus drôle que grimper dessus à 4 heures du matin.

— Notre matou préféré l'aurait-il renversé ?

— Gagné ! Et l'eau s'est répandue sur le tapis. Le seul point positif, c'est qu'elle n'a pas coulé dans l'appartement des Plotnik. Sue m'a dit que tout allait bien.

— Ouf ! » Norman reprit une cuillerée de plum-pudding. « Il est vraiment savoureux, Hannah. » Après avoir fait durer le plaisir, il ajouta : « J'ai peut-être une solution pour éviter que cela ne se reproduise. Cet après-midi, j'installerai des câbles de maintien.

— Vous n'avez pas de patients ?

— Si, mais je reçois le dernier à 15 heures. Et pour un simple détartrage. Je serai donc libre vers 16 heures au plus tard. Ce qui me permettra de résoudre votre problème avant que vous ne rentriez chez vous. Je pense que je commencerai par décorer le sapin. Une fois les câbles installés, ce serait trop compliqué.

— Entendu, dit Hannah en imaginant son arbre enfermé dans un réseau de fils métalliques. Le résultat ne sera pas trop laid, j'espère ?

— Non. Je n'utiliserai que deux câbles et je ferai en sorte qu'ils ne se voient pas.

— D'accord, mais... »

Hannah soupira. Elle ne voulait pas se montrer ingrate, mais elle aurait préféré décorer son sapin elle-même.

« Qu'y a-t-il ?

— J'avais prévu de déballer les décorations de Noël de ma grand-mère pour pouvoir choisir lesquelles accrocher dans mon arbre. Mais si vous le décorez à ma place...

— Je comprends, l'interrompit Norman. Dans ce cas, je mettrai seulement les guirlandes lumineuses et vous ferez le reste ce soir.

— Je préfère, merci », fit Hannah, soulagée.

Peut-être devrait-elle organiser une petite fête pour la circonstance, elle aussi. Bien sûr, elle inviterait Norman. Et Delores. Sa mère serait sans doute ravie de revoir ces vieilles décorations. Elle pourrait même proposer à Carrie de...

« Qu'y a-t-il ? répéta Norman, intrigué par ses mimiques.

— Et si nous proposions à nos mères de se joindre à nous ? Ainsi nous verrions si Carrie accepte de venir ou si elle se trouve encore une excuse.

— Riche idée ! Appelez-la. Si elle dit non, on annule tout. Inutile de stresser inutilement le pauvre Moshe.

— Vous êtes un génie ! » lança-t-elle en s'emparant du téléphone.

Norman savait que son chat détestait Delores. Il attendit la fin de la conversation pour demander :

« Quelle excuse a-t-elle trouvée, cette fois-ci ?

— Elle a dit qu'elle était désolée mais qu'elle avait promis de remplacer quelqu'un au bridge. »

Norman fronça les sourcils.

« C'est absurde. Ma mère ne sait même pas jouer à la bataille. Dans la famille, tout le monde la taquine à cause de cela.

— Peut-être n'a-t-elle pas envie de décorer mon sapin, tout simplement. » Hannah réfléchit puis ajouta : « Et si vous l'invitiez dans un restaurant qu'elle apprécie tout particulièrement ? Nous verrions si elle vous dit la même chose qu'à moi.

— Pas bête. » Norman sortit son portable et composa le numéro de sa mère, laquelle décrocha presque aussitôt. « Allô, maman ? Ça te plairait de dîner avec moi à l'auberge de Lake Eden ? Sally fait des tagliatelles aux cèpes, ce soir. »

Hannah vit les sourcils de Norman grimper de trois centimètres. « Bien sûr, maman. Je comprends. » Mère et fils échangèrent quelques politesses, puis Norman raccrocha.

« Alors ? s'enquit Hannah.

— Elle n'est pas libre. Allons chez Sally tous les deux, voulez-vous ? Je ne mentais pas, elle fait vraiment des tagliatelles aux cèpes, ce soir. Je l'ai appelée tout à l'heure pour connaître les plats du jour. Après le dîner, nous nous occuperons de votre arbre. Rien que vous et moi.

— Ça me va, répondit Hannah autant pour lui faire plaisir, car il semblait encore troublé par l'attitude de sa mère, que parce qu'elle adorait les tagliatelles aux cèpes de Sally. Carrie vous a dit qu'elle remplaçait quelqu'un au club de bridge ?

— Non. Elle aurait promis d'aller au cinéma avec une amie.

— Au cinéma, pas au bridge ?

— Elle qui était la franchise incarnée ! Décidément, il y a quelque chose qui ne tourne pas rond. »

Hannah débarrassait le comptoir des miettes de pudding que Norman y avait laissées quand Mike entra dans la boutique.

« Je viens goûter votre plum-pudding, annonça-t-il en se juchant sur le même tabouret que son rival et ami. J'ai croisé Norman dans la rue. Il m'a dit qu'il était fameux.

— Vous ne lui avez pas parlé de Carrie, j'espère ?

— Bien sûr que non. D'ailleurs, il semble qu'elle ait réglé tous ses achats rubis sur l'ongle.

— Comment le savez-vous ? »

Hannah posa devant lui une tasse de café et sortit la tranche de pudding qu'elle avait mise au micro-ondes en le voyant apparaître.

« J'ai vérifié auprès des commerçants équipés de gestionnaires de stocks électroniques. Ils m'ont certifié que rien ne manquait. » Mike prit une bouchée et leva le pouce. « Excellent !

— Je suis contente qu'il vous plaise.

— Larry serait idiot de ne pas vous en commander, dit-il la bouche pleine. Personnellement, je ne sais qu'en penser.

— Je croyais que vous l'aimiez !

— Je ne parle pas de votre plum-pudding, mais de Carrie.

— Ah. Vous avez encore un problème avec elle ?

— Toujours le même. Rien ne prouve qu'elle n'ait pas volé quelque chose ailleurs, dans des boutiques gérant leurs stocks à l'ancienne, par exemple. Je n'en aurai le cœur net que vendredi soir, après l'inventaire. »

Hannah eut une vision d'horreur : la mère de Norman, menottes aux poignets.

« Que ferez-vous si elle se révèle coupable ?

— Ce sera un cas de conscience, soupira Mike. Norman est un ami, et j'ai beaucoup d'affection pour Carrie.

— Mais vous appliquerez la procédure...

— Oui. Or, selon la procédure, je ne peux l'arrêter qu'en cas de flagrant délit ou si elle apparaît sur une vidéo de surveillance.

— Ce qui n'est pas le cas, je suppose ?

— En effet. Donc, pour l'instant, je lui laisse le bénéfice du doute. Mais si jamais un commerçant me signale un vol et que Carrie est impliquée, je la prendrai entre quat'z-yeux et je lui dirai que si elle accepte de restituer l'objet du délit, je ferai en sorte que son nom ne soit pas divulgué. Bien sûr, elle devra me promettre de ne jamais recommencer. Et si elle a un problème psychologique, je lui fournirai la liste des établissements susceptibles de lui venir en aide.

— Vous êtes un chic type, Mike. »

Hannah fit le tour du comptoir et le prit dans ses bras.

« Merci, dit-il avec un grand sourire. Est-ce que le chic type a droit à une deuxième part de plum-pudding ? »

Plum-pudding du Minnesota

Ne pas préchauffer le four. Ce pudding doit reposer 30 minutes avant la cuisson.

1 pain de mie tranché* (600 g environ)
1 kg de quetsches au sirop
2 tasses de raisins de Smyrne
1 ½ tasse de sucre blanc (semoule)
2 cuillerées à thé de cannelle
1 tasse de beurre fondu (2 plaquettes, ½ livre)

7 œufs
2 tasses de crème fraîche épaisse
1 pincée de noix de muscade râpée

1 moule Bundt

Beurrer et fariner généreusement le moule Bundt.

Première note de Hannah : je conseille de commencer par beurrer le moule (sans oublier la partie centrale) puis

*** Choisir de préférence un pain de mie spécial sandwichs. Les croûtes seront plus faciles à enlever. Jeter les entames.**

d'y verser ¼ tasse de farine. Le couvrir d'un film plastique et le secouer vigoureusement en veillant à ce que la farine reste à l'intérieur. Par précaution, il vaut mieux faire cela au-dessus d'un évier.

Diviser les tranches de pain de mie en trois parties plus ou moins égales. Poser deux ou trois tranches du premier tiers sur une planche à découper. Après en avoir retiré les croûtes, les couper en diagonale afin d'obtenir quatre triangles. Répéter l'opération jusqu'à ce que toutes les tranches du premier tiers soient prêtes à l'emploi.

Disposer les triangles au fond du moule Bundt sans laisser d'espace vide.

Ouvrir les deux boîtes de prunes au sirop. Égoutter. En prendre la moitié, soit une dizaine. Les fendre en deux et, après avoir retiré les noyaux, les déposer sur les triangles de pain (côté tranché en dessous).

Verser par-dessus une tasse de raisins de Smyrne en les répartissant bien, puis saupoudrer avec la ½ tasse de sucre et la cuillerée à thé de cannelle en poudre.

Faire fondre une plaquette de beurre au micro-ondes pendant 45 secondes à 900 W. Verser le beurre fondu sur la préparation.

Reproduire les étapes précédentes avec le deuxième tiers du pain de mie.

Puis avec le troisième.

Choisir un bol assez grand pour contenir 7 œufs et 2 tasses de crème épaisse. Casser les œufs et les battre avec un fouet en métal (ou un batteur à main). Quelques secondes suffisent. Il s'agit de réaliser une crème anglaise, pas un gâteau de Savoie.

Ajouter la crème et mélanger.

Poser le moule Bundt sur une plaque à pâtisserie munie de rebords, ou sur un moule plus large, afin de contenir les débordements. Verser la crème anglaise sur la préparation, par petites doses. Attendre que le liquide soit absorbé avant de continuer. Cela peut prendre du temps, donc pas de précipitation. Ne pas trop remplir le moule. S'il reste de la crème, tant pis.

Deuxième note de Hannah : j'ai pu mettre toute ma crème anglaise et elle n'a pas débordé.

Râper un peu de noix de muscade et laisser reposer 30 minutes.

Quand les 30 minutes sont écoulées, préchauffer le four à 175 °C, la grille en position médiane.

Enfourner le moule Bundt et la plaque servant à prévenir les débordements. Cuire à 175 °C pendant 70 minutes.

À la sortie du four, laisser reposer le plum-pudding du Minnesota 20 minutes avant de le retourner sur un joli plat de fête. Il se conserve au frigo de 3 à 5 jours, à condition de le couvrir d'un film plastique après s'être assuré qu'il est bien froid.

Le sortir quelques minutes avant de servir, le saupoudrer de sucre glace, le décorer avec un ou plusieurs sujets en plastique – sapin, champignon, branche de houx... – non toxiques et le déposer au centre de la table devant vos invités ébahis.

Troisième note de Hannah : ce pudding est meilleur tiède, nappé d'une crème à base d'alcool – ou sans alcool. Voir les recettes ci-après :

Crème à base d'alcool

½ tasse de beurre ramolli (1 plaquette, ¼ livre)
2 tasses de sucre glace
2 cuillerées à soupe de cognac, de whisky ou de rhum

Battre le beurre pour l'aérer puis incorporer une tasse de sucre glace et une cuillerée à soupe d'alcool. Bien mélanger avant d'ajouter le reste du sucre et de l'alcool. Battre jusqu'à ce que le mélange soit homogène.

Vérifier la consistance. La crème doit être épaisse mais assez liquide pour être versée. Trop liquide, ajouter un peu de sucre glace. Trop épaisse, ajouter un peu d'alcool.

Mettre au frais dans un récipient hermétique. Sortir le plum-pudding du Minnesota environ 30 minutes avant de servir.

Crème sans alcool

½ tasse de beurre ramolli (1 plaquette, ¼ livre)
2 tasses de sucre glace
2 cuillerées à soupe de lait

Battre le beurre pour l'aérer puis incorporer une tasse de sucre glace et une cuillerée à soupe de lait. Bien mélanger avant d'ajouter le reste du sucre et du lait. Battre jusqu'à ce que le mélange soit homogène.

Vérifier la consistance. La crème doit être épaisse mais assez liquide pour être versée. Trop liquide, ajouter un peu de sucre glace. Trop épaisse, ajouter un peu de lait.

Mettre au frais dans un récipient hermétique. Sortir le plum-pudding du Minnesota environ 30 minutes avant de servir.

Quatrième note de Hannah : Edna Ferguson, la reine des raccourcis culinaires, me demande de vous dire que si vous n'avez pas le temps ou l'envie de préparer une crème en bonne et due forme, vous pouvez acheter de la crème dessert à la vanille et la diluer dans un doigt d'alcool ou de lait.

Note de Lisa : il existe une autre solution pour remplacer la crème maison. Couper une tranche de pudding encore tiède et la garnir d'une cuillerée de crème fraîche ou de crème fouettée ou de glace à la vanille. Herb dit que mon plum-pudding est encore meilleur le lendemain, au petit déjeuner, sans rien dessus.

Chapitre 10

« Alors, pourquoi le maire Bascomb a-t-il renoncé à sa partie de pêche ? demanda Hannah en emballant avec Lisa les cookies destinés à la cafétéria de l'Elfe fou.

— Il a dit qu'il préférait rentrer, au cas où la situation dégénérerait. »

Hannah se figea et regarda son associée d'un air atterré.

« Quoi ? Je croyais que Stephanie n'avait qu'une simple grippe !

— Pas de panique, Mme Bascomb se porte bien. Le maire faisait allusion à la foire aux sapins de l'Elfe fou. Il paraît que les pertes s'accumulent et que s'il ne retire pas ses billes très vite, il risque d'y laisser sa chemise. Donc, il est rentré plus tôt pour pouvoir discuter en tête à tête avec Larry. »

Hannah peinait à croire qu'une affaire apparemment si florissante connaisse de telles difficultés.

« Je ne comprends pas. Hier soir, il y avait un monde fou. Et chaque fois que je passe dans les parages, le parc est littéralement bondé.

— Herb ne comprenait pas, lui non plus. Heureusement, le maire Bascomb lui a tout expliqué. Larry vend ses arbres à prix coûtant. C'est le principe du produit d'appel. Il attire les familles en leur proposant des sapins bon marché dans l'espoir que les parents iront dépenser leur argent dans les boutiques, pendant que les enfants s'amuseront sur les manèges et dans les baraques foraines. »

Hannah se rappela que la veille au soir, lors de leur visite, seule la cafétéria semblait attirer les chalands. Le maire Bascomb avait peut-être raison.

« Sauf que les visiteurs se contentent d'acheter un sapin bon marché, puis ils rentrent chez eux sans passer par les boutiques.

— C'est bien cela le problème. Le maire dit qu'ayant grandi à Lake Eden, Larry aurait dû savoir que les gens d'ici ne se laissent pas avoir si facilement. Pourquoi acheter un nouveau socle à sapin quand il y en a déjà un à la cave ?

— Pourquoi acheter des boules et des guirlandes quand on prend soin de les ranger dans une boîte chaque année après les fêtes de Noël ? compléta Hannah.

— Exactement. Quant aux jouets, je parie qu'on trouve les mêmes pour moins cher chez Costmart. Les gens ne sont pas stupides. Au lieu de mettre dix dollars dans une couronne de Noël, ils récupèrent les branches qu'ils ont coupées à la base de leur sapin et s'en fabriquent une tout aussi jolie. Le maire Bascomb estime que la cafétéria est le seul commerce un tant soit peu rentable. Et à mon avis, c'est uniquement grâce à nos cookies !

— Gare à tes chevilles, ma petite ! répliqua Hannah, selon la formule que son père utilisait quand elle revenait avec un bon bulletin.

— Mes chevilles vont très bien et nos cookies sont les meilleurs de la région. » Lisa posa un paquet de farine sur la table et retourna dans le garde-manger chercher le reste. « Bien sûr, tout ce que je viens de dire au sujet de Larry n'est que supputations.

— Mais c'est parfaitement plausible. Je vais tenter d'y voir un peu plus clair tout à l'heure, quand j'irai livrer nos cookies.

— Comment comptes-tu t'y prendre ?

— La fiancée de Larry tient la boutique de jouets. J'y ferai un saut, et s'il n'y a pas trop de monde, je lui poserai quelques questions.

— Bonne idée, dit Lisa en pliant une boîte à gâteau estampillée Cookie Jar. Peut-être que le maire Bascomb noircit un peu le tableau. Herb dit qu'il a tendance à se plaindre dès qu'il est question d'argent. Sûrement parce qu'il craint que ses administrés ne le croient riche à millions.

— Herb a sans doute raison », abonda Hannah.

Le maire était un fin politique. Quelques années auparavant, un groupement de petits propriétaires en difficulté était venu lui demander conseil. Il les avait assurés de toute sa sympathie en prétendant que lui-même avait du mal à rembourser son prêt immobilier, alors qu'en réalité il avait payé sa maison au comptant. Un mensonge éhonté qu'un reporter du *Lake Eden Journal* avait dénoncé avec preuve à l'appui.

« J'espère que M. Jaeger appréciera ton plum-pudding. » Lisa souleva le gâteau et le déposa dans la boîte. « S'il en commande, cela nous changera un peu des cookies.

— Ça t'ennuie de fabriquer des cookies ? fit Hannah en considérant son associée d'un air étonné.

— Pas du tout. Ils ont tous leurs particularités, donc on ne peut jamais s'ennuyer. Mais le plum-pudding, c'est totalement différent. Et puis, tu sais, j'adore les moules Bundt. Ils donnent aux gâteaux une touche tellement originale !

— Ce n'est pas faux. Sais-tu qu'ils ont été inventés par un Minnésotain ?

— Vraiment ? Qui ?

— Un dénommé H. David Dalquist, originaire d'Edina. C'est lui qui a fondé la société Nordic Ware.

— J'ai reçu en cadeau un moule Bundt de chez Nordic Ware pour mon mariage. De quand date le premier ?

— Du milieu des années 1950. David Dalquist s'est inspiré d'un modèle allemand.

— Ils ont dû se vendre comme des petits pains. Il y en a au moins un dans chaque cuisine.

— Ne crois pas cela. Les débuts ont été difficiles. Nordic Ware n'a commencé à être connue qu'en 1966, quand une pâtissière texane a remporté le deuxième prix d'un célèbre concours pour son "Tunnel de chocolat", un superbe gâteau cuit dans un moule Bundt. Après cela, des milliers de personnes ont voulu essayer la recette.

— Et elles ont acheté le moule.

— Oui. Aujourd'hui, il sert à toutes sortes de préparations.

— Y compris aux gâteaux à la gelée d'Andrea. Au fait, en fera-t-elle un pour le repas de Noël ?

— Oui. Sally Hayes, une amie de la famille, lui a envoyé une nouvelle recette. » Hannah regarda la pendule et soupira. « Il est temps que j'y aille si je veux être rentrée pour 15 heures. J'ai prévu de tester avec toi les cookies dentelle de ta tante Hélène.

— Tu vas les adorer, Hannah. Chaque fois qu'elle venait à la maison, tante Hélène en apportait deux ou trois douzaines. Quand on la voyait remonter l'allée avec sa boîte, tout le monde poussait des cris de joie ! Ils sont à la fois moelleux et croquants, si tu vois ce que je veux dire.

— Pas très bien, mais j'ai hâte de combler mes lacunes. »

Hannah ouvrit la porte donnant sur la ruelle, attrapa les boîtes empilées sur le comptoir et sortit. Ces cookies dentelle lui semblaient très prometteurs. S'ils étaient aussi bons que Lisa le prétendait, elle en proposerait à ses clients pour les buffets de Noël et du Jour de l'An.

Cela faisait cinq fois qu'elle toquait à la porte de Luanne. Hannah fit un pas en arrière et massa ses articulations endolories. Elle avait d'abord donné trois petits coups de sonnette, puis avait laissé son doigt sur le bouton pendant une trentaine de secondes. Sans succès. De guerre lasse, Hannah allait mettre en œuvre son plan B, à savoir frapper chez Nettie Grant et, sous prétexte de lui offrir quelques cookies, lui demander des nouvelles de Luanne, quand elle entendit un bruit de pas à l'intérieur.

« Qui est-ce ? »

C'était la voix de Luanne. « Hannah Swensen. J'ai besoin de te voir. »

Un verrou tourna et la porte s'ouvrit sur un étonnant spectacle. Chancelante, le visage bouffi, Luanne la fixait entre ses paupières mi-closes, comme éblouie par la soudaine clarté.

« Hannah, bredouilla-t-elle avant de s'effacer pour faire entrer sa visiteuse. Quelle heure est-il ?

— 1 h 30.

— De l'après-midi ? fit Luanne, sidérée.

— Oui. » Hannah posa son sachet de cookies sur une table basse encombrée de livres et de papiers. « Que se passe-t-il, Luanne ? Ma mère se fait un sang d'encre depuis ce matin.

— Ce matin ? Mais... mais... » Luanne inspira profondément et relâcha. « J'ai dû me rendormir après que Nettie est passée chercher Susie. J'ai voulu m'accorder encore dix minutes de sommeil, j'ai fermé les yeux et... j'étais tellement fatiguée. Pourtant, j'avais mis l'alarme... Je suppose que je ne l'ai pas entendue.

— Tu n'as pas non plus entendu ton téléphone ni la sonnette de la porte d'entrée. Pourtant, j'ai insisté. » Hannah perçut un lointain bourdonnement électronique. Le réveil de Luanne faisait le même bruit que le sien. « Tu devrais l'arrêter maintenant que tu es réveillée. Tu t'es couchée tard, hier soir ?

— Je ne me suis pas couchée du tout ! » Luanne désigna le tas de feuilles sur la table basse. « J'ai passé la nuit à vérifier, mais ça ne tombait jamais juste. »

Hannah regarda plus attentivement les colonnes de chiffres imprimées sur les documents.

« Qu'est-ce qui ne tombait jamais juste ?

— Les comptes de la foire aux sapins. Rien ne correspond. C'est une catastrophe, Hannah. J'ai refait les additions des dizaines de fois. Pour rien. Il y a un truc qui cloche, mais je ne vois ni où ni quoi.

— Tu n'as même pas une petite idée ? » hasarda Hannah.

Mais d'abord, pourquoi Luanne s'occupait-elle de la comptabilité de l'Elfe fou ?

« Il manque peut-être des factures. Pourtant, Courtney m'a dit qu'elle m'avait tout donné. À moins que j'aie oublié quelque chose... » Luanne s'interrompit le temps d'essuyer ses larmes.

Ou qu'il y ait quelque chose de pourri dans le royaume de Larry Jaeger, songea Hannah. *Si le maire Bascomb lui-même se demande s'il a bien fait d'investir chez l'Elfe fou, c'est qu'il a flairé un gros problème.*

« Bref, si je n'arrive pas à équilibrer les comptes, je ne serai pas payée. Et si je ne suis pas payée, je ne pourrai pas acheter la maison de poupée que j'ai promise à Susie pour Noël ! » Luanne enfouit son visage dans ses mains. « J'ai dû me tromper quelque part. Je ne sais pas quoi faire, Hannah.

— Moi, si.

— Ah bon ?

— Oui. » Hannah prit le sachet de cookies et le lui tendit. « Mange. Le chocolat aide à réfléchir et fait voir la vie sous un meilleur jour. »

Luanne ouvrit le sachet et, pour la première fois depuis qu'elle était entrée, Hannah la vit sourire.

« Des cookies aux pépites de chocolat. Mes préférés.

— Tant mieux. Mais ce ne sont pas de simples cookies aux pépites de chocolat. Ce sont des cookies aux pépites de chocolat façon bretzel.

— Façon bretzel ?

— Tout à fait. Dis-moi ce que tu en penses. »

Luanne prit une bouchée, mastiqua, puis elle ouvrit de grands yeux et son visage s'éclaira.

« Ils sont encore meilleurs.

— C'est aussi mon avis. Je les ai créés à la suite d'une erreur.

— Comment est-ce possible ?

— J'avais une camarade de fac prénommée Valerie. Comme je voulais lui offrir quelque chose de bon pour son anniversaire, j'ai appelé sa mère et je lui ai demandé quel genre de cookies Valerie préférait. Elle m'a répondu les cookies aux pépites de chocolat façon pizzelles.

— Les pizzelles ? Ce ne serait pas un genre de gaufres italiennes ?

— Exactement. On les cuit dans un moule spécial qui ressemble à un petit gaufrier. Mais au lieu de *pizzelles*, j'ai entendu *bretzel*. Comme j'ignorais ce que cela pouvait bien être et que j'étais pressée, je ne lui ai pas demandé de répéter. Résultat, j'ai acheté des bretzels, je les ai broyés et j'ai incorporé les miettes à ma pâte, comme j'aurais ajouté des noix hachées.

— Valerie était contente ?

— Elle s'est régalée ! Et sa mère a trouvé le quiproquo très amusant. Tout cela pour dire qu'une erreur peut parfois déboucher sur une réussite.

— Pas dans mon cas.

— Et si l'erreur n'était pas de ton fait ? rebondit Hannah. Écoute, mange encore deux cookies puis va te laver la figure, brosse-toi les dents et mets des vêtements propres. Après quoi, tu rassembleras tous ces documents et nous irons ensemble chez l'Elfe fou.

— Mais... pourquoi ?

— Parce que j'ai des cookies à livrer à la cafétéria et des questions à poser à Courtney. Je parie qu'elle a juste oublié de joindre un papier à la liasse qu'elle t'a donnée.

— Je ne peux pas !! Il faut que j'aille au Grenier de Mamie. J'ai déjà cinq heures de retard !

— Pendant que tu te prépares, je me charge d'appeler Delores et Carrie. Quand elles sauront que tu vas bien, elles seront tellement contentes qu'elles te feront cadeau d'une heure supplémentaire. »

Cookies aux pépites de chocolat façon bretzel

Préchauffer le four à 175 °C,
la grille en position médiane.

1 tasse de beurre ramolli* (2 plaquettes, ½ livre)
2 tasses de sucre blanc (semoule)
3 cuillerées à soupe de mélasse
2 cuillerées à thé de vanille
1 cuillerée à thé de bicarbonate de soude
2 œufs battus (à la fourchette dans un verre)
2 tasses de bretzels salés en bâtonnets broyés
2 ½ tasses de farine ordinaire
1 ½ tasse de pépites de chocolat noir

Première note de Hannah : faute de bretzels en bâtonnets, on peut prendre des bretzels classiques, petit format. L'essentiel est qu'ils soient salés.

Deuxième note de Hannah : la pâte étant sèche et friable, mieux vaut se servir d'un mixeur électrique.

Mélanger le beurre ramolli, le sucre et la mélasse jusqu'à obtenir une matière aérée, légèrement mousseuse.

*** Le beurre doit être à température ambiante (pour ceux qui ne vivent pas dans un igloo).**

Incorporer la vanille, le bicarbonate de soude puis les œufs battus.

Mettre les bretzels dans un sac en plastique muni d'une fermeture à coulisse. Bien refermer, déposer sur une surface plate et broyer avec un rouleau à pâtisserie.

Mélanger deux tasses de bretzels broyés à la pâte.

Ajouter une tasse de farine, mélanger, puis une deuxième tasse de farine, mélanger, puis la demi-tasse restante.

Incorporer les pépites de chocolat à la main ou au mixeur électrique (réglé sur la vitesse minimum).

Avec une cuillère à thé, prélever de bonnes quantités de pâte et les déposer sur une plaque à pâtisserie préalablement graissée ou recouverte d'une feuille de papier cuisson. 12 cookies pour une plaque standard.

Note de Hannah : au lieu d'une cuillère à thé, je me sers d'une cuillère à glace. C'est plus simple et plus rapide.

Cuire à 175 °C pendant 10 à 12 minutes ou jusqu'à ce que les cookies soient bien dorés.

Laisser reposer 2 minutes puis transférer les cookies sur une grille jusqu'à complet refroidissement.

Rendement : 2 douzaines environ.

Note de Hannah : ces cookies peuvent voyager par la poste à condition de les empiler comme des pièces de monnaie, de les envelopper de papier aluminium puis dans du papier bulle.

Chapitre 11

Pour tenter d'échapper aux assauts de la bise, Hannah se dépêcha de remonter le col de sa parka. Quand elle était sortie du fournil, une heure auparavant, le thermomètre sur le rebord de la fenêtre marquait moins vingt-trois. À présent, il devait bien faire trois degrés de moins, si elle se fiait aux picotements sur ses joues. Sans parler du vent glacé. Les natifs des pays froids connaissaient tous la différence entre température réelle et température ressentie. Et pour juger du ressenti, rien ne valait le contact de l'air sur la peau. Ce qui présentement donnait moins vingt-huit, selon le thermomètre personnel de Hannah.

Elle avait laissé Luanne au QG des Elfes et se dirigeait vers la cafétéria. Quelques minutes avant, les deux femmes étaient passées au magasin de jouets, mais l'elfe qui tenait la caisse leur avait conseillé de revenir plus tard, sa patronne étant chez le coiffeur. Craignant que Luanne se sente abandonnée, Hannah lui avait proposé de l'accompagner chez Larry.

Une fois entrée dans la caravane, elle avait commencé par montrer ses créations – un plum-pudding du Minnesota et un assortiment composé de cookies au gingembre, de rêves de citrouille au chocolat blanc et de brownies à la guimauve – à son client, puis lui avait présenté Luanne en disant que cette dernière accomplissait quelques menus travaux pour Courtney.

Évidemment, Larry avait voulu savoir de quels travaux il s'agissait. Luanne s'était alors efforcée de lui expliquer son problème. Intrigué, Larry avait gentiment offert de l'aider, et Hannah, rassurée, était partie en proposant à Luanne de la rejoindre sur le parking quand elle en aurait terminé.

Dans les allées du parc traînaient quelques courageux en parka et bonnet de laine enfoncé jusqu'aux yeux. En revanche, on ne voyait quasiment personne du côté de la foire aux sapins. Ce qui n'avait rien d'étonnant étant donné la météo. Hannah marchait les mains dans les poches et, malgré ses gants, sentait à peine le bout de ses doigts. Quant à son nez, elle ne le sentait plus du tout. Craignant qu'il ne se transforme en glaçon, elle accéléra l'allure, si bien qu'elle arriva devant la cafétéria saine et sauve mais très essoufflée.

Comme il faisait bon à l'intérieur ! Hannah prit une goulée d'air tiède et mit le cap sur le comptoir en souhaitant *Joyeux Noël* à l'ours en peluche avant que ce dernier le fasse. Au grand amusement des vendeuses.

« Bonjour, Hannah ! gloussa Krista Donnelly. Vous nous apportez les cookies supplémentaires ?

— Oui, mais je ne sais pas si vous les vendrez. Avec le temps qu'il fait aujourd'hui, je doute qu'il y ait foule.

— Les clients ne vont pas tarder. Les garçons sont en train d'allumer les gros radiateurs à gaz, et, dans une vingtaine de minutes, il y aura de la lumière partout dans le parc.

— Peux-tu demander à quelqu'un de m'aider à décharger ? »

Krista fit signe à deux jeunes gens occupés à déballer des marchandises dans l'arrière-boutique.

« Allez prendre les cookies dans le véhicule de Mlle Swensen.

— Le coffre est ouvert, précisa Hannah. Vous n'aurez qu'à le laisser comme ça. Il n'y a rien à voler. »

Quand les garçons furent sortis, Krista lui proposa une tasse de café chaud. Hannah accepta, grimpa sur un tabouret et se pencha sur le comptoir.

« Tu connais la fiancée de Larry ?

— Courtney ? Oui. C'est la cheffe des elfes.

— Je pensais que c'était Larry.

— Non, Larry est l'Elfe fou. Sans Courtney, il serait complètement perdu.

— Comment cela ? »

Avant de poursuivre, Krista regarda autour d'elle, mais les rares clients étaient assis tout au fond de la salle.

« Courtney est une femme très sérieuse. Elle se consacre entièrement à son travail, alors que Larry aime prendre du bon temps.

— Par exemple ?

— Le soir, après la fermeture, il nous offre des tours de manège. Courtney reste en bas à nous regarder. On voit bien qu'elle n'est pas d'accord. Elle doit se dire que Larry devrait faire des économies d'électricité.

— J'en conclus que tes collègues ne la portent pas dans leur cœur.

— Ils ne la détestent pas, mais ils l'aimeraient davantage si elle laissait Larry réaliser les promesses qu'il nous fait pendant les réunions de travail.

— Quel genre de promesses ?

— Par exemple, il voulait offrir un sapin de Noël à chaque employé, mais Courtney s'y est opposée, au prétexte que cela reviendrait trop cher à l'entreprise. Résultat, on a juste obtenu une ristourne de cinquante pour cent. Ce qui n'est déjà pas mal.

— Certes. Autre chose ?

— Oui. Larry avait prévu de donner une fête le jour de Noël pour les elfes et leurs familles. Il devait y avoir un grand buffet et tout. Courtney est intervenue et la fête n'aura pas lieu. »

Hannah resta circonspecte tandis que diverses possibilités se présentaient à elle. Si Courtney tenait tant à ce que Larry fasse des économies, était-ce dans la perspective de leur futur mariage ? Redoutait-elle d'épouser un panier percé ? Ou avait-elle un intérêt plus personnel dans l'affaire qu'elle gérait avec son fiancé ?

« Sais-tu si Courtney détient des parts dans la société ?

— Elle en a la moitié. Son mari possédait plusieurs magasins de pneus. À sa mort, elle a hérité de toute sa fortune. Larry et elle se sont rencontrés dans la salle d'attente du notaire qui réglait la succession. Ils sont tombés amoureux, se sont fiancés et l'aventure a démarré.

— C'est Larry qui t'a raconté cela ?

— Non, c'est Courtney. Elle est très sympathique quand on parle de choses et d'autres. Mais je ne lui jette pas la pierre. Je comprends qu'elle n'ait pas envie de dilapider un argent que son défunt mari a mis des années à gagner.

— Pourtant tu aimerais bien qu'elle desserre un peu la vis. »

Krista haussa les épaules. « Oui, mais je vous assure qu'elle peut être très drôle en dehors du boulot. »

Au même instant, les deux garçons revinrent avec les boîtes de cookies.

« Où doit-on les poser, Krista ?

— Mettez tout sur le comptoir, je m'en occupe, répondit celle-ci en leur faisant de la place. Il en reste combien ?

— La même quantité », dirent-ils avant de ressortir.

Krista entreprit de disposer les cookies dans la vitrine d'exposition. Elle avait presque fini quand la porte s'ouvrit de nouveau, sur une famille de six personnes, cette fois. Puis il y eut un groupe de quatre. Comprenant qu'elle ne pourrait plus discuter tranquillement avec la jeune fille, Hannah se leva et s'éloigna en lui faisant un petit signe de la main.

« À plus tard », dit-elle, bien déterminée à repasser par la boutique de jouets afin de juger par elle-même si Courtney correspondait au portrait que Krista lui en avait fait.

Prête à affronter l'hiver arctique, Hannah sortit de la cafétéria en serrant sa parka autour d'elle et, à sa grande surprise, s'aperçut que le vent était tombé. L'air semblait même légèrement plus doux. Sans doute grâce aux radiateurs à gaz placés le long des allées, que les collègues de Krista avaient allumés pendant qu'elles bavardaient.

Le jour déclinant repeignait le ciel en bleu porcelaine. Une teinte que Hannah avait admirée chaque soir d'hiver en rentrant de l'école, quand elle était petite. Des ombres lavande zébraient la couche de neige fraîche autour de la boutique de jouets, s'ajoutant aux rectangles dorés que formait sur le sol la lumière sortant des fenêtres éclairées.

En poussant la porte, Hannah s'attendait à recevoir un accueil à base de piaillements électroniques. Aussi fut-elle étonnée de découvrir une ambiance sonore feutrée, avec des chants de Noël passant en sourdine.

« Bienvenue », lança une voix humaine.

La jeune femme derrière le comptoir portait une robe chasuble en velours vert, assortie à son bonnet de Noël, sur un chemisier de dentelle blanche avec des manches ballon. Une tenue identique à celle qu'Andrea lui avait décrite, sauf pour la couleur. La veille au soir, Courtney était en rouge.

« Courtney ?

— Oui. Et vous êtes... ?

— Hannah Swensen. C'est moi qui prépare les...

— Les cookies pour la cafétéria de l'Elfe fou ? Je suis heureuse de vous rencontrer, Hannah. Vos cookies sont délicieux. Larry m'a parlé du plum-pudding. J'ai hâte de le goûter.

— Merci beaucoup. »

Hannah passa devant la table où étaient présentés les animaux au crochet, s'arrêta et choisit une jolie petite souris. Pendant une nanoseconde, elle envisagea de l'acheter pour le Noël de Moshe. Puis, comprenant qu'un jouet aussi fragile ne résisterait pas trente secondes et finirait sa brève existence déchiqueté sur le tapis du salon, elle la reposa aussitôt.

« Ils sont trop mignons, dit-elle.

— N'est-ce pas ! C'est quelqu'un d'ici qui les fabrique.

— Vingt dollars, ce n'est pas un peu cher ? »

Hannah avait dit cela pour faire parler Courtney, pas pour dévaloriser le travail de Jessica Murphy.

« Je le reconnais volontiers, mais les objets d'artisanat ne se vendent pas au même prix que les articles produits en série dans des usines à l'étranger par des travailleurs sous-payés.

— Très juste. Ceux-ci ne viendraient pas de chez Jessica Murphy, par hasard ?

— Mais si ! répondit Courtney en souriant. Elle est vraiment douée. Larry lui en commande régulièrement.

— Je me suis laissé dire que vous faisiez un bénéfice de cent pour cent.

— Cent pour cent ? s'écria Courtney. Grands dieux, non ! Seulement vingt-cinq. Larry les achète seize dollars pièce et nous les revendons vingt dollars. D'où tenez-vous cette information ? »

Hannah regrettait d'avoir évoqué le sujet.

« Le beau-frère de Jessica dit que vous les lui achetez dix dollars pièce.

— Eh bien il se trompe. Je suis bien placée pour savoir que Larry les paie seize dollars. Il me remet systématiquement les factures et je les range ici, sous le comptoir. » Courtney rumina un instant, puis son visage s'éclaira. « Le beau-frère de Jessica a dû mal comprendre. Ou peut-être veut-elle lui faire croire qu'elle gagne moins qu'il ne pense.

— Possible », souffla Hannah, de plus en plus gênée.

Cette fois, elle fut sauvée non pas par le gong, mais par la clochette de la porte. Luanne apparut sur le seuil. À son sourire, Hannah devina que son entretien avec Larry s'était bien passé.

« Bonjour, Luanne, lança Courtney.

— Bonjour, Courtney. » Luanne s'avança et déposa sur le comptoir une grande enveloppe contenant les documents comptables. « Je vous rends les papiers que vous m'avez confiés. Je suis vraiment désolée, mais je n'ai pas pu équilibrer les comptes. Rien ne tombe juste.

— Ce n'est pas grave, répondit Courtney, que la déclaration de Luanne ne semblait pas étonner outre mesure. J'espère que vous n'y avez pas passé trop de temps.

— Elle a travaillé toute la nuit, intervint Hannah, sachant que Luanne n'oserait rien dire.

— Oh, non ! Je suis désolée, Luanne. J'imaginais que ce serait l'affaire d'une heure ou deux. » Courtney ouvrit la caisse et en sortit quelques billets. « Je vous avais promis quarante dollars. En voilà cinquante pour votre peine. Et je vous fais la maison de poupée à prix coûtant.

— Oh, merci ! Mais je ne veux pas d'argent. M. Jaeger m'a déjà payée.

— Larry vous a payée ?

— Oui. Comme vous n'étiez pas là quand je suis passée tout à l'heure, j'ai suivi Hannah chez M. Jaeger. Elle lui a remis sa commande puis lui a parlé du travail que vous m'avez confié. Il a voulu en savoir davantage. Je lui ai expliqué mon problème, et il m'a proposé de chercher l'erreur avec moi.

— L'a-t-il trouvée ? demanda Courtney.

— Non, mais il m'a quand même félicitée pour ma persévérance. Et il m'a dit de ne pas m'inquiéter, que ce n'était pas ma faute, qu'il me manquait sûrement certains éléments... » Luanne s'interrompit. « Je n'ai pas tout compris. Il faut dire que je n'en suis qu'au début de ma formation.

— Vous a-t-il demandé pourquoi je vous avais confié ce travail ?

— Non. Comme il n'avait pas l'air surpris, j'ai pensé qu'il était au courant. Ensuite, nous avons discuté encore cinq minutes. Il m'a dit de le recontacter quand j'aurai passé mon diplôme de comptabilité. »

Lorsque Courtney remit l'argent dans la caisse, Hannah remarqua que ses mains tremblaient.

« J'espère qu'il vous a remis une somme convenable.

— Oh, oui ! Grâce à lui, je pourrai payer le prix normal pour la maison de poupée de Susie. Je vous remercie beaucoup, Courtney. Et j'espère que vous ne m'en voulez pas d'avoir parlé à Larry.

— Vous en vouloir ! Mais vous n'avez rien fait de mal. Quant à cette maison de poupée, vous allez emporter le modèle d'exposition. Je le vends démarqué, de toute façon. Considérez cela comme une prime pour le temps que vous avez passé sur mes dossiers.

— Vous en êtes sûre ? marmonna Luanne, estimant sans doute qu'elle ne méritait pas une telle faveur.

— Certaine.

— Je vais t'aider à la transporter », intervint Hannah en espérant que peut-être un jour Luanne cesserait de confondre générosité et charité.

Mais pour l'heure, elle avait autre chose en tête. De toute évidence, Courtney savait depuis le début que les comptes ne tombaient pas juste. Elle cherchait simplement une confirmation. Maintenant qu'elle l'avait obtenue et que Larry savait qu'elle savait, la soirée risquait d'être mouvementée.

Brownies chocolat guimauve

Préchauffer le four à 175 °C,
la grille en position médiane.

¾ tasse de farine ordinaire
¾ tasse de sucre blanc (semoule)
½ cuillerée à thé de sel
½ tasse de beurre ramolli (1 plaquette, ¼ livre)
2 œufs
60 g de chocolat noir (100 % cacao)
1 cuillerée à thé d'extrait de vanille
½ tasse de noix (ou de noix de pécan) hachées
250 g de petites guimauves
2 tasses de pépites de chocolat noir (60 % cacao)

Note de Hannah : cette recette est plus facile à réaliser avec un mixeur électrique, mais rien n'empêche de tout faire à la main.

Mettre le chocolat noir dans un bol au micro-ondes et faire chauffer 1 minute à 900 W. Le laisser reposer encore 1 minute dans le micro-ondes éteint avant de vérifier s'il est bien fondu. (Au besoin, le remettre 15 secondes.)

Verser la farine, le sucre et le sel dans le bol d'un mixeur. Mélanger à vitesse réduite pour obtenir une matière homogène.

Ajouter le beurre ramolli. Battre jusqu'à ce que la préparation soit légèrement mousseuse. Incorporer les œufs.

Si le chocolat est à bonne température (dans le cas contraire, les œufs risquent de cuire), le verser dans le bol du mixeur. S'il est encore chaud, allez boire un café.

Incorporer le chocolat, la vanille, les noix hachées. Mélanger soigneusement.

Graisser un moule rectangulaire de 22 cm sur 33. Verser la pâte et la lisser au moyen d'une spatule en caoutchouc.

Cuire à 175 °C pendant 20 minutes.

Sortir du four et, sans attendre, saupoudrer de petites guimauves. Une seule couche uniforme.

Couvrir avec une feuille d'aluminium le plus hermétiquement possible. Au besoin, poser par-dessus une plaque à pâtisserie. Laisser une vingtaine de minutes, le temps que les guimauves fondent et pénètrent dans la pâte encore chaude.

Faire fondre les pépites de chocolat noir au micro-ondes pendant 2 minutes à 900 W. Répandre le chocolat fondu de manière uniforme sur la couche de guimauves. Poser le moule sur une grille et laisser refroidir.

Quand le chocolat a durci, couper le gâteau en parts rectangulaires. S'il est encore mou et que le temps presse, mettre au frigo 30 minutes avant de couper.

Disposer les brownies sur un joli plateau et servir. S'il en reste, chose fort improbable, on peut les conserver dans un récipient étanche.

Rendement : 24 brownies par moule.

Lisa dit que Herb les adore parce qu'ils lui rappellent les gâteaux à la guimauve de son enfance. Des biscuits de supermarché qu'il troquait contre les cookies faits maison que sa mère lui donnait pour son goûter. Si vous croisez Marge Beeseman, surtout ne vendez pas la mèche !

Chapitre 12

Hannah sortait du four la dernière plaque de dentelles de Noël quand le rire de Lisa résonna dans la salle du Cookie Jar. Herb devait être rentré de sa partie de pêche avec le maire Bascomb. Elle attendit une minute avant de transférer les cookies sur l'échelle pâtissière. Puis elle en piocha quelques-uns de la fournée précédente qu'elle disposa sur une assiette et, curieuse, franchit la porte battante séparant le fournil de la boutique.

« Coucou, ma chérie. »

Delores fut la première à l'accueillir. Le sourire que Hannah lui adressa en réponse s'étendit aux trois autres personnes assises avec elle au fond de la salle. À savoir Herb, le maire Bascomb et une femme dont le visage lui disait vaguement quelque chose.

« Regarde qui est ici, rebondit Delores. Notre professeure, Mlle White. »

Mlle White ! Mais bien sûr ! Quand les gens étaient sortis de leur contexte, on avait parfois du mal à les reconnaître. Elle avait vu Mlle White la veille au soir, mais dans un cadre totalement différent. Sa tenue vestimentaire aussi avait changé. En cours, elle portait un tailleur strict en lainage bleu marine sur un chemisier de soie crème qui lui donnait l'air d'une femme de quarante ans. À présent, elle semblait en avoir dix de moins, peut-être grâce à son pull angora rose, son jean et sa queue-de-cheval.

« Bonjour, mademoiselle White, dit Hannah. Vous venez vérifier si nous avons fait nos devoirs ? »

Celle-ci éclata de rire.

« Non ! Je cherchais un cadeau de Noël, et je suis entrée au Grenier de Mamie sans savoir que j'allais tomber sur l'une de mes étudiantes. Puis votre mère m'a vanté votre plum-pudding et de fil en aiguille...

— Comment le trouvez-vous ?

— Délicieux. Lisa dit que vous en vendrez bientôt à la cafétéria de l'Elfe fou. »

Hannah se tourna vers Lisa, qui confirma d'un signe de tête.

« Krista vient d'appeler. Nous sommes censées leur fournir cinq plum-puddings du Minnesota par jour.

— Super ! J'étais sûre qu'il l'aimerait. » Hannah posa l'assiette sur la table. « Essayez donc notre dernière création. Des cookies dentelle. »

Le maire, qui ne refusait jamais un cookie gratuit, fut le premier à se servir.

« Ils sont bons, mais je m'attendais à quelque chose de moins... consistant, fit-il dès la première bouchée.

— J'adore », dit Herb en regardant sa jeune épouse d'un air énamouré.

Apparemment, Lisa lui avait beaucoup manqué. Hannah ressentit un léger vague à l'âme. Si elle avait accepté sa demande, Norman la regarderait avec la même tendresse en ce moment. Oui, elle en était sûre. Norman était quelqu'un de profondément sincère. Pas le genre d'homme à mettre son couple en péril sur un coup de tête.

D'un autre côté, si elle avait accepté la demande de Mike, il la regarderait aussi avec... Hannah émergea de sa rêverie. Si elle épousait Mike, elle passerait son temps à se demander où il était et avec qui ; ses précédentes aventures, avec Ronni Ward et Shawna Lee Quinn, n'étant qu'un avant-goût de ce qu'elle risquerait de vivre si un jour elle devenait Mme Mike Kingston. Mais après tout, il était tellement beau. Rien d'étonnant à ce que toutes les femmes se jettent dans ses bras. *Certes, mais est-il obligé de les rattraper ?* grommela-t-elle dans son for intérieur.

« Il y a un problème, ma chérie ? demanda Delores, remarquant la mine crispée de sa fille aînée.

— Nullement. Je pensais à tout ce qu'il me reste à faire avant Noël.

— J'espère que l'une de ces choses consiste à fabriquer d'autres cookies dentelle, lança Herb.

— Ils sont vraiment exquis, confirma Mlle White. À la fois moelleux et croustillants.

— Vous m'ôtez les mots de la bouche, dit le maire Bascomb en piochant dans l'assiette. Je crois qu'ils plairaient beaucoup à Stephanie. Au fait, je cherche quelque chose à lui offrir quand j'irai la voir, tout à l'heure. »

La ficelle était si grosse que Hannah faillit pouffer de rire. Heureusement, elle n'en fit rien. Le maire n'aurait pas apprécié qu'on se moque de sa pingrerie. De plus, en tant que commerçante et citoyenne, elle avait tout intérêt à rester en bons termes avec l'homme le plus puissant de Lake Eden.

« Je vous en donnerai une boîte pour elle.

— La cafétéria de l'Elfe fou en vendra-t-elle ? s'enquit Delores.

— Je ne sais pas », répondit Hannah. La question de sa mère lui rappela qu'elle en avait une à soumettre à leur prof de gestion. « À propos de mauvaises pratiques commerciales, je suis tombée sur un cas intéressant, dernièrement.

— Je vous écoute, sourit Mlle White. Je suis toujours à la recherche de nouveaux exemples.

— À l'entrée de la foire aux sapins, il y a une pancarte qui dit *On vend à perte et on se rattrape sur le volume*.

— Quoi ?! s'étrangla Mlle White.

— Je sais que c'est impossible, mais c'est ce qui est écrit sur la pancarte. D'après Larry, ce n'est qu'une blague.

— Larry ?

— Larry Jaeger. Le patron de L J Entreprise. Il prétend que cette phrase vient d'un spot publicitaire qui passait à la télé quand il était adolescent. Il l'a trouvée si drôle que, depuis, il l'accroche à l'entrée de tous ses commerces.

— Je vois.

— Je pense qu'il est sincère quand il prétend que c'est une blague. Mais cela n'en reste pas moins une mauvaise pratique commerciale. Ses clients pourraient être induits en erreur.

— Excellente remarque, dit Mlle White en se levant. Je suis désolée, mais je dois partir. J'ai rendez-vous avec un étudiant et je ne veux pas être en retard. »

« Elle vous donne des devoirs à faire à la maison ? s'étonna le maire après le départ de la jeune femme.

— Oui, dans le cadre du cours de gestion que je suis à l'université populaire, lui répondit Delores. Comme Carrie n'a pas pu assister à la dernière séance, Hannah a pris sa place. Mlle White nous a demandé d'analyser les comptes d'une société aux pratiques douteuses et de noter ce qui péchait.

— Elle a un nom, cette société ? intervint Herb, intrigué.

— Sûrement, mais j'ignore lequel, répondit Hannah. Il n'apparaît pas sur les documents.

— Pour des raisons juridiques, je suppose, dit le maire Bascomb. Montrez-moi cela. Je pourrai peut-être vous aider.

— Toi ?! s'écria Delores. Tu as toujours été nul en arithmétique.

— C'est vrai ?

— Absolument. J'ai passé tout un été à t'enseigner la table de sept.

— La table de sept ? bredouilla Herb.

— Oui. Pour la table de cinq, il n'avait aucun problème. Même chose pour la table de huit et celle de neuf. Mais la table de sept ! Impossible de la lui mettre dans le crâne. Pas vrai, Marmouset ? »

Hannah ravala un sourire. Sa mère avait été la baby-sitter du maire Bascomb. À ce titre, elle était la seule personne, en dehors de son épouse, habilitée à l'appeler par son prénom, Richard. Ce qu'elle faisait rarement, préférant de loin lui donner du *Marmouset*, un surnom qui datait de l'été en question.

« Tout à fait, ma chère Delores, reconnut le maire Bascomb. C'est une chose que tout le monde ignore, à part ma bonne vieille baby-sitter. »

En s'entendant qualifier de « bonne vieille baby-sitter », Delores se hérissa. Hannah s'empara d'une craie imaginaire et inscrivit un point pour le maire.

« Curieusement, quand je suis entré au lycée, j'ai découvert que connaître la table de sept ne servait à rien, poursuivit l'édile. Il suffit de prendre une calculette. Or on trouve des calculettes un peu partout. J'en ai même une sur mon téléphone portable. Maintenant, permettez-moi d'examiner ces documents. Nous verrons si je suis toujours aussi doué pour les affaires. »

Hannah se précipita dans le fournil et revint avec le cas pratique. « Tenez. »

Le maire Bascomb prit le temps de feuilleter les papiers en s'arrêtant sur l'un puis sur l'autre avant de revenir en arrière.

« Bingo ! triompha-t-il en tapotant une colonne de chiffres du bout de l'index. Pourtant, je ne connais toujours pas ma table de sept. Qu'en dis-tu, Delores ?

— Montre-nous d'abord ce que tu as trouvé », ronchonna l'intéressée.

Le maire Bascomb lui glissa la feuille.

« À toi l'honneur. Je veux savoir si tu es capable d'identifier le problème.

— C'est une liste de reçus correspondant à des achats de fournitures, dit Delores après un examen attentif. L'addition est bonne. J'ai vérifié. Qu'est-ce qui ne va pas ?

— Regarde comment ces achats ont été réglés. »

Quand Hannah se pencha sur l'épaule de sa mère, celle-ci répondit :

« En espèces. Quel mal y a-t-il à cela ?

— Un entrepreneur digne de ce nom règle ses achats par chèque. C'est une garantie que n'offrent pas les espèces. Sur le plan comptable, un chèque vaut mille fois mieux qu'un ticket de caisse. »

Hannah perçut un petit cri derrière elle. C'était Lisa qui revenait avec la cafetière et s'était arrêtée net en entendant les dernières paroles du maire.

« Un souci ?

— Je ne sais pas. Ce n'est peut-être rien. Mais il se trouve que Larry nous paie en espèces et que le reçu n'est jamais complètement rempli. Il dit que ce n'est pas grave, qu'il inscrira la somme plus tard. Mais il me demande quand même de signer. »

À la façon dont le maire Bascomb plissait les yeux, Hannah supposa qu'il désapprouvait les pratiques commerciales de Larry Jaeger.

« C'est embêtant ?

— Plutôt. » Le maire Bascomb se tourna vers Lisa. « Si vous avez affaire à un commerçant malhonnête, il peut très bien inscrire un montant différent de celui qu'il a réellement payé. Et vous serez dans l'incapacité de prouver votre bonne foi. On ne doit jamais signer un reçu incomplet, ajouta-t-il, surtout si la transaction s'effectue en espèces.

— Je ne le ferai plus ! promit Lisa, penaude. Si j'avais su… »

Le maire Bascomb sourit.

« Il n'y a sans doute rien de grave. C'est juste un usage que tout professionnel est censé respecter. Il suffit d'une erreur dans un registre et… Une erreur ou autre chose.

— Merci de m'avoir avertie, dit Lisa avant de se tourner vers Hannah. Larry t'a-t-il fait signer un reçu en blanc cet après-midi, quand il t'a payé les cookies ?

— Il ne m'a rien payé. J'ai supposé qu'il nous enverrait un chèque. J'aurais dû lui poser la question… mais je ne l'ai pas fait. Et je n'ai pas demandé qu'il me signe un bon de livraison non plus.

— Je vous conseille d'appeler Larry pour lui dire que vous allez passer chercher votre chèque, dit le maire Bascomb. Sinon, vous n'aurez aucune trace. En matière commerciale, il y a des règles à respecter.

— J'appelle Larry », annonça Lisa en se dirigeant vers le téléphone d'un pas résolu. Un instant plus tard, elle éloignait le combiné de son oreille et faisait signe à Hannah de la rejoindre. « Il n'est pas disponible pour l'instant. Il nous propose de passer prendre le chèque à son QG, ce soir après la fermeture. À 21 heures.

— J'irai », dit Hannah.

Ce n'était que justice. Après tout, c'était elle qui avait oublié de réclamer son dû.

Lisa reprit la communication, puis, de nouveau, écarta le combiné.

« Il laissera le portillon ouvert. Comme ça, tu pourras entrer directement.

— Très bien. Dis-lui que c'est entendu. Je dîne au restaurant avec Norman. À la fin du repas, je l'appellerai pour le prévenir de notre arrivée. »

Cookies dentelle

Préchauffer le four à 175 °C,
la grille en position médiane.

1 ½ tasse de flocons d'avoine
½ tasse de beurre fondu (1 plaquette, ¼ livre)
¾ tasse de sucre blanc (semoule)
1 cuillerée à thé de levure chimique
1 cuillerée à thé de farine
½ cuillerée à thé de sel
1 ½ cuillerée à thé d'extrait de vanille
1 œuf battu (à la fourchette dans un verre)
½ tasse de pépites de chocolat

Verser les flocons d'avoine dans un bol de taille moyenne. Ajouter le beurre fondu. Mélanger soigneusement.

Dans un petit bol, mettre le sucre, la levure chimique, la farine et le sel. Mélanger puis verser sur les flocons d'avoine et, sans cesser de tourner, ajouter la vanille, l'œuf battu et les pépites de chocolat.

Quand tous les ingrédients sont parfaitement amalgamés, étaler une feuille de papier d'aluminium légèrement huilée sur une plaque à pâtisserie, le côté brillant au-dessus.

Avec une cuillère à thé, prélever de bonnes quantités de pâte et les déposer sur la plaque. Bien les espacer. Pas plus de 8 cookies par plaque.

Première note de Hannah : pour plus de commodité, j'utilise une cuillère à glace.

Cuire à 175 °C pendant 12 minutes. Sortir du four et laisser reposer 5 minutes sur la plaque avant de transférer les cookies et la feuille d'aluminium sur une grille jusqu'à complet refroidissement.

Attendre qu'ils soient à température ambiante pour les décoller de l'aluminium. Les cookies dentelle se conservent dans un endroit frais et sec. Pour qu'ils soient encore plus beaux, les arroser avec un mélange de chocolat fondu et de café.

Pour cela, faire fondre ½ tasse de pépites de chocolat avec 6 cuillerées à soupe de café dans un bol au micro-ondes pendant 30 secondes à 900 W. Si la mixture est trop épaisse, rajouter du café et repasser 20 secondes au micro-ondes.

Deuxième note de Hannah : ces cookies paraissent délicats mais ils peuvent voyager, à condition de les protéger pour éviter qu'ils s'entrechoquent.

Rendement : une trentaine de cookies.

Chapitre 13

« Mais quel délice ! dit Hannah en terminant sa part de tarte au fromage blanc et au chocolat façon cheesecake, une tuerie que Sally avait baptisée triple menace.

— Mmm ! surenchérit Norman avant d'attaquer le dernier morceau. Encore un peu de café ?

— Oui, merci. J'en aurai besoin pour digérer tout ce chocolat. » Hannah attendit que Norman incline au-dessus de sa tasse la petite cafetière en argent que la serveuse avait apportée, prit une gorgée du divin breuvage puis désigna les alcôves aménagées au fond de la salle sur un genre d'estrade. « Heureusement que ma mère n'est pas ici.

— Pourquoi cela ?

— Elle aurait déjà fait plusieurs allers-retours aux toilettes pour tenter d'apercevoir les gens qui sont derrière le rideau. Je parie même qu'elle aurait laissé tomber son sac à main et tout ce qu'il contient pour pouvoir s'agenouiller et regarder par-dessous. »

Norman suivit son regard. En effet, chaque alcôve était équipée d'un rideau que les clients pouvaient fermer s'ils souhaitaient préserver leur intimité. Ce soir-là, ils étaient tous ouverts sauf un.

« À votre avis, qui dîne dans cette alcôve à l'abri des regards ? murmura-t-il.

— Je n'en sais rien, mais je crois qu'ils fêtent quelque chose.

— Comment le savez-vous ?

— La serveuse leur a apporté une bouteille de champagne dans un seau à glace. J'ai bien essayé de voir qui c'était, mais le rideau est retombé trop vite.

— Leur a-t-elle également apporté des flûtes ?

— Oui. Et je suis presque sûre d'en avoir vu deux.

— Donc, c'est un couple. Je me demande de qui il s'agit.

— On pourrait passer devant eux en sortant, proposa Hannah.

— Oui, on pourrait, mais n'est-ce pas une intrusion dans la vie privée d'autrui ?

— Pas vraiment. J'aperçois Janice Cox et ses parents dans l'alcôve de gauche. Nous irons les saluer, et en repartant nous jetterons un petit coup d'œil à côté.

— Vous êtes la fourberie incarnée, Hannah.

— J'ai été à bonne école.

— Votre mère ?

— Exact. Alors, ça vous tente ?

— Bon, d'accord. Mais c'est une intrusion dans la vie privée d'autrui.

— Vous vous répétez. » Ils se regardèrent longuement puis éclatèrent de rire. « Prêt ? demanda Hannah.

— Je vous suis. Mais je mettrais ma main au feu que ces deux personnes ne sont pas d'ici.

— Pourquoi cela ?

— Parce que aucun habitant de Lake Eden soucieux de préserver son intimité ne dînerait derrière un rideau, sachant que les autres clients n'auraient de cesse de savoir qui est caché là, quitte à employer des moyens farfelus pour assouvir leur curiosité. Comme se mettre à quatre pattes pour regarder en dessous.

— Mais alors, comment faire pour préserver son intimité ?

— Il suffit d'aller dîner à Minneapolis dans un restaurant où personne ne vous connaît. »

Norman disait vrai. À Lake Eden, on avait beau faire, on ne passait jamais inaperçu.

En grimpant sur l'estrade, Hannah prit le temps d'observer l'alcôve fermée. Comme le rideau n'allait pas jusqu'au sol, on voyait dépasser deux paires de chaussures. À droite, des bottes en daim fauve taille 44 incrustées de perles au niveau de l'empeigne. À gauche, de fines sandales rouges à lanières, munies de talons proprement vertigineux.

« Cette femme doit être très amoureuse pour s'infliger une telle torture, murmura Hannah en mettant le cap sur la table de Janice.

— Vous avez dit torture ?

— Oui, regardez ces sandales vernies. Une femme ne porte ce genre de chaussures que pour séduire un homme.

— Vraiment ? »

Mais au lieu de regarder l'alcôve en question, Norman baissa les yeux sur les pieds de Hannah. Celle-ci se serait flanqué des gifles. Aurait-elle oublié qu'elle portait une vieille paire de bottes en peau d'élan ?

« Cette règle ne s'applique que si le monsieur dépose la dame à la porte du restaurant. Il est impossible de traverser un parking boueux chaussée de la sorte.

— Si vous le dites, répondit Norman, apparemment rassuré.

— Bonsoir, Janice », lança Hannah à la jeune femme qui dirigeait l'école maternelle de Lake Eden. Puis elle se tourna vers les parents de cette dernière. « Bonsoir, Eleanor... Otis. Comment vont vos chiens de traîneau ?

— Très bien. » Eleanor enfourcha son cheval de bataille. « Nous avons une nouvelle meneuse. Elle est drôlement efficace. Otis trouvait que Kong méritait de prendre sa retraite. Il boite un peu à cause de son arthrite.

— Il ne risque pas de s'ennuyer ? demanda Hannah, craignant que le vieux husky sibérien supporte mal cette soudaine inactivité.

— Pas le moins du monde. Je pense que le froid aggravait ses problèmes articulaires. Depuis qu'il vit dans la maison, il se déplace plus facilement.

— C'était le moins qu'on puisse faire pour ce brave chien, dit simplement Otis, toujours aussi peu bavard.

— Maintenant, il dort sur notre lit, reprit Eleanor. Un vrai toutou. Et il s'assoit à côté de moi pour regarder les feuilletons à la télé.

— Et c'est lui qui tient la télécommande ? », lança Norman.

Une boutade qu'Otis accueillit avec un grand éclat de rire. Hannah adorait le voir rire. Quand il entendait une bonne blague, Otis commençait par émettre un gloussement guttural puis se frappait le genou trois fois de suite. Quand il la trouvait excellente, il faisait la même chose mais avec les deux mains sur les deux genoux. Celle de Norman valait un genou.

Quand la serveuse arriva avec les plats, Hannah donna le signal du départ, non sans remarquer au préalable que Janice avait commandé le menu basses calories que Sally proposait sur sa carte, à savoir un poisson grillé servi avec des brocolis et trois petites pommes de terre. Janice était-elle au régime ? se demanda-t-elle en se promettant de l'interroger discrètement la prochaine fois qu'elle la verrait. Si effectivement Janice essayait de maigrir, elle cesserait de la tenter en lui apportant des cookies sur son lieu de travail.

« Allez-vous lâcher votre sac à main quand nous passerons devant la mystérieuse alcôve ? demanda Norman tandis qu'ils s'éloignaient.

— Non ! Je ne suis pas comme ma mère.

— Sa méthode fonctionne, ou pas ?

— Eh bien... marmonna Hannah, oui, je crois.

— Alors pourquoi s'en priver ? »

Hannah regarda son sac, ou plutôt sa « sacoche de cow-boy » comme l'appelaient Delores et Andrea. Certes, il n'était pas très féminin, mais il contenait tout ce dont on pouvait avoir besoin en cas de catastrophe à l'échelle nationale.

« Celui de ma mère n'est pas aussi grand, répondit-elle. Il me faudra des heures pour tout ramasser.

— Vous voyez une autre solution ?

— Bon, d'accord. » D'un geste négligent, Hannah décrocha la sangle de son épaule. « Oups ! souffla-t-elle lorsque le rabat s'ouvrit, libérant une myriade d'objets, certains utiles, d'autres moins, qui se répandirent sur le sol.

— Je vais vous aider. »

Norman se mit à quatre pattes, le regard braqué sur le bas du rideau.

« Merci », répondit Hannah avant de s'agenouiller près de lui. Tout en ramassant ses affaires à grandes brassées, elle vit que les sandales rouges s'étaient considérablement rapprochées des bottes en daim incrustées de perles. En outre, les deux paires n'étaient plus face à face mais côte à côte. De là à supposer que la femme avait opéré un mouvement coulissant le long de la banquette en fer à cheval pour s'asseoir près de son compagnon, il n'y avait qu'un pas.

« Dépêchez-vous ! murmura Norman, qui venait de jeter un dernier objet dans la sacoche de cow-boy.

— Pourquoi ?

— Maman ! »

Il parlait si bas que Hannah dut tendre l'oreille.

« Vous avez bien dit *maman* ?

— Oui. Sortons, je vous expliquerai. »

Bien que morte de curiosité, Hannah parvint à marcher jusqu'au vestibule, à renfiler son manteau et à franchir la porte du restaurant sans poser la question qui lui brûlait les lèvres. Dehors, il faisait toujours aussi froid. Quand elle eut cessé de grelotter, n'y tenant plus, elle lâcha :

« Maman, d'accord, mais laquelle ? La vôtre ou la mienne ?

— Réfléchissez, Hannah. Je n'appelle pas Delores *maman*. C'est ma mère qui était dans cette alcôve.

— Mais… comment pouvez-vous le savoir ? Vous n'avez vu que des chaussures.

— Ces chaussures ne me disent rien. En revanche, j'ai reconnu la cicatrice sur sa cheville gauche. »

Hannah était tentée de le croire. Elle-même aurait pu identifier Delores rien qu'en voyant ses pieds. Mais une erreur était toujours possible.

« Et si c'était une autre femme avec la même cicatrice ?

— Je suis formel, Hannah. Quand vous avez fait tomber votre sac, je l'ai entendue murmurer *Oh, non !* Ensuite, elle s'est tue et l'homme aussi. Connaissant les méthodes de Delores, elle a dû croire que votre mère était en train de l'espionner.

— C'est possible. » Hannah aspira une bouffée d'air glacé. « Mais si c'est bien Carrie, qui est ce monsieur ? Je ne savais pas qu'elle sortait avec quelqu'un.

— Moi non plus. Mais à présent, je comprends pourquoi elle n'a jamais le temps de dîner avec moi.

— Et pourquoi elle n'accompagne pas Delores aux cours du soir. Elle a mieux à faire. Avec qui était-elle ? Vous avez une idée ?

— Pas la moindre. Je n'ai pas reconnu les bottes. Et vous ?

— Non. Mais le fait qu'elle porte des sandales à lanières en plein mois de décembre prouve que Mike se met le doigt dans l'œil.

— Comment cela ? » s'écria Norman en se tournant vers elle si brusquement qu'il faillit trébucher sur un paquet de neige.

Constatant son désarroi, Hannah lui prit le bras avant de répondre.

« Mike croit que votre mère vole à l'étalage.

— Quoi ?!

— En ce moment, il effectue un remplacement au poste de sécurité du centre commercial des Trois Comtés. Or il se trouve qu'il est tombé sur Carrie à deux ou trois reprises, et toujours à l'heure de la fermeture. Elle rangeait des paquets dans le coffre de sa voiture. Il paraît qu'en le voyant, elle a pris un air coupable. Ce qui a éveillé ses soupçons. »

Norman soupira si fort qu'un nuage de buée se découpa sur le ciel de nuit.

« Si je comprends bien, Mike lui a trouvé un *air coupable* et en a déduit qu'elle l'était.

— Oui. Mais je vous rassure, il n'en a parlé à personne sauf à moi. Et je sais qu'il sera ravi quand je lui dirai qu'il s'est trompé. »

Hannah s'éclaircit la gorge. Ne sachant comment Norman appréhendait le fait que sa mère ait une relation amoureuse, elle allait devoir choisir ses prochains mots.

« Je pense que si Carrie fait toutes ces emplettes, c'est qu'elle veut être belle pour l'homme qu'elle a rencontré. Qu'en pensez-vous ?

— Je pense que vous avez raison. Et je vous félicite, Hannah. Vous avez réussi à éviter les mots *amant* et *petit ami*.

— C'est que je ne veux pas vous blesser. »

Norman la prit par l'épaule et l'attira contre lui.

« Ne vous en faites pas pour moi. J'estime que ma mère est restée seule trop longtemps. Si elle a trouvé un homme qui la rend heureuse, je leur souhaite bien du bonheur. Mais je suis quand même un peu fâché contre Mike. Comment a-t-il pu imaginer une chose pareille ?

— Pour lui, elle agissait sous l'emprise d'une pulsion irrépressible. Cela l'inquiétait d'autant plus que la kleptomanie est une maladie dont on ne guérit pas facilement. Il voulait l'aider mais ne savait pas comment.

— Il aurait dû m'en parler.

— C'est vrai, mais il a quand même eu le réflexe de venir me voir, ce qui n'est déjà pas si mal. »

Norman marqua un temps d'arrêt. « Oui, bien sûr. Il devait craindre que je ne perde mon sang-froid. Mais nous n'avons pas réglé la question la plus importante. »

Arrivé devant sa voiture, Norman ouvrit la portière passager, attendit que Hannah monte, la referma, fit le tour, s'installa au volant, démarra le moteur et, le temps qu'il chauffe, exprima ce qu'il avait en tête. « Je dois savoir qui est ce monsieur. Si c'est quelqu'un de bien, pas de souci. Par contre, s'il s'intéresse à elle uniquement pour son argent… »

Hannah ne le comprenait que trop. Quand Delores s'était amourachée du dénommé Winthrop, un dandy doublé d'un escroc patenté, ses sœurs et elle avaient été confrontées au même problème.

« Je peux demander à Sally d'interroger ses serveuses.

— Je vous en serais infiniment reconnaissant. Papa lui a laissé une petite fortune. De quoi attirer les convoitises.

— J'ignorais que votre mère était riche.

— Moi-même je ne l'ai su qu'à la mort de mon père. Son cabinet dentaire ne lui rapportait pas des mille et des cents, mais il avait contracté plusieurs assurances vie peu après ma naissance. Ma mère n'était pas au courant et moi non plus, jusqu'au jour où Doug Greerson m'a informé que papa possédait un coffre dans sa banque. En l'ouvrant, nous avons trouvé les papiers en question. Il avait continué à honorer les échéances, même étant malade. Jusqu'au bout, il a veillé à ce que ma mère soit à l'abri du besoin.

— Eh bien, c'est à nous de la protéger, à présent, répondit Hannah en lui prenant la main. Nous allons découvrir qui elle fréquente et nous assurer qu'il s'agit d'un type comme il faut. »

Cheesecake triple menace

Préchauffer le four à 175 °C,
la grille en position médiane.

1 fond de tarte à base de cookies au chocolat broyés*
½ tasse de sucre blanc (semoule)
225 g de fromage à la crème ramolli
⅓ tasse de mayonnaise
2 œufs
1 tasse de pépites de chocolat blanc
½ cuillerée à thé d'extrait de vanille
1 tasse de pépites de chocolat noir (60 % de cacao)

Première note de Hannah : cette recette peut se réaliser à la main, mais avec un mixeur électrique c'est beaucoup plus facile !

Battre le sucre avec le fromage à la crème ramolli. Incorporer la mayonnaise et les œufs.

*** Si le fond de tarte fait 20 cm de diamètre, la garniture risque de déborder, s'il en fait 25, elle ne sera pas assez épaisse. La bonne mesure est donc 22 cm de diamètre. En toute chose, la moyenne est préférable. Boucle d'or ne dira pas le contraire !**

Faire fondre les pépites de chocolat blanc au micro-ondes pendant 40 secondes à 900 W. Les pépites ayant tendance à garder leur forme, même fondues, vérifier avec une fourchette. Si elles sont trop fermes, remettre 15 secondes au micro-ondes. Laisser reposer.

Quand le bol contenant les pépites est tiède au toucher, les mélanger à la préparation. Ajouter la vanille.

Retirer le bol du mixeur et incorporer les pépites de chocolat noir à la main.

Avec une cuillère, étaler la garniture sur le fond de tarte puis lisser avec une spatule en caoutchouc.

Cuire à 175 °C pendant 30 à 35 minutes.

Laisser reposer sur une grille, puis mettre la tarte au frigo et l'y laisser au moins 20 minutes avant de servir. Garnir avec de la crème fouettée sucrée.

Deuxième note de Hannah : cette tarte est si riche que je préfère la servir avec un café bien fort. Prévoir deux cafetières.

Chapitre 14

Hannah commençait à avoir le tournis à force de sillonner les allées du parking devant l'auberge pour tenter d'identifier les véhicules inconnus. De toute façon, il y en avait trop. Norman et elle avaient quand même appris une chose. Carrie avait dû arriver dans la voiture de son ami puisque la sienne n'était visible nulle part. Au troisième passage, elle décida de suspendre les recherches.

« Laissez tomber, Norman. Cela ne sert strictement à rien. Allons plutôt chercher mon chèque chez Larry. Au retour, nous passerons devant la maison de votre mère pour voir si elle est rentrée. »

Norman eut l'air surpris.

« Vous n'avez quand même pas l'intention de sonner à sa porte pour lui demander avec qui elle était ce soir !

— Bien sûr que non. Si je l'attaquais de front, elle se refermerait comme une huître. Je veux juste savoir s'il y a une voiture garée devant chez elle. Si c'est le cas, nous relèverons son numéro et Mike nous dira à qui elle appartient.

— Excellente idée. »

Norman quitta le parking et prit la direction de l'autoroute. Sur la voie d'accès, les congères qui s'élevaient de part et d'autre de la chaussée étaient si hautes qu'ils avaient l'étrange impression de rouler entre des parois de glace. Ces monticules résultaient des multiples déblaiements effectués depuis le début de l'hiver par Dick, le mari de Sally, au volant de son mini-chasse-neige. Une précaution indispensable pour éviter que l'auberge soit coupée du monde et, partant, de sa clientèle.

Quand ils débouchèrent sur la quatre voies, Norman prit de la vitesse. La radio diffusait un programme de jazz classique, l'habitacle était bien chauffé, les sièges délicieusement moelleux. Hannah s'installa plus confortablement, bien décidée à profiter de la balade. Une phrase défilait dans son esprit. *Tout va pour le mieux dans le meilleur des mondes.* Avec Norman, les choses étaient toujours simples, paisibles, agréables. Il y avait des jours, et des soirs également, où elle avait envie de l'épouser rien que pour vivre ainsi jusqu'à la fin des temps, dans la belle maison qu'ils avaient conçue ensemble. Mais juste avant qu'elle se jette à l'eau, le visage de Mike venait s'interposer entre elle et ce bonheur parfait. Peut-être devrait-elle aller consulter un psy. Oui, sans doute. Mais une analyse prenait du temps, et pour elle le temps était une denrée rare, surtout pendant les fêtes de Noël.

« Je vous trouve bien silencieuse, dit Norman en la sauvant du dilemme qu'elle avait renoncé à résoudre, de toute manière.

— Je réfléchissais au temps qui passe, répondit-elle sans mentir vraiment.

— Cette période de l'année doit être éprouvante pour vous. En quoi puis-je vous aider ?

— Vous ne cessez de m'aider. D'abord, vous m'avez offert ce somptueux dîner, et maintenant vous me conduisez chez Larry Jaeger, à qui j'ai bêtement omis de réclamer mon dû cet après-midi.

— Cela ne compte pas. Par exemple, si vous avez des achats à faire, prévenez-moi. Je passerai au centre commercial. Il reste seulement dix jours ouvrables avant Noël.

— Je sais. Lisa me l'a rappelé ce matin. Je vous remercie, Norman, mais j'ai tout ce qu'il me faut. Cette année, j'ai acheté mes cadeaux à l'avance. Il faut juste que je me rappelle où je les ai rangés.

— Ils sont emballés ?

— Pas encore. Je déteste faire des paquets. Et je ne suis pas douée pour cela.

— Moi, j'aime bien. Nous pourrions les emballer ensemble. Ce serait amusant, non ?

— Pourquoi pas ? Vous poseriez votre doigt sur le ruban pendant que je ferais les nœuds. »

Norman la regarda en souriant.

« Tel est le but de mon existence. Je vous aime, Hannah. Je veux vous rendre la vie plus douce.

— Et vous y parvenez », répondit-elle en lui touchant le bras.

Le parking de l'Elfe fou étant fermé par une chaîne, Norman n'eut d'autre choix que de se garer dans la rue. Quand ils descendirent de voiture, une bourrasque souleva les flocons accumulés sur le trottoir, les enveloppant d'une minitornade de neige.

« À quoi pensez-vous ? dit Norman.

— Je me demandais s'il existait des tornades de neige comme il existe des tornades de poussière ou de sable.

— C'est un phénomène rare, mais quand une masse d'air froid passe au-dessus d'une étendue d'eau tempérée, il se forme un genre de trombe qui s'élève dans le ciel et finit par geler. »

Entendre parler de trombes d'eau gelée la fit frissonner.

« Vous avez froid ? s'inquiéta Norman en la prenant par les épaules.

— Oui. Parfois, je rêve qu'un tapis volant vient me chercher et me dépose sur... une étendue de sable tiède.

— À Palm Springs, par exemple ? La Californie n'est qu'à quelques heures d'ici, vous savez. Si on y allait ?!

— J'aimerais beaucoup, mais je ne peux pas.

— Pourquoi ? Nous pourrions prendre un vol vendredi soir et revenir dimanche dans la nuit.

— C'est tentant. »

Hannah était sincère. Elle aurait adoré passer un week-end au soleil, mais elle avait des milliers de choses à faire et refusait de s'en décharger sur Lisa.

« Rien ne me ferait plus plaisir, mais nous sommes en pleine saison. Pourrions-nous reporter à fin février, par exemple, quand la charge de travail sera moins importante ?

— Oui, c'est possible. Je reviendrai à la charge pour la Saint-Valentin. Il fera encore assez froid pour que vous ayez envie de vous envoler.

— Certainement ! » répondit Hannah en se demandant si elle accepterait la proposition de Norman à la mi-février.

Les presque deux mois qui séparaient Noël de la Saint-Valentin étaient une période redoutable. Dès janvier, les derniers oiseaux désertaient la région et une vague de déprime s'abattait sur Lake Eden.

« C'est noté.

— Je n'ai pas dit oui.

— Je sais. Mais je note de vous reposer la question le 14 février.

— Très bien, dit Hannah en ouvrant le portillon du parc. Suivez-moi. C'est par ici. »

Tout semblait différent à présent que les projecteurs et la musique étaient éteints. Ils dépassèrent les cabanes en rondins abritant les boutiques et tournèrent à gauche sur Rudolph Lane.

« Ça fait bizarre sans les lumières et les chants de Noël », dit Norman.

Hannah acquiesça. Elle qui trouvait ces rengaines insupportables en venait presque à les regretter.

« Voici le QG des Elfes, dit-elle en désignant l'énorme caravane qui servait à la fois d'appartement et de lieu de travail. C'est allumé. Larry nous attend.

— Impressionnant.

— N'est-ce pas ! Elle possède deux chambres, dont l'une a été transformée en bureau, et un grand salon où Larry regarde des matchs sur un écran géant.

— Larry est amateur de sport ?

— Oui, je crois. Pourtant, hier, quand je suis passée avec Mike, il s'est contenté de couper le son.

— Alors qu'un véritable amateur aurait interrompu la diffusion pour reprendre après votre départ.

— Absolument », confirma Hannah, toujours impressionnée par la rapidité d'esprit de Norman.

Ce dernier grimpa les trois marches puis s'écarta pour la laisser passer.

Hannah frappa une fois, puis une deuxième. « Larry ? » cria-t-elle.

La télévision était allumée. Sur un match de basket, manifestement.

« Laissez-moi faire », dit Norman avant d'asséner plusieurs coups sur le battant, suivis d'une deuxième série quelques secondes plus tard.

Rien ne bougeait à l'intérieur. Mis à part la voix du commentateur et les encouragements du public, il n'y avait aucun bruit.

« Essayons encore », proposa Hannah.

Il y mit toute la force de son poing, et elle toute la puissance de ses poumons. Sans plus de résultat.

« Que faire ? s'interrogea Hannah.

— Vérifions si la porte est verrouillée. Larry a pu s'endormir devant la télé. »

Hannah avait un peu de mal à croire qu'on puisse s'endormir au milieu d'un tel brouhaha. Quand Norman tourna la poignée, un pressentiment lui arracha un petit cri. Subitement, l'idée d'entrer dans cette caravane ne lui plaisait plus du tout. Était-ce à cause de l'ambiance sinistre qui régnait dans le parc après la fermeture ? Ou y avait-il autre chose ? Une chose si terrible qu'il eût été plus raisonnable de s'enfuir à toutes jambes.

« Quoi ? » Norman se tourna vers elle.

« Je ne sais pas. J'ai une drôle d'impression.

— Drôle comment ?

— Mauvaise. Vous trouvez normal que Larry ne s'enferme pas, le soir ?

— Il doit se dire qu'il est en sécurité puisque le portail est cadenassé.

— Peut-être. On doit vraiment franchir cette porte, vous êtes sûr ?

— Vous avez rendez-vous, oui ou non ?

— Oui. Mais... »

Toujours plus angoissée, Hannah éprouva le besoin de déglutir.

« Nous allons entrer, ne serait-ce que pour échapper à ce froid de canard. »

Dès que Norman ouvrit, un flot de lumière se répandit à l'extérieur. Voyant que Hannah hésitait, il lui prit la main. Mais elle ne bougeait toujours pas. C'était comme si quelque chose l'empêchait de faire un pas de plus. Curieusement, cette soudaine paralysie lui rappela la fois où Delores l'avait obligée à monter sur un grand huit avec Andrea. Quoique pénible, l'expérience s'était tout de même révélée instructive, car depuis elle savait que son estomac ne supportait pas les manèges à sensations fortes.

« Et si on revenait demain ? bredouilla-t-elle.

— Pourquoi ? Larry ne va pas tarder. Il est parti en laissant tout allumé, même la télévision.

— Oui, mais c'est très impoli d'entrer chez quelqu'un sans y être invité, dit-elle en désespoir de cause.

— Il savait que nous allions passer. S'il n'a pas tiré le verrou c'est justement pour que nous puissions l'attendre à l'intérieur. Venez, Hannah. Nous allons attraper la mort.

— Bon, d'accord », se rendit-elle en regrettant toutefois qu'il n'ait pas choisi une autre expression.

Larry avait tenu sa promesse. Sur la petite table à gauche en entrant, Hannah découvrit une enveloppe à son nom. Elle la fourra dans son sac et suivit Norman dans le salon.

Tout paraissait normal. Mais alors, pourquoi retenait-elle son souffle ? À moins que... Le cri qu'elle poussa fit sursauter son compagnon.

« Qu'y a-t-il ?

— La télé... vision », balbutia-t-elle en pointant l'écran accroché à la cloison.

Quelque chose clochait, mais quoi ? Une moitié de l'écran clignotait tandis que l'autre était complètement sombre. Dans le coin en haut à droite, le verre s'étoilait autour de trois trous parfaitement ronds. Il n'y avait plus d'image. En revanche, la voix du commentateur sortait toujours des enceintes.

Ces trous ressemblaient à s'y méprendre à des impacts de balles. L'esprit de Hannah tournait comme une centrifugeuse. Déçu par le résultat du match, Larry aurait-il tiré sur la télé ? Son regard dériva vers le canapé. Sur la table basse, elle vit un paquet de chips, un petit bol de sauce mexicaine, une bouteille de cognac à moitié vide et un verre contenant un liquide doré. Larry s'était peut-être enivré et aurait surréagi en voyant son équipe se faire battre à plate couture.

« Je n'aime pas ça.

— Je n'irais pas jusqu'à dire que tout est normal, reconnut Norman, mais il n'y a pas de quoi s'alarmer. Un jour, mon père a balancé un verre sur la télé parce que son émission préférée avait été remplacée par un débat politique. »

Laissant Norman à ses souvenirs d'enfance, Hannah entreprit d'examiner le reste de la pièce. Il n'y avait rien de déplacé, rien de cassé, sauf...

« Hannah ? fit Norman, surpris par son silence. Un problème ?

— Là-bas », articula-t-elle, le regard braqué sur le sol derrière le battant de la porte toujours ouverte.

Norman fit volte-face.

« Larry ?

— Oui. »

Norman s'approcha du corps étendu face contre terre.

« S'il a bu du cognac, il est peut-être ivre mort.

— Ou juste mort, répondit Hannah, la gorge sèche.

— Je vais prendre son pouls. »

Hannah resta en retrait. Pour une fois, elle ne s'en mêlerait pas. De toute façon, elle n'avait aucune envie de toucher Larry. Quand Norman s'agenouilla, elle détourna les yeux. Et c'est à ce moment-là qu'elle le vit. Un plateau métallique gisait près du corps. *Son* plateau. Quant aux miettes éparpillées sur la moquette, elles ne pouvaient provenir que d'une chose : *son* plum-pudding du Minnesota. Larry avait dû ouvrir la porte avec ce plateau à la main.

« Il est mort, dit Norman en se relevant.

— Mort... répéta Hannah, qui aurait préféré un autre diagnostic.

— J'appelle Mike. » Norman dégaina son portable. « Si vous préférez, attendez-moi dehors.

— Toute seule ?! fit-elle avant de s'apercevoir qu'elle glapissait comme un lapin terrorisé. On l'a... tué ?

— Je ne peux pas me prononcer. Pour cela, il faudrait que je le retourne, et je ne prendrai pas le risque de polluer une potentielle scène de crime.

— D'accord », dit Hannah en s'appuyant contre la cloison.

Elle respira un bon coup, ferma les yeux pour s'épargner l'horrible spectacle et se concentra sur les commentaires de fin de match. Non pas qu'elle s'intéressât aux résultats. Elle voulait juste éviter d'entendre ce que Norman allait dire à Mike pour l'inciter à rappliquer dare-dare au QG des Elfes.

Chapitre 15

« J'imagine qu'il a ouvert en pensant que c'était vous.

— Possible. Il savait que j'allais passer vers 21 heures récupérer mon chèque. Avant de quitter l'auberge, je l'ai même appelé pour confirmer. »

Hannah empoigna la cafetière posée sur sa table basse et remplit la tasse de Mike.

« À quelle heure, ce coup de fil ?

— Peu avant 21 heures. Pendant qu'on parlait, j'ai entendu l'annonce disant que le parc allait bientôt fermer pour la nuit.

— Quelle heure était-il quand vous êtes arrivés sur les lieux ? »

Hannah haussa les épaules.

« Plus de 21 h 30, je suppose, mais je n'ai pas vérifié.

— Moi, si, intervint Norman. En descendant de voiture, j'ai vu 21 h 50 affiché sur la pendule de mon tableau de bord. Elle avance de cinq minutes.

— Pour ne pas être en retard au boulot ? supposa Mike.

— Exact. Vous faites la même chose ?

— Absolument. »

Comme leurs problèmes de retard au travail l'intéressaient moyennement, Hannah les interrompit par une question.

« Mike, pouvez-vous me dire si on lui a tiré dessus ?

— Nous attendons les conclusions du coroner.

— Le Dr Knight doit le savoir, non ? réagit-elle sur un ton outré.

— Bien sûr. » Sans autre commentaire, Mike se tourna vers Norman assis près de Hannah sur le canapé. « Qu'avez-vous vu en pénétrant dans le parc ?

— Eh bien... la musique et les projecteurs étaient éteints. Il ne restait que l'éclairage de secours. Le portillon était fermé mais pas verrouillé. Sinon, nous n'aurions pas pu entrer.

— Avez-vous vu ou entendu quelqu'un ? »

Hannah et Norman firent signe que non.

« Personne, répondit Hannah.

— Nous n'avons vu personne, confirma Norman.

— Aucun bruit suspect ?

— Non, répéta Hannah. Cela dit, il y avait beaucoup de vent.

— Avez-vous remarqué des empreintes de pas ?

— Non, dit Norman. Le vent avait balayé la neige sur les marches et le sentier menant au QG de Larry.

— Hannah ?

— Il y en avait peut-être, mais cela ne m'a pas sauté aux yeux.

— OK. » Mike griffonna sur son calepin. « Hannah. Veuillez décrire ce que vous avez vu en entrant dans la caravane. Vos premières impressions.

— Norman est passé le premier. Je l'ai suivi. À la seconde où j'ai franchi le seuil, j'ai senti que quelque chose ne tournait pas rond.

— Comment cela ?

— Je serais incapable de vous le dire. À ce moment-là, je n'avais pas encore vu l'écran fracassé et encore moins le corps de Larry.

— Votre crimino-détecteur faisait des heures supplémentaires ? demanda Mike.

— En quelque sorte. » Hannah sourit faiblement sans s'apercevoir que Mike venait d'employer l'expression que Norman avait inventée quelques mois plus tôt pour décrire sa propension à découvrir des cadavres. « Il y avait une enveloppe sur la console du vestibule, avec mon nom écrit dessus, et... oups !

— Quoi ? demanda Norman.

— C'est juste que... en voyant mon nom, j'ai pensé qu'elle contenait le chèque et le reçu que Larry devait me remettre. Je l'ai glissée dans mon sac et donc... j'ai pollué la scène de crime !

— Vous ignoriez qu'il s'agissait d'une scène de crime, la corrigea Norman.

— Exact, confirma Mike. Vous l'avez toujours, cette enveloppe ?

— Oui. Vous la voulez ? » Quand Mike hocha la tête, Hannah se leva et alla fouiller dans son sac. « Tenez. »

Mike prit l'enveloppe et l'ouvrit.

« Un chèque à l'ordre du Cookie Jar et un reçu correspond à votre dernière livraison de cookies.

— Devez-vous les garder comme pièces à conviction ? »

Mike réfléchit un instant puis secoua négativement la tête.

« Non. Je ne vois pas en quoi ils seraient liés au meurtre. Par précaution, j'en ferai quand même des photocopies que je joindrai au dossier.

— Je veux bien les scanner, si cela vous arrange, proposa Norman. Ainsi, Hannah pourra déposer son chèque à la banque dès demain.

— Entendu, dit Mike avant de reprendre l'interrogatoire. Ensuite, qu'avez-vous vu ?

— Les trous dans la télé et, sur la table basse, la bouteille de cognac entamée à côté du verre à moitié vide. Aussitôt, j'ai pensé que Larry avait tiré sur l'écran après avoir bu un coup de trop.

— À ce moment-là, vous ignoriez encore qu'il était mort ?

— Oui, mais j'avais un mauvais pressentiment. Norman n'était pas très à l'aise non plus. Il a tenté d'alléger l'atmosphère en me racontant qu'un jour, son père avait balancé un verre sur la télé parce que son émission préférée avait été remplacée par un débat politique.

— Ça vous a rassurée ?

— Pas vraiment. J'étais toujours aussi angoissée. C'est alors que j'ai vu Larry étendu par terre.

— Après quoi Norman m'a appelé ?

— Non, pas tout de suite. D'abord, il lui a pris le pouls.

— OK. Merci. »

Mike se remit à gribouiller sur son calepin.

« Encore un peu de café ?

— Oui, merci. »

Hannah passa dans la cuisine, laissant Mike à ses notes et Norman à ses scans. Quand elle revint avec la cafetière, le second remettait au premier un jeu de deux feuilles imprimées.

« Vous ne nous avez toujours pas dit comment Larry a été tué, rembraya Norman.

— Vous n'auriez pas besoin de me le demander si vous aviez retourné le corps. Or vous ne l'avez pas fait et c'est tout à votre honneur. »

Hannah savait que Mike ne répondrait pas. Un bon enquêteur ne fournissait pas d'informations à moins d'y être contraint. Pour en obtenir d'autres en échange, par exemple.

« Les pratiques commerciales peu orthodoxes de Larry auraient-elles un lien avec sa mort ? » songea-t-elle à haute voix.

Mike se tourna brusquement vers elle.

« De quelles pratiques commerciales parlez-vous ?

— Vous n'aurez qu'à vous renseigner auprès du maire Bascomb. Il vous expliquera tout cela mieux que moi. Alors ? Comment Larry est-il mort ?

— C'est confidentiel.

— Pas pour longtemps, répliqua Hannah en jouant son va-tout. Vous l'ignorez peut-être, mais l'ambulancier de nuit du Dr Knight est non seulement le fils de Minnie Holtzmeier, l'une des plus redoutables pipelettes de Lake Eden, mais il va souvent pêcher avec Jake et Kelly, les journalistes qui présentent les informations du soir sur KCOW. Combien de temps, d'après vous, avant que toute la ville soit au courant ? »

Mike hésita un instant puis se rendit.

« Il est mort d'une balle en plein cœur. Du petit calibre, je suppose. Peut-être un 22. Il faut attendre les résultats de l'autopsie.

— Si je comprends bien, le meurtrier a tiré sur Larry *et* sur l'écran de télévision ? intervint Norman.

— Dans cet ordre ? renchérit Hannah.

— Oui, probablement. D'après moi, M. Jaeger a ouvert à son assassin en croyant que c'était vous. L'individu a sorti son arme. Dans une vaine tentative pour échapper à son sort, M. Jaeger a reculé et c'est alors qu'on l'a tué.

— Il n'a reçu qu'une seule balle, dites-vous ? insista Hannah.

— Oui. Et le Dr Knight n'a pas trouvé l'orifice de sortie. Quand M. Jaeger s'est écroulé, le meurtrier s'est dirigé vers la télévision et a tiré sur l'écran.

— Je me demande bien pourquoi, marmonna Hannah.

— Nous ne le saurons qu'après l'avoir attrapé, dit Mike avec un petit sourire entendu. Bien sûr, j'ai ma petite idée.

— Mais encore ? le pressa Norman.

— Il n'a pas apprécié que les Knicks se fassent dominer. Ils ont fini par remporter la partie, mais tout le monde s'accorde à dire que c'est un miracle. » Mike se pencha, prit un cookie dans l'assiette que Hannah avait apportée avec le café, en croqua un bout et leva les sourcils. « Banane ?

— Oui. Je teste une nouvelle recette. Cookies à la banane et aux pépites de chocolat. Lisa la tient de sa cousine Mary Therese. Vous aimez ?

— Beaucoup, répondit Norman, qui venait de terminer le sien. La banane et le chocolat vont très bien ensemble.

— Ce n'est pas moi qui dirai le contraire ! » Mike sourit à Hannah puis se tourna vers Norman. « Il y avait beaucoup de sang. Je me demande combien de temps il a mis pour mourir.

— Beaucoup de sang ! Quelle quantité, d'après vous ?

— Autour d'un quart de litre. La tache était un peu plus large qu'un ballon de basket. C'est à peu près ce qu'on obtient quand on verse vingt-cinq centilitres de lait sur un tapis.

— Voyons voir. » Norman alla chercher le bloc et le stylo posés sur la table près du téléphone. « Si je me souviens de mes cours de cardiologie, le cœur d'un homme adulte pompe environ soixante-dix millilitres à chaque battement. Il lui a donc fallu dans les quinze secondes pour perdre un quart de litre. »

Hannah en avait assez de leurs spéculations morbides. « Arrêtez ça tout de suite, ordonna-t-elle. Si vous tenez absolument à parler cadavres et taches de sang tout en mangeant mes cookies, ayez au moins la décence d'attendre que je me retire dans ma chambre pour regarder la télé.

— Désolé, dit Norman, sincèrement contrit.

— J'ignorais que vous aviez une télé dans votre chambre, dit Mike sans prendre la peine de s'excuser.

— Je n'en ai pas. Je voulais juste vous couper le sifflet.

— D'accord, on change de sujet. » Mike se leva, glissa son calepin dans sa poche puis jeta un coup d'œil sur l'arbre de Noël. « Vous allez le décorer ? Il fait un peu chiche avec ces deux malheureuses guirlandes électriques et ces câbles qui... Au fait, à quoi servent-ils ?

— Moshe, lâcha Hannah, laconique.

— Vous craignez qu'il ne renverse votre sapin ?

— Je ne le crains pas, je sais qu'il va le renverser. Il l'a déjà fait... la nuit dernière. »

Mike regarda le coupable qui, perché sur le dossier du canapé, se frottait les oreilles d'une patte négligente.

« Il est temps de te mettre à table, mon grand.

— Ne lui dites pas cela, répliqua Hannah, amusée. Il a déjà mangé deux fois sa ration journalière de croquettes.

— Bon, dans ce cas, nous allons avoir une petite discussion d'homme à chat. » Mike fit le tour par-derrière, s'arrêta près du gros matou et le prit dans ses bras. « Cet arbre appartient à maman. Il est interdit d'y toucher. Pour t'amuser, tu as déjà le bel arbre à chat que l'oncle Norman t'a acheté et des tas de souris en caoutchouc. Le sapin de Noël, c'est le joujou de maman. »

Moshe leva la tête comme s'il comprenait la réprimande. Ils passèrent plusieurs secondes à se regarder dans le blanc des yeux, puis Moshe entrouvrit ses babines et poussa un petit miaulement.

« Donc, nous sommes d'accord, dit Mike. Si tu es bien sage, je t'apporterai un nouveau joujou. »

En entendant Moshe acquiescer, Hannah se dit que le dialogue chat-flic porterait peut-être ses fruits.

« Il faut que j'y aille, reprit Mike en reposant le félin sermonné sur le dossier du canapé. N'oublie pas ce que je t'ai dit, mon grand. »

Norman se leva et le suivit jusqu'à la porte. « J'ai un mot à vous dire. Sortons sur le palier. »

Quand il referma la porte derrière eux, Hannah, très intriguée, fut tentée de les espionner. Mais cela ne se faisait pas d'écouter les conversations privées. C'était même très grossier. Puis elle se rappela avoir vu un peu de terre, tout à l'heure, sur la moquette de l'entrée. Lequel de ses deux visiteurs avait-il oublié de s'essuyer les pieds sur le paillasson ?

Hannah bondit, armée d'une serviette en papier, pour tenter de remédier au problème. Elle ne savait plus vraiment où était cette terre mais elle trouverait.

Agenouillée derrière la porte, et malgré tous ses efforts pour ne rien entendre, elle ne put s'empêcher de suivre l'échange entre les deux hommes.

« Je n'ai pas vraiment *accusé* votre mère de voler à l'étalage, dit Mike, sur la défensive.

— Je sais. Hannah me l'a précisé, répliqua Norman. Je voudrais juste vous faire comprendre que ma mère est incapable de ce genre de chose. En plus, c'est moi qui m'occupe de ses comptes. Donc, si vous y tenez, je vérifierai ses relevés et je vous dirai si ses achats ont été débités.

— Non, ne vous donnez pas cette peine. Mais voyez-vous, quand je l'ai aperçue avec tous ces cartons, je me suis posé des questions... C'est curieux, non ? Pourquoi Carrie aurait-elle besoin de six paires de chaussures ?

— Parce qu'elle a rencontré un homme et qu'elle essaie de l'éblouir. Je suppose qu'elle a également renouvelé sa garde-robe.

— Qui est l'heureux élu ?

— L'inconnu mystère. Ce soir, ils dînaient ensemble chez Sally dans une alcôve. Comme les rideaux étaient fermés nous n'avons aperçu que leurs pieds. »

Mike éclata de rire.

« Ne me dites pas que vous vous êtes mis à quatre pattes ?

— Hannah a laissé tomber son sac, et toutes ses affaires se sont répandues sur le sol. Il a bien fallu qu'on les ramasse.

— Elle a fait ça ! J'essaierai de m'en souvenir la prochaine fois que je dînerai dans l'une de ces alcôves fermées. »

Hannah fronça les sourcils. La *prochaine* fois ? Mike avait donc l'habitude de dîner dans une alcôve fermée sans elle !

« Bref, maintenant je sais pourquoi ma mère refuse toutes mes invitations, rembraya Norman.

— Vous pensez que c'est sérieux ?

— Hannah croit que oui.

— Pourquoi ?

— Parce qu'elle a vu la serveuse leur apporter une bouteille de champagne. Et parce que ma mère portait des sandales rouges à hauts talons.

— Mmm. » Mike prit un air pensif. « Hannah a sans doute raison. Et vous, cela ne vous dérange pas ?

— Nullement. À condition, bien sûr, que ce monsieur soit quelqu'un de bien. Il y a tellement d'escrocs prêts à tout pour séduire une veuve et lui soutirer de l'argent. Regardez ce qui est arrivé à Delores. Encore un peu et elle se faisait plumer.

— Exact. Que comptez-vous faire ?

— Je vais tenter de savoir qui c'est. Avant de trouver le corps de Larry, Hannah et moi avions prévu de vérifier si cet homme n'était pas garé devant chez ma mère. Nous aurions relevé son numéro d'immatriculation.

— Je vais y passer en regagnant le poste de police, proposa Mike.

— Mais ce n'est pas sur votre chemin.

— Et alors ? Vous êtes mon ami, et j'ai beaucoup d'affection pour votre mère. Je ne voudrais pas qu'un quelconque bellâtre abuse de sa naïveté. »

Hannah bondit sur ses pieds et se rua dans le salon. Norman n'allait pas tarder à revenir, et elle ne voulait pas qu'il la prenne en flagrant délit d'espionnage. Mais pendant qu'elle transportait les tasses dans la cuisine et les mettait au lave-vaisselle, une question défilait en continu dans sa tête : Quand et avec qui Mike avait-il dîné dans une alcôve fermée par un rideau ?

Cookies aux pépites de chocolat et à la banane

Préchauffer le four à 200 °C,
la grille en position médiane.

1 tasse de beurre ramolli (2 plaquettes, ½ livre)
1 ½ tasse de sucre glace
½ cuillerée à thé d'extrait de citron
½ tasse de bananes écrasées
1 cuillerée à thé de levure chimique
¼ cuillerée à thé de sel
2 tasses de farine
170 g de pépites de chocolat noir (50 % de cacao)

Note de Hannah : cette recette est plus facile à réaliser avec un mixeur électrique.

Battre le beurre ramolli et le sucre glace jusqu'à obtenir une matière légère et crémeuse. Inutile de tamiser le sucre glace sauf s'il contient des grumeaux.

Verser l'extrait de citron. Peler la banane, la couper en gros morceaux. Les mettre dans le bol du mixeur et battre jusqu'à ce qu'ils soient parfaitement intégrés au mélange sucre glace/beurre.

Ajouter la levure chimique, le sel. Battre.

Verser la farine par demi-tasses en donnant quelques tours de mixeur après chaque ajout. Quand la pâte est parfaitement homogène, retirer le bol, le poser sur le comptoir et incorporer les pépites de chocolat à la main en les répartissant du mieux possible.

Étaler une feuille de papier aluminium légèrement huilé sur la plaque à pâtisserie.

Avec une cuillère à thé, prélever des quantités de pâte et les déposer en rangs, séparés d'environ 4 cm. Pas plus de 12 cookies par plaque. (Pour des cookies plus grands, prendre une cuillère à soupe.)

Les écraser délicatement au moyen d'une spatule en métal ou avec la paume d'une main parfaitement propre.

Cuire à 200 °C pendant 8 à 10 minutes ou jusqu'à ce que les cookies soient bien dorés. Sortir du four, laisser reposer sur la plaque pendant 2 minutes, puis soulever la feuille d'aluminium avec les cookies et déposer le tout sur une grille jusqu'à complet refroidissement.

Rendement : environ 3 douzaines de gros cookies ou 5 douzaines de petits.

Conseil de Mary Therese : pour que le beurre soit bien mou, je le laisse dans la cuisine toute la nuit. Si on aime les bananes, on peut en rajouter une, à condition de mettre un peu plus de farine.

Chapitre 16

Quand le réveil sonna à 4 heures du matin, Hannah s'assit dans son lit en frottant ses yeux rougis. Elle avait mal dormi. Le cadavre de Larry baignant dans son sang sur la moquette de sa caravane l'avait hantée une bonne partie de la nuit. Cet homme n'était rien pour elle, mais personne ne méritait de mourir assassiné.

Il était temps de se lever, de s'habiller, d'avaler le contenu de la cafetière et de rouler jusqu'au Cookie Jar où l'attendait une journée particulièrement chargée. Dès que ses clients auraient eu vent des derniers événements, ils rappliqueraient en foule à la boutique pour tenter de lui soutirer les détails de sa macabre découverte.

Hannah enfila ses chaussons et mit le cap sur la cuisine. Rien de tel qu'une tasse de café pour évacuer la fatigue due au manque de sommeil. Ce matin, elle était encore plus lasse que d'habitude, peut-être parce que Norman était resté jusqu'à 23 heures pour l'aider à décorer son sapin.

Mais à peine eut-elle fait trois pas dans le couloir qu'un bruit étrange retentit. Comme un choc suivi d'un grondement. Intriguée, elle accéléra l'allure puis s'arrêta net en reconnaissant les petits cris que produisaient les chats en maraude, des cris annonçant un bond puis un atterrissage sur une proie plus ou moins imaginaire.

Hannah se précipita, tourna au coin et arriva juste à temps pour apercevoir une boule de fourrure orange et blanche montée sur ressorts faire des sauts de carpe devant l'arbre de Noël. Une telle vision signifiait que les petits oiseaux décoratifs, les blanches colombes, les cardinaux écarlates que son arrière-grand-mère Elsa avait confectionnés de ses doigts de fée étaient...

« Nooon ! » gémit-elle.

Le mot qu'elle prononça lorsqu'elle eut mesuré l'étendue du carnage aurait sans doute été censuré à une heure de grande écoute. Des plumes rouges et blanches jonchaient le tapis. Sous la table basse gisaient plusieurs petites pattes en fil de fer et, au-dessus, cinq minuscules perles noires, les yeux que sa bisaïeule avait amoureusement cousus sur les têtes délicates des chers volatiles. Le trésor familial transmis de génération en génération depuis presque un siècle avait été détruit en un seul instant par l'animal que Hannah traitait parfois comme son propre enfant.

Bien évidemment, le vandale avait profité de la sidération de sa maîtresse pour disparaître. Ne restaient de sa présence que quelques poils roux flottant dans l'air, tandis qu'une dernière plume blanche retombait doucement et se posait sur le poste de télévision.

Ménage et café ? Café et ménage ? Le choix fut vite fait. Hannah tourna les talons et s'éloigna de la scène de crime en se disant qu'elle effacerait les indices plus tard.

« Je suis au courant, dit Lisa à peine son associée eut-elle franchi le seuil du fournil.

— Jake et Kelly ? »

Lisa hocha la tête puis remplit une tasse de café qu'elle déposa sur l'îlot central devant Hannah qui venait de s'y installer. « Je suppose que tu n'as pas récupéré... »

Avant qu'elle termine sa phrase, Hannah plongea la main dans son sac, prit l'enveloppe et la brandit.

« Elle était posée près de l'entrée. Larry nous attendait.

— Merci », dit Lisa en sortant le chèque pour le glisser dans le classeur prévu à cet effet.

Que ce chèque provienne d'un homme récemment assassiné ne semblait pas l'émouvoir outre mesure.

« Quel est le programme ? demanda Hannah en prenant une gorgée de café.

— Ils vont rappliquer en masse dès l'ouverture. Il faut donc prévoir de quoi les sustenter. Mais ne t'inquiète pas, j'ai pris de l'avance. Que dirais-tu d'un petit quelque chose au chocolat pour te requinquer ?

— Ce n'est pas de refus. Qu'as-tu à me proposer ?

— Des croustillants aux pépites de chocolat, des cookies au chocolat façon forêt-noire, des cookies faute de mieux et quelques larmes glacées.

— Des larmes glacées ? répéta Hannah. Qu'est-ce que c'est ?

— Un truc que ma mère faisait quand il lui restait du glaçage. Tu prends des biscuits apéritifs, tu les poses sur la face salée et...

— Pouce, l'interrompit Hannah. Pourquoi des larmes ?

— Aucune idée. Peut-être parce qu'on y met une larme de ceci, une larme de cela.

— Je veux bien goûter. »

Lisa se précipita et revint avec trois larmes nappées de trois glaçages différents. Le premier avait servi pour des cookies façon forêt-noire, le deuxième pour des cookies cappuccino et le troisième pour des cookies à la cerise enrobés de chocolat.

« Tu as vu comme le salé coupe le sucré ? demanda Lisa lorsque Hannah eut avalé sa première larme.

— Incroyable. »

Hannah fit un sort aux deux autres.

« Tu es prête à te retrousser les manches ?

— Oui.

— Très bien. Hier soir, j'ai fait une promesse qui, j'espère, te conviendra. J'ai dit que nous offririons une douzaine de cookies de Noël à chaque famille bénéficiaire du programme "Un Noël pour tous".

— Un Noël pour tous ! Qu'est-ce que c'est ?

— Une association qui aide les familles dans le besoin. Les hommes s'habillent en Père Noël et se présentent dans chaque foyer le 24 au soir pour distribuer des paniers-repas aux parents, et des cadeaux aux enfants.

— L'idée me plaît. Nous leur fournirons des cookies.

— Je savais que tu serais d'accord. C'est ce que j'ai dit à ta mère quand elle m'a appelée hier soir.

— Ma mère t'a appelée ?

— Oui. Elle n'arrivait pas à te joindre. Je suppose qu'à ce moment-là, vous étiez chez... Larry.

— Possible.

— Si je comprends bien, Delores et Carrie participent à cette action, elles aussi. »

Hannah fronça les sourcils.

« Ne me dis pas qu'elles sont aux fourneaux ?

— Non, je ne crois pas.

— Dieu merci ! Ma mère ne prend la peine de cuisiner que si tous les restaurants sont fermés. Et elle ne connaît que deux recettes : le rôti de porc hawaïen et les lasagnes faciles.

— Et Carrie ?

— Carrie cuisine puisque c'est elle qui préparait les repas à l'époque où Norman vivait chez elle.

— C'est pour cela qu'il a déménagé ?

— En partie, oui. Carrie se croit permis de décider ce que les autres doivent manger ou pas. Comble de malheur, elle est adepte du régime sans sel, sans graisse et sans goût, mais aussi des compléments alimentaires et des légumes qui ne poussent que sous les tropiques.

— Eh bien... ta mère et Carrie devraient peut-être se contenter d'offrir les paniers d'osier.

— Bonne remarque. » Hannah se leva et porta sa tasse dans l'évier. « Allez, on s'y met.

— OK. N'oublie pas qu'ils vont tous te demander ce que tu as ressenti en découvrant le cadavre de Larry.

— Et si tu t'en occupais ? suggéra Hannah en espérant que Lisa accepte d'être sa porte-parole pendant qu'elle-même resterait cachée dans le fournil.

— Si tu veux, mais j'ai besoin d'en savoir davantage. Tu me décriras la scène et tes impressions pendant que nous travaillerons. Si nous ne fabriquons pas un millier de cookies d'ici l'ouverture, nous risquons de tomber en panne avant l'heure du déjeuner. »

Larmes glacées

Reste de glaçages en tout genre
Biscuits apéritifs ronds ou carrés

Poser les biscuits sur une plaque à pâtisserie, un comptoir ou un plateau, face salée en dessous. Étaler le glaçage sur l'autre face.

Rendement : autant de larmes qu'il y aura de biscuits et de glaçage.

Note de Lisa : les enfants les adorent, les adultes aussi. Distribuer quelques larmes aux plus gourmands évite qu'ils ne s'attaquent prématurément au gros gâteau prévu pour le dessert.

Chapitre 17

En entendant frapper à la porte de la ruelle, Hannah poussa un soupir à fendre l'âme.

« C'est sûrement ma mère. Elle écoute toujours la radio dans sa voiture, le matin. Je suis sûre qu'elle va m'accuser de corrompre Norman.

— Elle te reprocherait de l'avoir emmené chez Larry ? s'indigna Lisa.

— Elle en serait capable. Tu connais sa position sur ma *maladie*.

— Ta *maladie* ? C'est le mot qu'elle emploie ? »

Lisa se mit à glousser comme la collégienne qu'elle était encore six ans auparavant.

« Entre autres. Je crois qu'elle se sent dépassée parce qu'aucune de ses amies n'a donné le jour à une découvreuse de cadavres.

— Il faut reconnaître que c'est un don fort peu répandu.

— Un don ? Ce mot, elle ne l'a jamais utilisé, je t'assure. » On frappa de nouveau, un peu plus fort. « Je ferais mieux d'aller ouvrir avant qu'elle ne se change en glaçon. »

« Bonjour, ma chérie », claironna Delores quand Hannah la fit entrer. Au sourire qui illuminait son visage, on devinait que la nouvelle n'était pas encore parvenue jusqu'à elle. « Je fais juste un saut avant d'aller à l'université.

— Je suis contente de te voir, maman. Veux-tu une tasse de café ?

— Très volontiers. Je n'ai pas eu le temps de déjeuner, ce matin. Auriez-vous des cookies... » Delores s'interrompit en voyant qu'il ne restait plus une place de libre sur l'échelle pâtissière. « Suis-je bête ! Bien sûr que vous avez des cookies !

— Nous avons des boggles, des gouttes aux raisins, des rêves d'épices, des cookies orange Julius... énuméra Lisa.

— Des cookies orange Julius ? Je ne me souviens pas d'en avoir jamais goûté.

— Normal, dit Hannah. C'est la première fois que nous en faisons. La recette vient d'une amie d'Andrea, Kathy Bruns. »

Lisa posa deux cookies sur une serviette et les tendit à Delores.

« Je vais aller vérifier si tout est prêt côté boutique, dit-elle en franchissant la porte battante qui séparait les deux espaces. J'ai été ravie de vous voir, madame Swensen. »

« Lisa est trop cérémonieuse, se plaignit Delores. Quand je pense que je l'ai fait sauter sur mes genoux. Que dois-je faire pour qu'elle m'appelle Delores... ou maman ?

— L'adopter.

— C'est peut-être une solution, gloussa-t-elle. Très drôle, ma chérie. »

Tout en remplissant la tasse de sa mère, Hannah réfléchit à la manière dont elle devait procéder. Soit elle attendait que Delores apprenne le meurtre de Larry par la radio, soit elle lui déballait tout, tout de suite. D'un côté comme de l'autre, elle aurait droit à un sermon. Mais peut-être sa mère se montrerait-elle plus clémente si la principale intéressée la mettait dans la confidence.

« Je suppose que personne ne t'a parlé de Larry Jaeger dernièrement, démarra-t-elle en s'armant de courage.

— Non. Pourquoi ?

— Il a été assassiné hier soir. »

Hannah attendit que Delores s'étrangle de surprise. Quand ce fut fait, une brillante idée germa dans son esprit. Bien qu'elle ait vu le cadavre de Larry la première, c'était Norman qui avait constaté la mort.

« Norman l'a trouvé inanimé sur le sol de sa caravane.

— Norman ?! » Delores la fixa bouche bée. « Tu as bien dit Norman ?

— Oui. En revenant de l'auberge, nous sommes passés au QG des Elfes pour récupérer le chèque des cookies que j'avais livrés dans l'après-midi. Larry devait laisser ouvert le portillon pour que nous puissions entrer dans le parc. Nous avons frappé à sa porte vers 21 h 45, et comme il ne répondait pas, nous avons décidé de l'attendre à l'intérieur. Norman est entré le premier et il est tombé sur Larry.

— Pauvre Norman ! soupira Delores d'un air accablé.

— Il ne m'a pas semblé terriblement affecté, répliqua Hannah, ravie du tour que prenait la conversation. Sûrement parce que j'étais là, avec lui.

— C'est parce qu'il est dentiste, poursuivit Delores sans l'écouter.

— Quel rapport ?

— Réfléchis un peu, ma chérie. Les dentistes sont habitués à la vue du sang et autres trucs peu ragoûtants. Ce n'était qu'une expérience désagréable de plus. » Delores prit une gorgée de café. « Je suis contente que tu m'en aies parlé avant que je ne l'apprenne par quelqu'un d'autre. Carrie est au courant ?

— Je n'en sais rien. Il était tard quand Mike a pris nos dépositions. Mais Norman lui en a peut-être parlé ce matin.

— Je n'en doute pas », fit Delores, visiblement déçue à l'idée que Norman lui ait brûlé la priorité.

Elle finit sa tasse, puis son front se crispa au point que Hannah crut voir ses sourcils parfaitement dessinés bondir vers son impeccable permanente.

« Que se passe-t-il, maman ?

— Il faut que j'en informe Nancy.

— Nancy ?

— Oui, le Dr Love. Nous sommes devenues très proches, ces derniers temps. Je sais, elle est beaucoup plus jeune que moi, mais nous avons plusieurs centres d'intérêt en commun.

— Comme quoi ?

— Nous sommes membres du cercle Dorcas, de la société historique de Lake Eden, Nancy vient de s'inscrire au club Regency Romance et elle participe à "Un Noël pour tous". C'est là qu'on s'est connues, d'ailleurs. Il s'agit d'une association qui...

— Lisa m'en a touché un mot, l'interrompit Hannah de crainte que Delores ne lui demande de prendre sa carte.

— Nancy me considère comme la mère qu'elle n'a pas eue. »

Dommage que tu ne sois pas la mère que je n'ai pas eue, songea Hannah sans oser le dire à haute voix. Elle adorait sa mère mais trouvait cette repartie tellement drôle qu'elle aurait aimé la lui faire partager.

« Il y a un problème, ma chérie ? Tu as l'air tendue.

— Ce n'est rien, maman.

— Il faut absolument que j'aille voir Nancy. Elle n'est peut-être pas au courant. Ça ne prendra pas beaucoup de temps, promis. »

Hannah fronça les sourcils. *Pas beaucoup de temps.* Pourquoi sa mère éprouvait-elle le besoin de préciser cela, elle qui disposait de tout son temps puisque c'était Luanne qui ouvrait la boutique d'antiquités chaque matin ?

« Nancy fait cours tous les jours de 8 à 10. Donc, nous devrions la trouver.

— *Nous ?*

— Oui, nous. » Delores prit un air navré. « Désolée, j'aurais dû te le dire, mais j'ai besoin d'un service. Pourrais-tu me suivre jusqu'à l'université et me ramener ensuite ? Il faut que je laisse ma voiture sur le parking.

— Pourquoi ?

— Pour Michelle. Je suis tellement éparpillée ce matin que j'ai oublié de t'en parler. Autre chose. Michelle peut-elle loger chez toi, ma chérie ? Je fais repeindre sa chambre.

— Michelle est toujours la bienvenue, mais je pensais qu'elle ne revenait pas avant le 24 ?

— Elle a changé ses plans. Elle arrive aujourd'hui en fin d'après-midi et elle aura besoin de ma voiture. Je la laisserai devant l'université. Elle la prendra après la répétition.

— Quelle répétition ? articula Hannah, noyée sous ce flux d'informations disparates.

— Les Christmas Follies. Tu te rappelles, le spectacle dont ce gentil professeur de poésie nous a parlé !

— Il n'est pas gentil », répliqua Hannah avant de regretter sa précipitation. Sa mère n'allait-elle pas s'étonner d'une telle hargne ? « Oui, je me rappelle. Michelle joue la comédie ou elle fait autre chose ?

— Autre chose. Elle chante.

— J'ignorais que Michelle savait chanter ! »

Constatant que sa mère ne revenait pas sur le « gentil professeur de poésie », alias Bradford Ramsey, Hannah se détendit légèrement. Elle n'était toujours pas d'humeur à discuter de sa relation avec le play-boy des amphis.

« Je suis tellement fière ! poursuivit Delores. Et moi qui croyais qu'aucune de mes filles n'avait de don pour la musique. Toi, tu chantes faux, et Andrea n'a jamais pu suivre une mélodie. À l'église, quand vous étiez petites, je vous disais de murmurer les paroles des cantiques. Sinon, tout le monde se serait retourné pour voir d'où venaient les couacs. »

Hannah se souvenait de ces recommandations mais n'en avait jamais compris la raison. C'était chose faite.

« Votre père chantait comme une casserole, poursuivit Delores avec un sourire mélancolique, comme si cette déclaration faisait ressurgir quelque souvenir intime.

— Tu as déjà entendu une casserole chanter ? ne put s'empêcher de lui renvoyer Hannah.

— Bien sûr que non. Ce n'est qu'une image, ma chérie. Bref, je suis presque sûre que sur le plan vocal, Michelle tient de moi. »

J'espère bien que non ! pensa très fort Hannah. Le concours de karaoké que Delores et Carrie avaient remporté quelques semaines auparavant avait permis de confirmer que les deux femmes adoraient chanter mais qu'elles n'avaient absolument pas l'oreille musicale.

« Michelle fait partie d'un ensemble ?

— Non, elle se produira en solo. Et elle dansera, également. Son numéro est tiré d'une comédie musicale écrite par un étudiant de Macalester. Ce sera une première.

— Génial ! s'enthousiasma Hannah. J'ai hâte de voir ça.

— Alors, ma chérie, tu veux bien m'accompagner à l'université ? Je sais que tu as beaucoup de travail, mais j'ai tenté d'appeler Carrie à plusieurs reprises ce matin et elle ne répond pas au téléphone. »

Hannah songea *M. Bottes-en-daim lui prend tout son temps* mais resta coite. Elle attendrait de connaître l'identité du petit ami pour mettre sa mère au courant.

« Au fait, tu n'oublieras pas d'emporter une collation. Nancy aura peut-être besoin d'endorphines. »

Quelques minutes plus tard, après avoir glissé une demi-douzaine de brownies écossais dans un joli sac à anses marqué Cookie Jar et enfilé sa parka en promettant à Lisa de revenir très vite, Hannah sortit du fournil et monta dans son break.

La neige commençait à tomber quand Hannah s'engagea sur l'autoroute derrière la voiture de sa mère. Cette dernière accéléra, l'obligeant à appuyer sur le champignon pour ne pas se laisser distancer. Une telle hâte lui parut d'autant plus étonnante que d'habitude Delores était la prudence même. Mais que faire, à part tenter de la suivre en espérant ne pas écoper d'une amende pour excès de vitesse ?

« Oups ! » gémit Hannah lorsqu'elle assista, impuissante, à un dérapage sur une plaque de verglas.

Jadis, quand il gelait, Delores laissait toujours le volant à son mari. Réussirait-elle à maîtriser son véhicule ? Au bout de cinq épouvantables secondes, la réponse arriva. Hannah poussa un ouf de soulagement en voyant la grosse voiture que son père avait achetée six mois avant sa mort se stabiliser et se replacer sur la bonne trajectoire. Hannah contourna la plaque de verglas en surveillant d'un œil inquiet le comportement de la berline, laquelle changeait sans arrêt de voie dans une série de dépassements acrobatiques. Delores roulait à une telle vitesse que la neige qui giclait sous ses pneus venait arroser le pare-brise du break rouge cerise.

Peu désireuse de risquer sa vie pour une lubie, Hannah décida de lever le pied, si bien qu'au moment où elle pénétra sur le parking de l'université, Delores était arrivée depuis une bonne minute.

« Attends un peu ! rugit-elle en se garant à côté d'elle. Quelle mouche t'a piquée ? Tu roulais comme si tu avais le diable à tes trousses. Pendant un instant, j'ai cru que tu allais partir dans le décor. »

Delores prit un air convenablement penaud. « Je regrette. Je n'aurais pas dû conduire aussi vite. Mais je pensais à Nancy, vois-tu. Je voulais être la première à lui annoncer la nouvelle. J'ai peur de sa réaction. »

Hannah se pencha pour attraper les cookies sur la banquette arrière, descendit, verrouilla les portières et se dépêcha de rejoindre sa mère qui trottinait à dix mètres devant elle.

« Pourquoi tu t'inquiètes comme ça ? Nancy connaissait Larry Jaeger ?

— Évidemment qu'elle le connaissait ! Tu écoutes son émission, oui ou non ?

— Pas régulièrement. Mais je reconnais qu'elle donne parfois de bons conseils. »

Delores ouvrit la porte de Stewart Hall, et quand Hannah fut entrée, prit le temps de retirer ses gants et de les ranger dans sa poche.

« Tu as dû l'entendre parler du Lunatique. Elle l'évoque chaque semaine ou presque.

— Le Lunatique, oui, je vois. Le pire mari qu'une femme puisse avoir. C'est grâce à lui que le Dr Love peut aujourd'hui enseigner à ses auditeurs tout ce qu'un homme doit éviter de faire s'il souhaite que son mariage dure.

— Exactement.

— Elle est vraiment désopilante quand elle aborde ce sujet. » Hannah se souvenait encore des fous rires que les anecdotes du Dr Love lui avaient provoqués. « Ils sont divorcés, j'imagine.

— Ils l'étaient. »

Hannah fit encore trois pas avant de comprendre ce que sa mère sous-entendait.

« Ne me dis pas que le Lunatique est...

— Était... Larry Jaeger. D'où mon excès de vitesse. »

Cookies à l'orange Julius

Préchauffer le four à 175 °C,
la grille en position médiane.

2 ¼ tasses de farine
¼ cuillerée à thé de sel
¾ cuillerée à thé de bicarbonate de soude
1 tasse de beurre ramolli (2 plaquettes, ½ livre)
½ tasse de sucre blanc (semoule)
½ tasse de sucre roux
1 œuf battu
3 cuillerées à thé de zeste d'orange râpé
2 tasses de pépites de chocolat blanc

Étaler une feuille de papier cuisson sur une plaque à pâtisserie.

Dans un grand bol, mélanger la farine, le sel et le bicarbonate de soude. Réserver.

Dans un autre bol, battre le beurre ramolli avec le sucre blanc et le sucre roux. Ajouter l'œuf battu. Bien mélanger puis incorporer le zeste d'orange râpé. Verser le contenu du premier bol. Mélanger soigneusement.

Ajouter les pépites de chocolat blanc.

Avec une cuillère à thé, prélever de petites quantités de pâte et les déposer sur la feuille de papier cuisson. Presser délicatement avec une fourchette pour dessiner des croisillons comme avec les cookies au beurre de cacahuète.

Cuire à 175 °C pendant 10 à 12 minutes.

Laisser reposer une minute ou deux sur la plaque puis transférer sur une grille jusqu'à complet refroidissement.

Rendement : 5 à 6 douzaines, en fonction de la taille de chaque cookie.

Note de Hannah : Delores trouve qu'ils ont le goût du milk-shake servi sur le stand Orange Julius du centre commercial.

Chapitre 18

« Delores ! » s'exclama le Dr Love, manifestement ravie de voir qui était là. « Et Hannah ! Entrez donc. Qu'est-ce qui vous amène à une heure aussi matinale ? »

Le Dr Love voulut se lever pour les accueillir mais Delores l'en dissuada d'un geste. « Tu ferais mieux de rester assise. J'ai une mauvaise nouvelle à t'annoncer. »

Hannah vit l'expression du Dr Love passer en une seconde d'affable à perplexe.

« Laquelle ?

— Larry Jaeger est mort hier soir. Assassiné. »

Son interlocutrice mit deux secondes à assimiler ce qu'elle venait d'entendre, puis, au lieu de la réaction horrifiée qu'on aurait pu prévoir, inspira profondément, comme soulagée d'un grand poids.

« Cela m'épargne bien des tracas ! lâcha-t-elle froidement.

— Je... je ne comprends pas, balbutia Delores quand elle eut retrouvé l'usage de la parole.

— C'est normal. Vous devez penser que je suis en état de choc. »

C'était effectivement la conclusion qu'avait tirée Hannah. Mère et fille échangèrent un regard de connivence et les brownies atterrirent sur le bureau de l'enseignante.

« Des brownies au chocolat ? » s'étonna celle-ci.

Hannah confirma d'un hochement de tête.

« Bourrés d'endorphines. Ma mère a pensé que vous en auriez besoin.

— Comme c'est gentil ! » Le Dr Love sourit à Delores puis revint vers Hannah. « Vous croyez réellement que le chocolat est un remède contre l'anxiété, le chagrin et la dépression ?

— Pas forcément. Mais ça ne peut pas faire de mal. »

Delores comprit intuitivement que sa fille lui passait le relais.

« Je suis désolée pour ton ex-mari, dit-elle en tapotant la main de son amie.

— Ce n'est pas mon ex-mari.

— Vous voulez dire qu'il ne vous avait pas épousée ? réagit aussitôt Hannah.

— Si, si ! répondit le Dr Love en prenant un brownie. C'est bien mon mari... du moins l'était-il avant de mourir. Nous n'avons jamais divorcé.

— Parce que tu l'aimais toujours ? intervint Delores, la grande spécialiste des drames sentimentaux.

— Non, parce que je n'arrivais pas à lui mettre la main dessus. Je veux divorcer depuis qu'il a quitté le domicile conjugal, voilà quinze ans. Mais pour lui envoyer les papiers, j'avais besoin de son adresse.

— Mon Dieu, quelle terrible épreuve ! murmura Delores dans un souffle.

— Ce fut une période plutôt pénible, je l'avoue. J'étais à quelques mois de passer mon diplôme, et je n'avais pas assez d'argent pour obtenir un divorce rapide dans un autre État. Alors j'ai renoncé en me disant que Larry finirait par réapparaître quelque part, et qu'à ce moment-là nous pourrions enfin régulariser la situation.

— Et si tu avais rencontré un autre homme ?

— J'aurais sûrement trouvé une solution. Seulement voilà, je n'ai rencontré aucun homme qui m'ait donné envie de l'épouser.

— En quinze ans, vous n'avez jamais eu de ses nouvelles ? demanda Hannah.

— Jamais.

— Pas de coup de fil ? Pas de lettre ? Pas de mail ?

— Rien. Il s'est littéralement évaporé.

— Il ne t'a pas dit où il allait ? renchérit Delores.

— J'ignorais même qu'il prévoyait de me quitter ! Son départ m'a terriblement affectée. Nous avions des problèmes de couple, mais je ne m'attendais pas à ce qu'il disparaisse du jour au lendemain.

— Quel genre de problèmes ? s'enquit Delores.

— À ton avis ? » Le Dr Love égrena un petit rire sans joie. « Il était infidèle, menteur, instable, incapable de garder un boulot.

— Vous avez dû énormément souffrir, dit Hannah.

— En effet. À l'époque, j'étais secrétaire à temps partiel à l'université, en plus des cours que je donnais. Chaque fois que Larry se retrouvait au chômage, je devais faire des heures supplémentaires pour payer le loyer. Puis il y a eu Brenda.

— Brenda ? s'écrièrent en chœur la mère et la fille.

— Notre voisine de palier. Sa grand-mère lui avait légué une somme importante qui la mettait à l'abri du besoin. Du coup, elle n'était pas obligée de travailler. »

Hannah sentit son estomac se contracter. La fin de l'histoire était malheureusement prévisible. « Laissez-moi deviner. Brenda s'ennuyait toute seule chez elle ? »

Le Dr Love hocha la tête.

« Larry travaillait dans un magasin de tapis. Je pense que tout a commencé quand il a perdu cet emploi. Chaque matin, il disait qu'il se rendait à des entretiens d'embauche. En réalité, il passait ses journées au casino indien avec Brenda. Je le sais parce que des amis à moi les ont vus là-bas.

— Ils jouaient ? demanda Hannah, qui se souvenait de l'intérêt que Larry avait porté au score du match de basket quand elle était passée le voir pour parler cookies.

— Larry était un joueur invétéré. Et comme il avait de la veine, il se croyait invincible. Pour lui, c'était un amusement, comme le Monopoly.

— Brenda finançait son addiction ? rebondit Delores.

— Oui, mais en ce temps-là je l'ignorais. Je n'ai ouvert les yeux qu'au retour d'un séminaire de trois jours sur le mariage et la famille. Larry était parti en emportant tous les meubles. De notre vie commune, il ne restait que l'ours en peluche qu'il m'avait offert dans une fête foraine lorsque nous étions jeunes mariés. Je l'ai trouvé posé sur mes livres empilés dans un coin du salon, avec un mot épinglé sur son ventre.

— Qui disait ? bredouilla Delores, écœurée.

— *J'ai laissé tes vêtements dans le placard.* » Le Dr Love partit d'un rire amer. « Quand j'y repense, j'ai encore envie de hurler. C'est le seul détail que je n'évoquerai jamais à la radio.

— Qu'est devenue Brenda ? Tu as pu lui demander des comptes ? renchérit Delores.

— Non. Elle avait déménagé. Personne ne les a vus partir ensemble, mais, à mon avis, c'est ce qu'ils ont fait.

— Ensuite, que s'est-il passé ? voulut savoir Hannah.

— J'ai survécu. Des amis m'ont prêté quelques affaires. Mon propriétaire m'a fait crédit. J'ai travaillé deux fois plus et, au bout d'un mois ou deux, j'ai pu remplacer tout ce que Larry m'avait volé. Y compris l'argent qui se trouvait sur notre compte joint.

— Il avait pris l'argent aussi ? » s'étouffa Delores.

Hannah, pour sa part, n'était guère surprise. Pour le peu qu'elle l'avait côtoyé, Larry Jaeger lui avait paru obnubilé par ses propres intérêts et peu attentif aux sentiments d'autrui.

« Dès que j'ai su qu'il était à Lake Eden, j'ai pris rendez-vous chez un avocat. Maintenant vous comprenez pourquoi sa mort est un soulagement pour moi, conclut le Dr Love. Son assassin m'a facilité les choses. Je n'aurai pas à payer de frais de justice, je ne perdrai pas de temps à plaider ma cause devant un juge qui m'aurait sûrement demandé de ressasser cette histoire sordide et, surtout, je ne serai pas obligée de le revoir. Je sais que je ne devrais pas dire cela, mais je suis contente qu'il soit mort ! » Elle s'interrompit et les regarda l'une après l'autre. « J'espère que je ne vous choque pas trop. »

Delores lui prit la main.

« Pas du tout ! Comme pourrais-je être choquée après ce que tu nous as raconté ?

— Et vous, Hannah ? »

Prise de court, celle-ci dit la première chose qui lui vint à l'esprit. « Choquée que vous soyez contente d'être débarrassée de lui ? Non, pas du tout ! Au contraire. Sachant ce qu'il vous a fait subir, je comprends parfaitement. »

Un ange passa. Puis ses propres paroles lui revinrent en écho. *Contente d'être débarrassée de lui...* Hannah leva les yeux vers le Dr Love et soutint son regard.

« Qu'y a-t-il ? fit Delores, alertée par l'expression de sa fille.

— C'est mauvais, murmura Hannah sans quitter des yeux son interlocutrice. Je vous déconseille de répéter à quiconque ce que vous venez de nous dire. À moins que vous n'ayez un alibi en béton, évidemment.

— Ma chérie ! s'indigna Delores. Tu ne penses quand même pas... »

Hannah ne la laissa pas finir sa phrase.

« Je ne le pense pas, tu ne le penses pas, mais quelqu'un d'autre pourrait le penser.

— Quelqu'un comme Mike ?

— Précisément. » Hannah se retourna vers le Dr Love. « Avez-vous un alibi ?

— Je n'en sais rien. À quelle heure a-t-il été tué ?

— Entre le moment où je l'ai appelé du restaurant, peu avant 21 heures, et celui où nous sommes arrivés devant sa caravane, à 21 h 45.

— Entre 21 heures et 21 h 45, répéta le Dr Love, livide. Comme vous dites, c'est mauvais. Très mauvais.

— Vous n'avez pas d'alibi ? supposa Hannah.

— Hélas, non. Je suis rentrée chez moi à 20 heures et je n'ai plus bougé. J'avais des copies à corriger. Et j'étais seule. »

Bien sûr, Hannah avait promis d'aider le Dr Love, d'où la mine satisfaite que Delores arborait en parcourant le couloir dans l'autre sens. Elles allaient sortir du bâtiment quand la porte s'ouvrit sur une femme vêtue d'une grosse parka, un bonnet de laine enfoncé jusqu'aux yeux.

« Bonjour, mesdames, dit-elle en arrachant son bonnet. Vous avez terminé votre devoir et êtes venues me le rendre ? »

Hannah éclata de rire.

« Pas exactement, mademoiselle White. Ma mère doit laisser sa voiture sur le parking de l'université pour ma jeune sœur. Et moi je la raccompagne en ville. Michelle étudie à Macalester, mais elle participe aux Christmas Follies.

— Épatant ! commenta la prof de gestion avant de revenir à son sujet favori. Dites-moi, avez-vous identifié les mauvaises pratiques commerciales dans les documents que je vous ai remis ?

— Oui, je pense, répondit Delores. Nous avons découvert que l'entreprise en question réglait ses fournisseurs en espèces et reportait sur les reçus des sommes plus importantes que celles effectivement payées.

— Bravo ! Mais si je ne m'abuse, quelqu'un vous a aidées. Or c'était un devoir personnel. »

Devant la mine déconfite de Delores, Hannah crut bon d'intervenir.

« Nous discutions de ce cas pratique toutes les deux dans ma boutique quand d'autres personnes se sont mêlées à la conversation. Il y avait là mon associée, Lisa Beeseman, et le maire Bascomb. Vous l'avez déjà rencontré ?

— Le maire Bascomb ? Oui, un homme charmant. » Un sourire passa sur le visage de Mlle White. « Ne me dites pas que vous vous êtes mis à quatre pour résoudre ma petite énigme !

— En fait, nous étions cinq, et même à cinq on a eu du mal. Vos exercices sont assez difficiles.

— Ma mission de formatrice consiste à vous prodiguer le meilleur enseignement possible, et mon devoir de citoyenne à vous prémunir contre les êtres malfaisants qui s'enrichissent grâce à des pratiques commerciales douteuses. »

Delores s'éclaircit la gorge.

« Oui… eh bien… merci beaucoup. On se voit lundi soir, comme d'habitude ?

— Comptez sur moi. Je n'ai raté aucun cours depuis que j'ai accepté ce poste de professeur invité, voilà trois mois. »

Hannah attendit d'être sortie pour se tourner vers sa mère.

« Drôle d'oiseau, tu ne trouves pas ?

— Oui, mais c'est aussi une excellente pédagogue, répliqua Delores avant d'ajouter, le front soucieux : Je viens de voir un truc bizarre…

— Quoi donc ?

— Un étudiant a sauté dans le vide au bout du parking !

— Où cela ?

— Là-bas. Près du grand mélèze. Il a plongé tête la première, comme à la piscine.

— Ou comme font les lemmings dans les rivières. Tu regardes trop de documentaires animaliers. »

Delores la considéra avec sévérité puis se mit à pouffer.

« Très drôle.

— Ne t'inquiète pas, maman. Les partiels sont terminés. La saison des suicides collectifs d'étudiants aussi. Tu as dû mal voir. D'ailleurs, je note que tu ne portes pas tes lunettes.

— Je les mets pour lire, pas pour voir de loin. Et ça se passait là-bas... » Delores poussa un petit cri. « J'en vois un autre qui saute ! Tu as raison ! Ils plongent comme des lemmings ! »

Hannah suivit le regard de sa mère et comprit que celle-ci ne délirait pas. Un jeune homme venait de se jeter dans le vide au bout du parking.

« Attends-moi. Je vais me renseigner. »

Le phénomène ne relevait pas du délire hallucinatoire mais de l'illusion d'optique. Les étudiants sauteurs s'élançaient effectivement du parking, lequel dominait une pente escarpée, et si l'on regardait mieux, on apercevait près du « plongeoir » un râtelier dressé à côté d'une pancarte marquée *Luges fabriquées par la classe de mécanique de l'université populaire de Lake Eden. À rapporter après usage.*

En s'approchant, Hannah vit une fille choisir dans le râtelier une planche de plastique verte munie d'une poignée en corde, la plaquer contre sa poitrine en l'attrapant par les encoches pratiquées sur les côtés et se jeter à plat ventre sur la piste enneigée.

« Ça vous dit ? proposa un étudiant auquel Hannah n'aurait pas donné plus de douze ans.

— Non, merci. Je suis un peu vieille pour ce genre d'acrobatie.

— Comment pouvez-vous le savoir si vous n'avez jamais essayé ! » l'encouragea-t-il avant d'extraire une luge rouge rangée au dernier étage du râtelier.

Hannah hésita. Le rouge était sa couleur préférée, mais sa mère l'attendait. « Peut-être une autre fois », répondit-elle en souriant.

Puis elle rejoignit Delores d'un bon pas, impatiente de lui annoncer qu'elle n'avait pas la berlue.

« Des planches de plastique coloré ? articula cette dernière, ébahie.

— Cela n'a rien d'étonnant. Cette pente est idéale pour la glisse et le plastique ne se déforme pas au contact de la neige. Tu te souviens de cette luge toupie que j'avais étant petite ?

— Celle que je t'avais confisquée ? »

Hannah démarra le moteur de son break et se tourna vers sa mère.

« Pourquoi as-tu fait cela ?

— Parce que la force centrifuge te rendait malade. »

Cette réflexion lui rappela sa malheureuse expérience de l'année précédente à la foire du comté.

« Tu as raison, frémit-elle. Mais ces luges-là ne tournent pas sur elles-mêmes. Elles vont en ligne droite.

— Tu n'étais pas non plus très à l'aise avec les luges qui vont en ligne droite. Comme tu avais du mal à contrôler ta trajectoire, tu fonçais dans les arbres. Sauf quand l'oncle Ed était avec toi. Il avait même acheté une grande luge bleue à deux places pour pouvoir t'emmener.

— Tout cela m'était complètement sorti de l'esprit ! fit Hannah en se revoyant soudain à l'âge de dix ans, assise derrière son oncle, les bras noués autour de sa taille.

— Cette luge, tu l'adorais. Et tes sœurs aussi. Quel dommage qu'Ed n'ait jamais fondé de famille. Il était vraiment doué avec les enfants.

— C'est vrai », murmura Hannah en se demandant si un jour les gens diraient la même chose à son sujet.

Delores se rencogna dans son siège et, quand Hannah quitta le parking pour rejoindre la voie d'accès à l'autoroute, se renversa en arrière et ferma les yeux.

« Il faut que je me repose. Je n'ai pas beaucoup dormi la nuit dernière.

— Pourquoi ?

— Je n'ai pas cessé de penser à Carrie. J'ai tellement peur qu'elle ait des ennuis. »

Hannah fronça les sourcils. Sa mère ne pouvait pas rester plus longtemps dans l'ignorance. Même si certains éléments de l'affaire restaient à éclarcir, il fallait la mettre au courant.

« Je pense avoir découvert ce qui cloche, maman.

— Ah bon ? » Delores rouvrit les paupières. « Raconte !

— Norman et moi pensons qu'elle sort avec quelqu'un.

— Carrie sort avec quelqu'un ?

— Oui. Nous sommes quasiment sûrs qu'elle dînait en tête à tête avec un homme, hier soir, à l'auberge de Lake Eden. » Hannah lui décrivit la scène et les vains efforts qu'ils avaient déployés pour en savoir davantage. « Résultat, l'identité de ce monsieur nous est toujours inconnue.

— Elle sort avec quelqu'un, répéta Delores comme un automate. Eh bien, je préfère cela. Mais tu as raison, il faut savoir qui c'est. J'espère que cette pauvre Carrie n'a pas tiré le mauvais numéro.

— Ne t'inquiète pas. Mike est sur le coup. »

Delores sourit, pleinement rassurée.

« Merci, ma chérie. Je me sens déjà mieux. Pourvu que Carrie ait trouvé la perle rare !

— Je le lui souhaite. Et Norman aussi. Tu devrais faire un petit somme, maintenant. Je te réveillerai quand nous serons en ville. »

À peine eut-elle rejoint l'autoroute que sa mère dormait à poings fermés. Ayant vérifié d'un coup d'œil qu'elle avait bien attaché sa ceinture de sécurité, Hannah s'accorda un satisfecit. Avec la famille, il valait mieux éviter les cachotteries. Sauf en ce qui concernait les cadeaux de Noël, bien entendu.

Chapitre 19

« Fais donc une pause, Hannah, dit Lisa en sortant une dernière fournée de cookies au chocolat et aux flocons d'avoine, la recette de son amie Nancy. Je te trouve fatiguée, et il nous reste encore une bonne demi-heure avant le coup de feu de midi. Si tu veux, je me chargerai de répondre aux questions des clients.

— Ça marche !

— Pendant que tu y es, mange un cookie. Les flocons d'avoine te rempliront l'estomac et le chocolat te donnera un coup de fouet. En plus, ils sont délicieux.

— Merci, je vais en goûter un », répondit Hannah en joignant le geste à la parole. Après la matinée harassante qu'elle venait de vivre – toute la population de Lake Eden s'étant donné rendez-vous au Cookie Jar pour l'interroger sur le meurtre de Larry Jaeger –, elle pouvait bien s'accorder un peu de repos. « Appelle-moi en cas de besoin. Je ne bouge pas d'ici. »

Quand Lisa passa côté boutique, Hannah s'installa devant l'îlot de travail et sortit le bloc sténo qu'elle appelait son livre noir. Elle n'y avait encore rien consigné, mais les dernières heures avaient été riches en informations, dont certaines recouperaient sans doute les faits, témoignages et indices qu'il lui restait à collecter.

Comme toujours, elle commença par dresser la liste des suspects. Le Dr Love venait en tête. Avec tout ce que Larry lui avait fait endurer, un meurtre par vengeance n'était pas à exclure.

Sur la deuxième ligne, elle traça le nom de la fiancée de Larry. Courtney aurait-elle pu tuer l'homme qui l'avait poussée à investir dans une affaire douteuse ? D'autant que ce même homme l'avait trompée en lui cachant qu'il était déjà marié.

En troisième position venait le maire Bascomb. Hannah eut une drôle d'impression en inscrivant le nom de l'homme le plus respecté de la ville. Mais, après tout, n'avait-il pas lui-même déclaré qu'il prévoyait d'aller voir Larry pour éclaircir cette histoire de reçus en blanc ? Elle le voyait mal sortir une arme à feu et abattre quelqu'un pour une question d'argent, mais tout était possible. Cela dit, le maire Bascomb n'était sans doute pas le seul à avoir investi dans la société de Larry Jaeger.

Qui étaient les autres ? L'édile les connaissait peut-être. Dans le cas contraire, vers qui pourrait-elle se tourner pour le savoir ?

Hannah passa à la page suivante et écrivit INTERROGATOIRES. Elle commencerait par le maire Bascomb puis demanderait à Luanne si elle avait gardé en tête certains des noms indiqués sur les documents comptables que lui avait remis Courtney. Autre solution : se rendre au tribunal et consulter le registre de commerce.

Ensuite, il y avait l'homme à la mallette qu'elle avait vu entrer dans la caravane de Larry pendant qu'elle était sur la grande roue avec Mike. Ça pouvait être l'un des fameux investisseurs. Sa silhouette lui avait rappelé Earl Flensburg. Elle irait voir ce dernier et lui demanderait si un membre de sa famille était en affaires avec Larry Jaeger.

Sur la troisième page, Hannah inscrivit MOBILES en lettres capitales. Les meurtriers agissaient rarement sans une raison bien précise. D'abord, le cambriolage. Larry aurait pu surprendre un voleur en regagnant sa caravane. Mike accepterait sans doute de lui dire si quelque chose avait été dérobé. Elle n'avait pas constaté de désordre sur les lieux, mais l'intrus avait quand même tiré sur l'écran de télévision, geste peu banal. Aurait-il eu l'intention de la voler puis, constatant qu'elle était intransportable, se serait-il énervé et vengé sur l'objet de sa convoitise ?

L'argent venait ensuite. L'une des personnes ayant investi dans la foire aux sapins aurait-elle pu éliminer Larry après avoir compris que l'affaire ne rapportait pas autant que promis ? Selon la rumeur, l'Elfe fou perdait de l'argent. Mais la rumeur n'avait pas toujours raison. À vérifier.

Puis il y avait le jeu. Comme tout joueur compulsif, Larry avait sûrement contracté des dettes. Aurait-il eu maille à partir avec un créancier lassé de lui faire crédit ?

Au même titre que l'argent et le jeu, l'amour constituait un excellent mobile. Et là, on retrouvait les deux femmes ayant compté dans la vie de Larry, son épouse officielle et celle qui pensait être sa fiancée, auxquelles s'ajoutaient peut-être d'autres conquêtes.

Voyant qu'elle avait noirci toute la page, Hannah passa à la suivante. Mais soudain les lignes vertes se mirent à danser devant ses yeux. Vaincue par la fatigue, elle posa sa tête sur ses bras repliés et ferma les paupières. Elle avait juste besoin de se détendre cinq minutes, penser à quelque chose de plaisant, quelque chose n'ayant rien à voir avec Larry et son assassinat. Après quoi, elle se remettrait au travail.

« Hannah ? » La voix de Lisa la tira brusquement du sommeil. « Secoue-toi, Hannah. Andrea et Tracey sont là.

— Où ça ? bredouilla Hannah en clignant des yeux. Désolée, j'ai à peine dormi la nuit dernière. J'ai dû m'assoupir cinq minutes.

— Moi, je dirais plutôt trente. Mais ce n'est pas un problème. Je m'occupe d'elles. Pendant ce temps, va te passer de l'eau sur la figure. »

Hannah ne se le fit pas dire deux fois. Elle se sentait comme neuve quand elle sortit du cabinet de toilette et vit sa sœur et sa nièce attablées devant une tasse de café, un verre de lait et une assiette de cookies.

La mère et la fille étaient du dernier chic. Ce qui n'avait rien de surprenant, Andrea étant toujours tirée à quatre épingles. Elle avait dû mettre des heures à coiffer ses cheveux blond platine en un chignon alambiqué. Son maquillage frisait la perfection. Quant à son tailleur en lainage bleu nuit, il soulignait à ravir sa taille délicate et ses hanches rondes.

Tracey avait de qui tenir. Avec son ensemble en jersey bleu et blanc et son petit bonnet lavande orné d'un ravissant pompon blanc, elle aurait pu poser pour un magazine de mode enfantine.

« Coucou, tante Hannah ! s'écria l'enfant avec un sourire qui révéla un espace vide entre deux incisives. Hier soir, j'ai perdu une dent de lait !

— La petite souris est passée ?

— La petite souris n'existe pas. Ce n'est qu'une légende.

— Tu veux dire que la petite souris n'est pas venue dans ta chambre pendant que tu dormais pour emporter ta dent et déposer une pièce à la place ? »

Tracey éclata de rire.

« Non, c'est papa qui est venu. Il a cru que je dormais, mais je l'ai vu entrer sur la pointe des pieds et glisser un dollar sous mon oreiller.

— Un dollar ? À ton âge, je n'avais que vingt cents. Je devrais peut-être envoyer une réclamation au siège social de la petite souris.

— C'est à cause de l'inflation, tante Hannah. Les choses coûtent plus cher aujourd'hui, même les dents de lait. Ils en ont parlé à la télé, l'autre jour. » Tracey se tourna vers sa mère. « Tu veux bien que j'aille aider tante Lisa jusqu'à ce que Mamie McCann vienne me chercher ?

— Tante Lisa n'a peut-être pas besoin d'aide, mon trésor.

— Je te jure que si. Tout à l'heure, elle a dit que je pourrais servir les clients au comptoir. Si tu es d'accord. En plus, comme ça, tante Hannah et toi, vous serez tranquilles pour discuter du meurtre.

— Eh bien... » Andrea s'interrompit et regarda sa sœur qui lui répondit d'un signe de tête. « C'est entendu, mon cœur. Mais ne t'avise pas de verser du café chaud, d'accord ? »

Tracey soupira discrètement.

« C'est ce que Lisa m'a dit quand je lui ai proposé de l'aider. De l'eau froide, je peux ?

— Oui, si tante Lisa te le demande. »

Hannah regarda l'enfant franchir la porte battante, son cookie dans une main, son verre de lait dans l'autre.

« Tracey a deviné de quoi nous voulions parler. Elle est vraiment précoce.

— Je t'assure, je ne lui ai rien dit ! » Andrea prit une gorgée de café. « Tu vas enquêter, n'est-ce pas ?

— Évidemment. Il faut bien que j'innocente le Dr Love.

— Qu'est-ce que le Dr Love vient faire dans cette histoire ?

— Larry et elle étaient mariés.

— Mais... c'est impossible ! Et Courtney ? »

Hannah haussa les épaules.

« Pour quelqu'un comme Larry, le mariage ne signifie pas grand-chose.

— Pas étonnant qu'on lui ait troué la peau ! répliqua Andrea en croquant dans son cookie. Ils sont succulents. Comment tu les appelles ?

— Cookies au chocolat et aux flocons d'avoine, tout simplement.

— Aux flocons d'avoine ? » répéta Andrea en grimaçant.

Celle-ci avait toujours détesté les flocons d'avoine. Hannah aurait dû s'en souvenir.

« Note bien que je n'utilise que des flocons de première qualité, s'empressa-t-elle de préciser.

— Mais ça reste des flocons d'avoine.

— C'est sûr.

— Delores devait nous faire manger des flocons d'avoine de mauvaise qualité, parce que ceux-ci, je les adore. »

Peu désireuse d'épiloguer sur les piètres compétences de leur mère en matière culinaire, ce qui aurait pris un temps dont elle ne disposait pas, Hannah posa la question qui lui brûlait les lèvres.

« Peux-tu me rendre un service, Andrea ?

— Lequel ?

— Je voudrais savoir qui aurait pu mettre de l'argent dans l'Elfe fou. À ton avis, comment dois-je m'y prendre ?

— J'ai rendez-vous avec Doug, à midi. Bill et moi ouvrons un compte d'épargne pour financer les études supérieures des filles. J'en profiterai pour l'interroger discrètement.

— N'oublie pas, je cherche un investisseur privé, insista Hannah. Je doute que Larry ait emprunté de l'argent à un organisme de prêt.

— Il était sans doute trop pressé pour recourir à une telle solution. Si Doug ne peut pas me répondre, j'interrogerai Al quand il reviendra de sa pause déjeuner. » Andrea prit un autre cookie. « Est-ce que Bill peut faire quelque chose pour toi ? renchérit-elle, la bouche pleine.

— J'ai eu le temps d'examiner la scène de crime le soir même. Donc, je n'aurai pas besoin des photos prises par la police. En revanche, le rapport d'autopsie et les conclusions du labo me seraient bien utiles.

— Je m'en charge. Et les relevés bancaires de Larry ? On l'a peut-être tué pour son argent.

— Peut-être, murmura Hannah avant de repenser à l'hypothèse des dettes de jeu. Ou parce qu'il en manquait.

— Pardon ?

— Laisse tomber. Cela n'a sans doute rien à voir. Tu peux vraiment te procurer les relevés bancaires de Larry ?

— Oui, je crois. Je demanderai à Bill de voir auprès de la banque. Il suffit de déposer un mandat. »

Hannah réfléchit quelques secondes puis se leva pour aller remplir une petite boîte à bonbons.

« Que fais-tu ?

— J'emballe des truffes au chocolat et à la framboise. Lisa les a faites ce matin.

— C'est pour moi ? demanda Andrea, pleine d'espoir.

— Non, pour Linda Gradin. Elle travaille toujours à la First Mercantile Bank, n'est-ce pas ?

— Oui. Elle a eu de l'avancement. Maintenant, elle gère les comptes spéciaux. Mais je te préviens, Linda est une employée modèle. Inutile de lui réclamer les relevés de Larry, elle refusera tout net.

— Je n'ai pas besoin des relevés bancaires de Larry, puisque tu t'en charges. Juste de quelques infos sur ses comptes.

— Même topo.

— Et si je parvenais à l'amadouer ?

— Tu espères la soudoyer avec tes truffes ?

— Un peu de chocolat ne fait jamais de mal, mais j'ai autre chose à lui offrir. Une chose plus importante que des truffes. »

Andrea la regarda d'un air abasourdi.

« Plus importante ? Impossible. Linda se damnerait pour des truffes au chocolat et à la framboise.

— Je vais faire un dépôt », dit Hannah en nouant un gros ruban rouge autour de la boîte.

Cookies au chocolat et aux flocons d'avoine

Préchauffer le four à 165 °C,
la grille en position médiane.

½ tasse de beurre ramolli (1 plaquette, ¼ livre)
1 tasse de sucre blanc (semoule)
60 g de chocolat noir à 75 %
1 œuf battu (à la fourchette dans un verre)
1 cuillerée à thé de levure chimique
½ cuillerée à thé de sel
¾ tasse de farine
1 ½ tasse de flocons d'avoine

Dans un grand bol, mélanger le beurre ramolli et le sucre jusqu'à obtenir une matière légèrement mousseuse.

Faire fondre les carrés de chocolat noir au micro-ondes en suivant les indications portées sur le paquet. Incorporer le chocolat fondu au mélange beurre-sucre.

Verser l'œuf battu, la levure chimique, le sel puis la farine sans cesser de tourner.

Ajouter les flocons d'avoine en veillant à ce que la préparation soit parfaitement homogène.

Prélever des cuillerées à thé de pâte et les déposer sur une plaque à pâtisserie préalablement enduite de matière grasse. 12 cookies pour une plaque standard.

Cuire 13 à 15 minutes à 165 °C ou jusqu'à ce que les cookies commencent à prendre une jolie couleur brune.

Laisser reposer 2 minutes sur la plaque puis transférer sur une grille jusqu'à complet refroidissement.

Nancy, qui les préfère moelleux, conseille de respecter scrupuleusement le temps de cuisson. S'ils ont tendance à durcir au bout de quelques jours, suivre la méthode de grand-mère Ingrid qui les conservait dans un bocal avec un zeste d'orange ou une tranche de pomme.

Rendement : environ 3 douzaines.

Note de Nancy : si l'on n'a pas de chocolat noir à sa disposition, on peut le remplacer par 6 cuillerées à soupe de poudre de cacao et 2 cuillerées à soupe de graisse végétale. Les secondes seront mélangées au beurre et les premières à la farine.

Chapitre 20

Dès qu'elle franchit le seuil de la First Mercantile Bank, Hannah repéra Linda Gradin à sa tenue tapageuse, un pantalon de cuir violet assorti à ses mèches de cheveux et au corsage qui lui découvrait le nombril. Cet ensemble, qui aurait peut-être convenu à une lycéenne, produisait sur elle le contraire de l'effet recherché, à savoir qu'il la vieillissait au lieu de la rajeunir.

Hannah lui adressa un petit geste amical, prit un siège dans l'entrée et, en attendant son tour, se demanda pour la énième fois pourquoi Linda éprouvait le besoin de s'habiller de la sorte. Un jour, Delores l'avait aperçue chez Lol, une boutique de prêt-à-porter pour adolescentes. Linda ayant connu la mère de Hannah sur les bancs de l'école, on pouvait affirmer sans trop de risque que l'employée de banque avait une bonne cinquantaine d'années. Souffrait-elle de jeunisme ? Espérait-elle remonter le temps ? Ou plus simplement, se trouvait-elle plus séduisante ainsi attifée ?

Quand elle en eut terminé avec son client, Linda leva les yeux vers sa visiteuse et lui fit signe de venir. En s'approchant des box occupés par les chargés de clientèle, Hannah fut étonnée de constater que sur des cheveux bruns les mèches violettes faisaient beaucoup d'effet. D'habitude, quand elle croisait Linda, elle s'abstenait de tout commentaire – suivant en cela le conseil de Pampan dans *Bambi* : si tu n'as rien de gentil à dire, alors tais-toi –, mais ce jour-là elle eut envie de lui faire un compliment.

« J'adore votre coiffure, Linda, dit-elle en s'installant dans l'un des fauteuils rembourrés placés devant le bureau.

— Merci, Hannah ! Le violet ne te dérange pas ?

— Non. Je trouve qu'il rehausse votre couleur naturelle, dit Hannah en espérant que ce brun sans mélange soit effectivement sa couleur naturelle.

— Je le dirai à ma nièce. Elle passe beaucoup de temps à choisir mes vêtements et à essayer de nouveaux styles de coiffure sur moi. Après le bac, elle veut suivre des études d'esthéticienne. »

Hannah songea à ses deux nièces. *Y a-t-il des limites à l'amour d'une tante ?* se demanda-t-elle avant de décider que jamais elle ne laisserait Tracey ou Bethie lui dicter ses choix vestimentaires ou s'approcher d'elle un flacon de teinture violette à la main.

« Que puis-je pour toi, Hannah ? reprit Linda.

— C'est moi qui ai quelque chose pour vous, répliqua Hannah en déposant la boîte sur le bureau. Des truffes au chocolat et à la framboise. »

Linda produisit un son à mi-chemin entre le cri de victoire et le gémissement de plaisir. « Des truffes au chocolat et à la framboise ! Il n'y a rien de meilleur ! C'est tellement gentil à toi, Hannah. Comment as-tu su que mon anniversaire tombait demain ? »

Hannah parvint à rester impassible. « Vous savez bien qu'il n'y a pas de secrets à Lake Eden. Joyeux anniversaire en avance, Linda. Mais je vous en prie, goûtez-les. C'est une nouvelle recette. J'aimerais avoir votre avis. »

Linda ouvrit la boîte, prit une truffe, mordit dedans, sourit de bonheur puis goba le reste en fermant les yeux.

« Divin !

— Tant mieux. Vous croyez qu'on devrait en proposer à nos clients pour Noël ?

— Mille fois oui ! Je serai la première à faire la queue. Merci, Hannah. C'est le plus beau de tous les cadeaux.

— Avec plaisir. »

Linda prit un mouchoir, s'essuya les doigts, et de petite fille gourmande redevint banquière. « En quoi puis-je t'aider ? »

Hannah sortit le chèque qu'elle avait pris dans le classeur des encaissements avant de venir. « Lisa craint que le compte de ce client n'ait été clôturé. Je lui ai promis de vous le montrer. »

Linda examina le chèque, pianota sur son clavier et attendit que les informations s'affichent à l'écran.

« Lisa a raison de s'inquiéter. Il n'est pas clôturé mais il est presque à sec. Tu as bien fait de m'apporter ce chèque avant qu'il n'y ait plus rien dessus. Tu préfères des espèces ou je le dépose sur le compte du Cookie Jar ?

— Mettez-le sur notre compte, s'il vous plaît. » Hannah regarda Linda remplir le formulaire. « Il y a autre chose qui me chiffonne.

— Quoi donc ?

— Ce monsieur nous a remis d'autres chèques avant celui-ci. » Hannah se pencha sur le bureau. « Pour des cookies qu'il nous avait commandés.

— Je vois. Quel est le problème ?

— Je n'en sais trop rien. Je n'ai jeté qu'un simple coup d'œil sur les dépôts que Lisa prévoit de faire aujourd'hui, mais il m'a semblé que les chèques précédents étaient différents de celui que je viens de vous confier.

— Différents ? Comment cela ?

— J'essaie de me souvenir... Leur couleur, peut-être. Franchement, je ne sais plus. En tout cas, je suis sûre qu'ils ne sont pas comme celui que je vous ai donné. Seraient-ils liés à un autre compte ? »

Linda tapota de nouveau sur son clavier.

« Oui, c'est possible.

— Donc il a ouvert deux comptes dans cette agence ?

— Exact. » Linda reprit une truffe qu'elle laissa fondre sur sa langue. « Quelle merveille !

— Ce qui explique peut-être que ces chèques n'aient pas la même couleur, rebondit Hannah, craignant que Linda ne se disperse. Nous sommes débordées à cause des fêtes de Noël. Ce serait dommage que cet autre compte soit clôturé ou bloqué... avant que nous ayons eu le temps de les encaisser.

— Ne te tracasse pas, Hannah. Un compte ne se clôture pas du jour au lendemain. Il y a toute une procédure à respecter. En plus, c'est un compte privé avec un seul bénéficiaire.

— Oui, mais si d'autres créanciers déposaient leurs chèques aujourd'hui et que demain il ne restait plus rien pour nous... »

Linda prit une troisième truffe, la glissa entre ses lèvres et se remit à pianoter.

« C'est hautement improbable. Ce compte a été ouvert le 1er novembre de cette année. Depuis lors, il a été plusieurs fois crédité mais jamais débité.

— Donc il se peut que nous soyons en possession des seuls chèques en circulation.

— Peut-être. Sais-tu si le total des sommes portées à votre crédit dépasse les deux cent cinquante mille dollars ?

— Bien sûr que non ! bondit Hannah avant de calculer combien de cookies elles auraient dû vendre pour réaliser un chiffre d'affaires de deux cent cinquante mille dollars.

— Alors, il n'y a pas urgence. »

Hannah était en train de consigner dans le carnet qu'elle appelait son « livre noir » les renseignements fournis par Linda quand Lisa entra dans le fournil.

« Ta mère est ici.

— Très bien. Dis-lui de me rejoindre, s'il te plaît. »

Elle eut à peine le temps de remplir deux tasses et de disposer quelques truffes au chocolat et à la framboise sur une assiette que Delores poussait la porte battante.

« Bonjour, ma chérie, chantonna-t-elle.

— Bonjour, maman. Tu m'as l'air reposée.

— Luanne m'a conseillé de rentrer faire un petit somme. Je l'ai écoutée et j'ai eu raison.

— Tu as réussi à dormir ?

— Plus de deux heures. Maintenant que je sais ce qui se passe avec Carrie, je n'ai plus à m'inquiéter. Mais j'aimerais quand même bien en apprendre davantage sur ce monsieur.

— Moi de même.

— Avant que j'oublie, Luanne m'a remis quelque chose pour toi. » Delores posa une grande enveloppe sur le plateau en inox de l'îlot de travail. « Elle a photocopié les documents de Courtney avant de les lui rendre. C'est une précaution que Mlle White enseigne à ses étudiants. Luanne pense qu'ils pourraient t'aider à faire la lumière sur la mort de Larry.

— Ils me seront peut-être utiles, en effet. Plus je rassemblerai d'informations sur l'Elfe fou, plus vite je percerai le mystère. Remercie Luanne pour moi, veux-tu ?

— Je n'y manquerai pas. »

Hannah poussa l'assiette de truffes devant sa mère. « Goûte-moi ça. »

Delores ne se fit pas prier. Elle prit une bouchée, puis une autre, puis se resservit.

« La framboise et le chocolat forment un accord parfait.

— Je transmettrai tes compliments à Lisa. Elle participe à des rencontres entre confiseurs. Cette année, Amy Kocias est arrivée avec ces truffes, et Lisa les a trouvées si bonnes qu'elle lui a demandé la recette.

— Puis-je en emporter deux ou trois, ma chérie ? Carrie et Luanne m'ont gentiment proposé de tenir la boutique le temps que j'aille au centre commercial des Trois Comtés. Il me manque un cadeau de Noël.

— Je ne te crois pas ! »

Delores avait pour principe d'acheter tous ses cadeaux pendant les soldes de janvier.

« J'en cherche un deuxième pour Michelle. L'autre jour, elle m'a dit qu'elle avait fait ressemeler ses bottes. Ça m'a donné l'idée de lui en offrir des neuves. Peut-être quelque chose d'un peu plus féminin que celles qu'elle porte en ce moment. »

Hannah eut la sagesse de ne pas répondre. Si elle faisait valoir que Michelle avait le droit de se chausser comme elle l'entendait, sa mère risquait de lui reprocher ses vieilles bottes en peau d'élan et de lui en offrir une nouvelle paire, *plus féminine*, à elle aussi.

« Ce sera l'affaire d'une heure, tout au plus, poursuivit Delores. Ensuite, je serai totalement disponible. Alors, si tu as besoin de moi pour ton enquête, n'hésite pas.

— Merci pour ta proposition, dit Hannah en feuilletant son bloc. Que dirais-tu d'aller revoir le Dr Love ? Peut-être se souvient-elle d'une chose susceptible de lui procurer un alibi !

— Je serais ravie de passer un moment avec Nancy, mais, rappelle-toi, elle nous a dit qu'elle était seule chez elle au moment du meurtre.

— Oui, mais elle a pu recevoir des coups de fil, ou en donner. Elle a pu voir une connaissance passer dans la rue. Ou entendre un camion traverser le quartier en pétaradant. Ou une sirène d'alarme. N'importe lequel de ces petits événements peut contribuer à prouver qu'elle était chez elle à l'heure où Larry s'est fait tuer.

— Très bien, ma chérie ! Je vais lui poser toutes ces questions. Comme ça, j'arriverai peut-être à démontrer qu'elle n'était pas sur la scène de crime.

— Tu as bien saisi l'idée, maman. Bravo !

— Puis-je faire autre chose pour toi ? » reprit Delores, stimulée par les félicitations de sa fille.

Hannah consulta encore son carnet.

« Oui, peut-être bien.

— Quoi donc, ma chérie ? S'il te plaît, donne-moi une mission comme celle de la dernière fois. Tu sais, quand Carrie et moi avons enquêté sous couverture !

— Eh bien, il y a un peu de cela, répondit Hannah pour l'appâter. Voudrais-tu aller interroger Earl Flensburg ?

— Tu ne le soupçonnes pas, j'espère ?

— Il figure sur ma liste. »

Hannah tapota son carnet.

« Mais pourquoi ?

— La veille du décès de Larry, Mike et moi étions au sommet de la grande roue quand j'ai vu un homme portant une mallette entrer dans le QG des Elfes. Un homme qui ressemblait beaucoup à Earl. Or il se trouve que, quelques minutes auparavant, Larry nous avait parlé d'un rendez-vous d'affaires.

— Un rendez-vous d'affaires ? Earl ? Avec une mallette ? bredouilla Delores, incrédule. Ça m'étonnerait. D'habitude, quand on lui donne rendez-vous, c'est qu'on a besoin d'une remorqueuse. Et je ne l'ai jamais vu avec une mallette. C'était forcément quelqu'un d'autre, ma chérie... Quelqu'un qui lui ressemble.

— Je dois quand même vérifier. Comme vous étiez ensemble à l'école, tu es mieux placée que moi pour lui tirer les vers du nez. Quelle meilleure couverture qu'une vieille copine de classe ?

— Oui ! C'est assez excitant, je l'avoue. Je crois pouvoir y arriver. Que dois-je découvrir, exactement ?

— Si Earl est l'homme à la mallette ou pas, commença-t-elle en comptant sur ses doigts. Si c'est lui, je veux savoir s'il a investi dans la société de Larry. Dans le cas contraire, demande-lui s'il a des cousins qui lui ressemblent et qui vivent dans la région.

— Des cousins qui lui ressemblent... répéta Delores. Je sais que le père d'Earl avait un frère jumeau. Si ma mémoire est bonne, ce frère a épousé la sœur de la mère d'Earl. S'ils ont eu des fils, il se peut qu'ils ressemblent à Earl.

— Tu veux bien lui poser la question ?

— Oui, avec joie. » Delores marqua une pause. « Je vais également lui demander où il se trouvait au moment du meurtre.

— Earl aurait pu tuer Larry ? souffla Hannah, choquée.

— Bien sûr que non, mais il lui faut un alibi.

— Bien vu.

— J'en fais mon affaire. Earl n'a jamais su me mentir. En CM2, il avait dessiné une caricature de notre instituteur sur le tableau de la classe. Personne ne savait que c'était lui le coupable, mais j'ai réussi à le faire parler.

— Tu l'as dénoncé ? s'indigna Hannah.

— Pour qui me prends-tu ? Bien sûr que non.

— Parce que tu tenais à son amitié ?

— Oui, mais pas seulement. En fait, moi non plus je ne pouvais pas le sentir, cet instit. »

Truffes au chocolat et à la framboise

Note de Hannah : Amy dit que cette recette est si facile qu'elle la réalise les yeux fermés. Lisa veut tester différentes variantes avec du chocolat blanc et des framboises, ou du chocolat blanc et des pêches, ou du chocolat blanc et diverses confitures. Et elle essaiera de rouler les truffes dans du sucre, des noix finement hachées ou de la noix de coco râpée.

1 tasse de pépites de chocolat noir à 50 %
2 cuillerées à soupe de gelée de framboise (sans graines)
poudre de cacao

Faire fondre les pépites de chocolat et la gelée de framboise au bain-marie en remuant régulièrement. Cuire à feu doux jusqu'à ce que le mélange prenne la consistance du caramel.

Laisser refroidir, puis, avec les doigts, prélever de petites quantités de chocolat à la framboise et en faire des boules.

Rouler les truffes dans la poudre de cacao puis les mettre au frigo dans un récipient couvert.

Les sortir 30 minutes avant de les déguster. Elles sont meilleures à température ambiante.

Rendement : environ 18 truffes, en fonction de leur taille respective.

Note de Hannah : avec Lisa, nous avons tenté une expérience en mettant des truffes au frigo sans les avoir roulées au préalable dans la poudre de cacao. Puis nous les avons piquées sur des bâtonnets, plongées dans du chocolat fondu et fait sécher sur du papier sulfurisé. Ce fut une réussite !

Chapitre 21

« Il y a du monde ? demanda Hannah quand Lisa pénétra dans le fournil pour refaire le plein de cookies.

— Et comment ! Andrea est restée dans la salle pour les faire patienter pendant que je remplis les bocaux. Je te l'envoie dès que j'y retourne.

— Parfait », dit Hannah en disposant des pommes tranchées au fond d'un moule à gâteau préalablement enduit de matière grasse.

Lisa sortit un autre bocal et y versa les cookies qu'elle gardait en réserve près de l'échelle pâtissière.

« Que fais-tu ?

— Le biscuit aux pommes de Dixie Lee.

— J'adore ! Il sent tellement bon quand il cuit.

— Ensuite, je me relance dans les cookies. Quel genre de questions posent-ils ?

— Les impacts de balles dans l'écran plat les intéressent tout particulièrement, répondit Lisa en haussant les épaules. Je suppose que des tas de gens rêvent de tirer dans leur poste de télé. Et ta description de la scène de crime, après que Norman a ouvert la porte de la caravane, remporte également un vif succès.

— Quelle description ? fit Hannah qui ne se rappelait pas lui avoir fourni de détails.

— Les lieux étaient baignés d'une lueur glauque, comme lors d'une aurore boréale ou quand le temps est à l'orage et que des éclairs lointains clignotent derrière les nuées. Tu as hésité un instant avant d'entrer. Puis une voix désincarnée sortant de la télévision a donné les résultats du dernier match des Knicks.

— Et ensuite ? demanda Hannah, captivée par sa propre histoire revue et corrigée.

— Tu as fait un pas et tu t'es figée. Il n'y avait pas d'images sur l'écran géant, juste des éclats de verre s'étoilant dans le coin en haut à droite. Tu es restée longtemps à contempler cet étrange spectacle avec, en fond sonore, la voix du commentateur sportif. Puis soudain, tes yeux se sont posés sur la table basse et tu as vu la bouteille de cognac largement entamée. Un bref instant, tu t'es demandé si Larry, dans un geste de colère, n'aurait pas balancé son verre sur l'écran. Mais non, un verre même projeté avec force n'aurait fait qu'un seul trou. Or il y en avait trois d'où jaillissaient des étincelles, comme des lucioles sur la lande au crépuscule. Fallait-il chercher la télécommande et éteindre la télé ? Ou prendre le risque qu'un court-circuit mette le feu à la caravane ?

— Qu'est-ce que j'ai décidé ? balbutia Hannah.

— Tu n'as pas eu le temps de décider quoi que ce soit. Quand tu t'es retournée vers Norman pour lui demander son avis, tu as aperçu une forme sombre couchée sur le sol. Un homme replié en position fœtale, les bras tendus devant lui comme pour repousser les assauts du diable en personne, gisait dans une mare de sang visqueux.

— Beurk !

— Oui, je suis désolée, mais ils adorent ça.

— Je n'en doute pas une seconde. Continue.

— Bien que paralysée d'horreur, tu as réussi à lever la main pour désigner la forme inerte, en priant pour qu'il s'agisse d'une hallucination. Puis, la gorge sèche, tu as prononcé un mot.

— Lequel ?

— *Là !* Ta voix tremblait comme un épi de blé dans une tornade. Tu as inspiré profondément et de tes lèvres blêmes sont tombés deux mots. *Là ! Regardez !*

— Bravo ! s'écria Hannah en applaudissant. Quel talent, Lisa ! Si les Lake Eden Players t'avaient embauchée pour les motiver, ils seraient en tête de classement.

— Merci, rougit Lisa. Bon, j'y retourne et je t'envoie Andrea. Elle a du nouveau, paraît-il. »

Hannah eut le temps d'étaler la pâte sur les pommes et de mettre son gâteau à cuire avant que sa sœur fasse son apparition.

« Oh, mon Dieu ! gémit cette dernière en se précipitant sur la cafetière. C'est un vrai zoo, à côté !

— Ils posent beaucoup de questions, m'a dit Lisa.

— À elle. À moi, ils n'osent pas, vu que je suis la femme du shérif.

— Lisa est une excellente conteuse, fit Hannah en rejoignant Andrea près de l'îlot central.

— Elle les captive littéralement. J'ai entendu Bertie parler d'histoires "à faire dresser les cheveux sur la tête".

— Elle est bien placée pour en juger, vu qu'elle est coiffeuse, s'esclaffa Hannah.

— Tu n'aurais pas un petit truc à grignoter ? Je n'ai pas eu le temps de déjeuner.

— Je peux te faire un sandwich. J'ai du thon au garde-manger.

— Non, merci. Je serais plutôt d'humeur sucrée.

— Dans ce cas, tu as l'embarras du choix. Regarde sur l'échelle pâtissière. Je te proposerais bien du biscuit aux pommes mais il est au four, et il devra refroidir une heure avant que je ne procède au glaçage.

— Des cookies feront l'affaire. »

Andrea attrapa une petite assiette, se pencha sur les grilles remplies de merveilles et poussa un petit soupir de contentement. « Des bouchées de Lisa ! dit-elle en choisissant un cookie garni de noix de macadamia et de pépites de chocolat blanc. J'en raffole. Des délices aux noix de pécan ! J'adore. Et des croustillants à la myrtille. Ils sont si bons ! Non, je n'y crois pas ! Vous avez aussi des croquants à la cerise. Ils sont tellement mignons avec leurs cerises rouges et vertes. Les couleurs de Noël. Je vais en goûter un rouge, et, si j'ai encore faim, je reviendrai pour un vert. »

Hannah la regarda, ébahie, déposer les quatre cookies sur son assiette. Andrea avait la taille mannequin, mais si elle continuait sur cette voie elle allait devoir passer au régime salade verte vinaigrette allégée.

« Il paraît que tu as du nouveau, dit-elle après que sa sœur eut avalé son premier cookie.

— Oui. » Andrea prit une gorgée de café et sortit un papier de sa poche. « J'ai tout noté pour pouvoir te rapporter les termes exacts. Je suis allée voir Doug, je l'ai interrogé sur les placements et j'ai voulu savoir où je pouvais trouver le nom des personnes ayant investi dans la société de Larry. Il a répondu : *Larry a sûrement gardé des doubles, mais, à ma connaissance, la loi n'oblige pas les investisseurs à signer un contrat avec le bénéficiaire.*

— D'accord. Et Al, qu'est-ce qu'il a dit ?

— Que *si des mecs ont filé du fric à Larry sans signer de contrat, c'est qu'ils sont bêtes à manger du foin.* Et quand je lui ai demandé s'il avait investi dans l'Elfe fou, il s'est étouffé de rire.

— Autre chose ? soupira Hannah.

— Oui. J'ai appelé Howie Levine et je lui ai demandé s'il fallait signer un contrat pour investir dans une société privée. Il a répondu que non, mais que ce serait complètement stupide de ne pas le faire.

— A-t-il précisé si quelqu'un d'ici l'avait contacté dans le but d'établir un tel contrat ?

— Je lui ai posé la question, mais il m'a dit que cette information était confidentielle. »

Hannah leva les yeux au ciel.

« Ça ne m'étonne pas de lui.

— Moi non plus. Donc j'ai contourné l'obstacle en lui posant encore une ou deux questions juridiques, et finalement il a craché le morceau.

— Comment as-tu fait ?

— C'est confidentiel. Bref, je suis en mesure d'affirmer que deux habitants de Lake Eden ont demandé à Howie de leur rédiger un contrat en bonne et due forme. Le premier n'est autre que le maire Bascomb et le second Jon Walker. »

Hannah sauta sur son stylo. Elle s'apprêtait à ajouter le nom du pharmacien sur sa liste des suspects quand elle se souvint avoir aperçu Jon et sa femme à l'auberge le soir où elle y avait dîné avec Norman.

« Tu n'écris rien ?

— Non. J'ai vu Jon Walker avec son épouse chez Sally le soir du crime. Ils en étaient aux hors-d'œuvre quand Norman et moi sommes partis rejoindre Larry dans sa caravane.

— Mince alors ! fit Andrea, déçue. Moi qui pensais que nous en avions attrapé deux.

— Deux ? Comment cela ?

— Oups ! J'ai oublié de te dire. Tout à l'heure, juste avant que je ne quitte l'agence, le maire Bascomb est passé voir Al. Comme je venais d'apprendre qu'il avait signé un contrat d'investissement avec Larry, je lui ai demandé comment se portait Stephanie et s'il était allé la voir à l'hôpital la veille au soir.

— Pas bête.

— Il a répondu qu'elle allait mieux et qu'il était resté à son chevet jusqu'à la fin des heures de visite. J'ai promis de passer la voir ce soir avec quelque chose de bon. »

Andrea se retourna vers l'échelle pâtissière.

« Je t'en emballerai quelques-uns, promit Hannah, qui comprenait vite.

— Merci. Après quoi, j'ai appelé l'hôpital pour savoir quand se terminaient les visites. Eh bien, figure-toi que tout le monde doit être parti pour 21 heures. Et comme il n'y a que dix minutes de voiture entre l'hôpital et le parc, j'en ai conclu que, contrairement à ce que nous pensions, le maire Bascomb n'avait pas d'alibi pour le meurtre de Larry.

— Bingo ! s'écria Hannah en traçant un astérisque près du nom du maire Bascomb. Je vais lui envoyer Delores. Elle saura le faire parler.

— Parfait ! Si quelqu'un est capable de l'intimider, c'est elle. » Andrea prit le dernier cookie et, à l'expression de son visage, Hannah devina qu'il lui restait encore un peu de place entre la bouche et l'estomac. « Je peux l'emporter ?

— Fais comme chez toi. »

Pendant que sa sœur s'éloignait pour rassembler une douzaine de cookies façon *carrot cake* à l'intention de la première dame, Andrea fit semblant de mettre le cookie de côté. Quand Hannah se retourna, le croquant à la cerise avait disparu, non pas dans le sac d'Andrea, mais dans la bouche de cette dernière, laquelle tentait vainement de dissimuler son tour de passe-passe en se tamponnant les lèvres avec une serviette en papier.

« C'est plus fort que moi. Ils sont trop bons. J'ai rendez-vous à 16 heures pour faire visiter un bien, mais avant cela, je suis libre. Aurais-tu une mission à me confier ? »

Hannah allait répondre non quand une idée germa dans son esprit.

« Et si tu rendais une petite visite à Jessica Murphy ? dit-elle en sortant l'une des photocopies que Luanne lui avait fait parvenir par l'entremise de Delores.

— Rassure-moi, elle n'est pas suspecte ?

— Non. J'aimerais juste savoir combien Larry lui payait ses animaux au crochet. Et par la même occasion, tu pourrais lui demander s'il lui faisait signer des reçus en blanc.

— D'accord. De toute façon, je voulais la voir pour lui proposer un logement plus vaste. Avec deux enfants, ils vont bientôt se sentir à l'étroit. Autre chose ? »

Hannah regarda la page plus attentivement.

« Je vois que, pour les sapins, Larry se fournissait chez Winnie Henderson. Il faudrait lui poser les mêmes questions qu'à Jessica.

— C'est comme si c'était fait. » Andrea se leva de son tabouret et prit la boîte de cookies que sa sœur lui tendait. « T'inquiète. Je ne les mangerai pas, dit-elle en sortant. Ce n'est pas qu'ils soient mauvais, mais je n'ai plus faim. »

Il était presque 17 heures. Hannah avait glacé son dernier biscuit à la pomme. Il ne lui restait plus qu'à le ranger avec les autres dans la glacière portative quand Norman entra dans le fournil.

« Bonjour, Hannah, lança-t-il en s'avançant pour l'embrasser. Vous m'avez l'air fatiguée. Si nous allions manger un steak à la Corner Tavern ? »

Hannah hésita moins d'une demi-seconde.

« Volontiers ! J'ai absolument besoin d'un steak bien saignant. Merci, Norman.

— Après dîner, je vous aiderai à emballer vos cadeaux, proposa-t-il. Si vous êtes en forme, bien entendu.

— Ça me va. Nous pourrons même prendre le dessert chez moi. J'ai prévu d'essayer une nouvelle recette de brownies.

— Salut, les mecs ! clama Andrea en faisant irruption dans le fournil, un sourire fendu jusqu'aux oreilles. J'ai vendu une maison !

— Félicitations ! dit Hannah.

— Bravo, dit Norman. Pour fêter cela, que diriez-vous d'un bon steak à la Corner Tavern ? Nous y allons, Hannah et moi. Venez avec nous. »

Le sourire d'Andrea s'agrandit encore, une chose que Hannah n'aurait pas crue possible.

« Avec grand plaisir. Tracey dort chez son amie Karen. Une soirée pyjama. Et comme Bethie est un peu enrhumée, Mamie McCann a décidé de la coucher de bonne heure. Bill travaille tard, notre mère dîne avec le Dr Love et je n'ai pas de projets pour ce soir.

— Maintenant si, répliqua Norman. Je vais réserver. À quelle heure serez-vous disponible, Hannah ?

— Immédiatement, répondit cette dernière en jetant un coup d'œil sur la pendule. Je vais dire à Lisa de fermer plus tôt et de rentrer chez elle. Elle doit avoir mal à la gorge à force de célébrer mes exploits devant la terre entière. »

Trente minutes plus tard, ils étaient installés tous les trois dans un box circulaire de la Corner Tavern. On venait de leur apporter la fameuse salade césar du chef, avec un supplément d'anchois pour Hannah et Norman. Ils commençaient à manger quand le patron, Nick Prentiss, se présenta avec une bouteille de champagne dans un seau à glace.

« J'ai l'impression que vous avez quelque chose à fêter », dit-il en faisant sauter le bouchon. Puis il se tourna vers Hannah. « Ça vous concerne, Norman et toi ? »

Sa question fut suivie de quelques pénibles secondes de silence, auxquelles Andrea mit fin en déclarant :

« Tu as tout compris, Nick ! Hannah et Norman ont commandé une côte de bœuf pour deux, ce qui en soi mérite une ovation, mais si nous sommes ici ce soir, c'est pour célébrer ma dernière vente.

— Félicitations ! » Nick serra la main d'Andrea puis ajouta sur le ton de la confidence : « Je vous apporte du pain à l'ail ?

— Bien sûr. Le vôtre est le meilleur du pays.

— Merci. Je prépare un repas à emporter pour le shérif Todd ? Comme d'habitude ?

— Absolument.

— J'ajouterai une demi-bouteille de chianti. Offerte par la maison. C'est incroyable ce que l'ail et le chianti vont bien ensemble ! Quand j'en ai servi au maire Bascomb hier soir, il est resté comme deux ronds de flan.

— Le maire Bascomb a dîné ici hier soir ? sursauta Hannah, prenant enfin part à la conversation.

— Oui. Il revenait de l'hôpital. Mme Bascomb est une dame si charmante. J'espère qu'elle va vite se remettre.

— Nous aussi, embraya Norman pendant que Nick versait le champagne. Pas pour moi, merci. Je conduis. Vous rappelez-vous à quelle heure il est arrivé ?

— Peu après 21 heures. Il revenait de l'hôpital, répéta Nick avant de se pencher vers eux pour plus de discrétion. Il m'a dit qu'en voyant ce qu'on servait à sa femme, il a eu envie de quelque chose de bon. Je me demande pourquoi les repas sont toujours infects dans les hôpitaux. Pour guérir, les malades auraient au contraire besoin d'une nourriture saine et bien préparée. »

« Bon, soupira Andrea après que Nick se fut éloigné. De toute façon, je ne croyais pas sérieusement à la culpabilité du maire Bascomb. » Elle leva sa coupe de champagne en souriant à Norman. « Merci pour l'invitation.

— Avec plaisir. Je regrette juste que Bill ne soit pas des nôtres.

— Moi aussi. » Andrea se tourna vers sa sœur. « Veux-tu que je te dise ce que Jessica et Winnie m'ont appris ?

— Oui. » Hannah sortit son bloc sténo et l'ouvrit sur une page blanche. « Commençons par Jessica, si cela ne t'ennuie pas.

— Larry lui payait ses jouets dix dollars pièce, il lui demandait de signer des reçus vierges sous prétexte qu'il n'avait pas eu le temps de les remplir et il la réglait en espèces.

— Donc il réalisait bien un profit de cent pour cent et non pas de vingt-cinq, comme le croyait Courtney.

— En effet. Même chose pour Winnie. Elle signait des reçus en blanc et il la réglait en espèces. Quand elle m'a montré ses tarifs, j'ai vu que mon sapin lui avait été payé vingt dollars en dessous du prix auquel je l'ai acheté. »

Norman siffla entre ses dents.

« Tout compte fait, Larry était loin de vendre à perte.

— Il ne vendait à perte que sur le papier, dit Hannah en piquant un anchois avec sa fourchette. Luanne a vérifié les comptes de l'entreprise à la demande de Courtney. Croyez-moi si vous voulez, mais l'Elfe fou est dans le rouge. Sur le compte professionnel de Larry, il y avait juste assez de liquidités pour couvrir le chèque des cookies.

— Attendez, dit Norman. Si Larry faisait autant de profits, où passait l'argent ?

— Sur son compte personnel à la First Mercantile Bank, et sur d'autres comptes ouverts ailleurs, je suppose.

— Tu avais vu juste, abonda Andrea. Larry était un escroc de bas étage.

— Et à présent que nous en avons la preuve, il nous reste à découvrir qui d'autre s'en est aperçu.

— Et l'a tué pour cette raison », conclut Norman.

Biscuit aux pommes de Dixie Lee

Préchauffer le four à 175 °C,
la grille en position médiane.

4 ou 5 pommes de taille moyenne, pelées et tranchées
3 œufs
1 tasse d'huile végétale
2 tasses de sucre blanc (semoule)
1 cuillerée à thé de vanille
1 cuillerée à thé de bicarbonate de soude
2 cuillerées à thé de cannelle en poudre
½ cuillerée à thé de sel
2 tasses de farine ordinaire

Beurrer un moule rectangulaire de 22 cm sur 33.

Peler, vider et trancher les pommes comme pour une tarte. Disposer les tranches au fond du moule.

Note de Hannah : cette recette peut se réaliser à la main ou avec l'aide d'un mixeur. Au Cookie Jar, nous utilisons un mixeur parce que nous en faisons quatre à la fois.

Dans un bol de taille moyenne, battre les œufs et l'huile jusqu'à obtenir une matière épaisse et homogène. Verser le sucre. Mélanger.

Ajouter la vanille, le bicarbonate de soude, la cannelle et le sel. Mélanger.

Incorporer la farine une tasse après l'autre sans cesser de remuer.

Après un dernier coup de cuillère, verser la pâte sur les pommes. Si ces dernières ne sont pas toutes recouvertes, pas de problème, la pâte s'étalera en cours de cuisson.

Cuire à 175 °C pendant 60 minutes. Laisser refroidir dans le moule ou sur une grille.

Glaçage

250 g de fromage à la crème ramolli
2 cuillerées à thé d'extrait de vanille
2 cuillerées à soupe de jus de citron (fraîchement pressé, si possible)
4 cuillerées à soupe (½ plaquette) de beurre fondu
2 tasses de sucre glace

Si on a oublié de sortir le fromage à la crème du frigo pour qu'il soit à température ambiante, il suffit de le déballer et de le faire chauffer 20 secondes au micro-ondes (à 900 W). Vérifier sa consistance. S'il est encore ferme, remettre 15 secondes.

Verser l'extrait de vanille dans le fromage, mélanger puis ajouter le jus de citron et le beurre fondu. Remuer jusqu'à obtenir un appareil bien homogène.

Incorporer le sucre glace par demi-tasses en vérifiant la consistance après chaque ajout.

Dixie Lee nous a donné sa méthode pour ne jamais rater un glaçage. S'il est trop liquide, rajouter du sucre glace. S'il est trop épais, rajouter du jus de citron ou de la vanille.

Étaler le glaçage, attendre qu'il se fige puis couper une tranche de biscuit et déguster avec une bonne tasse de café.

Note de Lisa : l'été prochain, je tenterai une variante en remplaçant les pommes par des pêches.

Chapitre 22

Hannah tourna la clé dans la serrure et, avant de pousser la porte, se campa sur ses pieds pour éviter de basculer en arrière lorsque son chat lui sauterait dans les bras. Mais ce jour-là, contre toute attente, rien de tel ne se passa. La boule de fourrure orange et blanche n'était visible nulle part.

« Oups.

— Je vais voir ce qui se passe », dit Norman.

Ce dernier passa directement dans le salon et poussa un cri étouffé. Aussitôt, Hannah imagina le pire. Moshe se cachait parce qu'il avait fait une très grosse bêtise. Ou il était malade et gisait quelque part entre la vie et la mort. Ou bien… Mais non, elle ne voulait même pas penser à cela !

« Qu'y a-t-il ? » fit-elle d'une voix tremblante.

La pièce était en ordre. Pas de coussins éventrés. Pas de lampes renversées. Pas de matou gémissant sur le canapé…

Norman interrompit son état des lieux.

« Avez-vous un escabeau ?

— Oui. Mais pourquoi… ? »

Hannah suivit son regard et poussa le même cri que lui quelques secondes plus tôt. Moshe était juché au faîte du sapin avec, dans la gueule, le dernier oiseau de l'arrière-grand-mère Elsa, celui qu'il avait épargné le matin même et s'était sans doute promis de capturer dès que sa maîtresse aurait le dos tourné. Il avait grimpé de branche en branche, s'était emparé de sa proie, mais n'arrivait plus à redescendre.

Pauvre oiseau ! Pauvre Elsa ! Hannah en aurait pleuré. Mais soudain, Moshe poussa un miaulement de détresse à travers l'amas de plumes coincé entre ses babines. Oubliant sa colère, Hannah se précipita et revint avec l'escabeau demandé. L'intégrité corporelle de son compagnon passait avant les souvenirs de famille poussiéreux. D'autant plus qu'à la réflexion, il devait encore rester un spécimen de chaque espèce au fond de la boîte aux trésors.

Norman déplia l'escabeau, grimpa et tendit les bras. Au lieu de le griffer comme l'auraient fait la plupart de ses congénères, le matou se blottit contre son sauveur en ronronnant. Un ronronnement que Hannah interpréta comme un acte de contrition. Du moins essaya-t-elle de s'en convaincre tandis qu'elle récupérait la dépouille mutilée du cardinal.

« Café ? proposa-t-elle en se disant qu'un peu de réconfort ne serait pas inutile après la frayeur que Moshe leur avait faite.

— Oui, merci. Dites-moi où se trouvent vos papiers d'emballage et vos rubans. »

Pour une fois, Hannah se félicita d'avoir suivi les conseils de sa mère. Tout ce matériel était soigneusement rangé dans l'une des boîtes vertes et rouges que Delores avait commandées sur catalogue et offertes à chacune de ses filles.

« Regardez sous le lit de la chambre d'amis. Pendant ce temps, je lance le café et je mets deux Nancy Dunn au four pour le dessert.

— Des Nancy Dunn ? Qu'est-ce que c'est ?

— Des barres aux dattes et aux flocons d'avoine. J'ai rassemblé les ingrédients hier soir pour pouvoir préparer la pâte ce matin. Mais je n'ai pas eu le temps. À cause des bêtises de vous savez qui. Je vais en faire deux plaques, une pour nous, l'autre pour le Cookie Jar.

— C'est quelque chose de nouveau ?

— Oui, j'ai reçu la recette au courrier la semaine dernière. Si mes Nancy Dunn remportent le succès escompté, je les inscrirai sur notre carte de traiteur. »

Hannah fila dans la cuisine, alluma la cafetière et le four puis sortit les derniers ingrédients du frigo, y compris les dattes qu'elle avait fait pocher la veille dans du jus d'orange. Après quoi, elle chemisa les moules. Moins de dix minutes plus tard, les Nancy Dunn cuisaient.

« Quelle célérité ! s'étonna Norman en prenant la tasse que Hannah lui tendait. Je crois que nous avons tout ce qu'il faut pour emballer vos cadeaux… sauf les cadeaux, bien sûr.

— Qu'à cela ne tienne. »

Hannah posa son café sur la table d'appoint et passa dans la chambre d'amis où elle stockait ses achats de Noël. Puis, s'apercevant que le cadeau de Norman faisait partie du nombre, elle le remit dans le placard en se promettant de l'emballer plus tard et revint dans le salon chargée des divers sacs et autres boîtes qui constituaient ce que, depuis toute petite, Michelle appelait le *butin du Père Noël*.

« Sors de ce carton, Moshe ! ordonna Hannah.

— Je m'en occupe, dit Norman en soulevant le chat pour le déposer sur le dossier du canapé. Il est juste un peu curieux. »

Curieux ? La curiosité de Moshe avait déjà causé à son intérieur un certain nombre de dommages conséquents. Hannah se remémora ce qu'il avait fait subir aux malheureux coussins de son canapé, la mousse déchiquetée répandue comme des flocons de neige sur le tapis. Elle revit également les câbles du décodeur, du magnétoscope et de la télévision qu'il avait arrachés et emmêlés de manière inextricable. Les croquettes posées en tas sur le carrelage quand il s'était mis en tête de transporter sa nourriture de la cuisine vers le cagibi. Ce à quoi s'ajoutait, dernièrement, l'attaque perpétrée contre le sapin de Noël, le massacre des oiseaux confectionnés par l'arrière-grand-mère et l'escalade au sommet du sapin qu'il avait renversé quelques heures plus tôt. Moshe curieux ? Sans doute l'était-il, mais Hannah avait en réserve d'autres adjectifs dont le plus gentil était *pénible*.

« Si nous lui donnons un jouet, il nous laissera peut-être tranquilles pendant que nous emballerons les cadeaux, dit Norman en coupant trente centimètres de bolduc. Voilà pour toi, mon grand. »

Moshe regarda sa maîtresse, puis Norman. Hannah crut le voir sourire lorsqu'il tendit la patte pour saisir le ruban. Voyant qu'il appréciait son cadeau, Norman en fit une boule qu'il lui lança avant de revenir s'asseoir.

« On travaille sur la table basse ou par terre ? demanda-t-il.

— Par terre. J'ai quelques gros paquets qui ne tiendront pas sur la table. »

Hannah désigna le tableau blanc et les marqueurs qu'elle avait achetés pour la chambre de Tracey.

« Très bien. Prenons le papier doré avec les petits sapins verts. C'est le seul qui soit assez large.

— Parfait. » Hannah s'agenouilla près de la boîte verte et rouge et lui tendit le rouleau de papier cadeau. « Je vais le dérouler et vous poserez le tableau au centre. Comme cela, nous saurons où couper.

— D'accord. »

Hannah attendit que Norman s'exécute. Elle s'apprêtait à déposer le tableau à l'endroit indiqué quand un projectile enrobé de fourrure se glissa sous le tableau de Tracey et, les quatre pattes bien écartées, planta ses griffes dans la feuille dorée. On entendit un froissement suivi d'une déchirure.

« Non, gémit Norman. Hannah, lancez-lui une souris, que nous puissions continuer.

— Je veux bien, mais il faudra faire vite. Ce jouet ne le distraira qu'une dizaine de secondes.

— Dix secondes, c'est mieux que rien. » Norman la regarda ramasser la souris la plus proche. « Agitez-la pour capter son attention tout en maintenant le papier avec l'autre main. Je commencerai à dérouler dès que vous l'aurez jetée.

— D'accord. Dites-moi quand vous êtes prêt. »

Hannah posa la main gauche au bord du papier et de la droite, secoua la souris. Puis, Norman ayant donné le coup d'envoi, elle la lança en direction du couloir, saisit le tableau, le posa au centre du papier et, dans le même geste, intercepta Moshe qui revenait à fond de train.

« Ça a marché, dit-elle.

— Ne criez pas encore victoire. » Norman coupa la feuille et attrapa le scotch. « Je dois encore rabattre les pans, coller et attacher le ruban. Si vous en lanciez une autre ? »

Hannah prit Moshe dans ses bras et alla prendre une deuxième souris sur l'arbre à chat. La précédente gisait encore dans le couloir, le matou l'ayant abandonnée sur place, attiré par le crissement du papier cadeau.

« Je doute qu'il se laisse avoir, cette fois, dit-elle.

— Nous verrons bien. En tout cas, j'aurai besoin de vous pour faire le nœud. »

Hannah coinça Moshe sous son coude gauche et, de la main droite, agita la souris d'une manière qu'elle espérait aguichante. Bien qu'intéressé, Moshe semblait partagé entre le rongeur en caoutchouc et le rouleau de bolduc que tenait Norman.

« Allez-y ! » ordonna ce dernier.

Hannah balança le jouet le plus loin possible dans le couloir, fit volte-face, se pencha et colla son index sur le nœud que Norman venait de faire. Celui-ci terminait la boucle quand une patte à griffes mue par une volonté implacable s'interposa. Le rouleau s'envola et retomba près du téléphone.

Norman gémit. Hannah gémit. Ensemble ils contemplèrent le chat voyou qui, très fier de son forfait, pourchassait joyeusement la pelote rouge d'un bout à l'autre du tapis.

Hannah fut la première à réagir.

« Je ne vois que deux solutions. La première consiste à lui lier les quatre pattes avec du scotch.

— Ce que vous n'oserez pas faire, évidemment... » Norman s'interrompit et pencha la tête de côté. « Quoique...

— Non, je ne le ferai pas. Ce serait cruel. J'ai une autre idée.

— Vous n'allez quand même pas l'enfermer ?

— Je pense à quelque chose de plus efficace.

— Quoi donc ?

— Je vais lui donner du saumon en boîte petit bout par petit bout. Et pendant qu'il se régalera, vous emballerez le reste des cadeaux. »

Non seulement la tentative fut un succès, mais elle démontra que deux cent trente grammes de saumon en conserve suffisaient à distraire un félin aussi gourmand que curieux pendant qu'un humain plus habile que la moyenne emballait seize cadeaux de diverses tailles et formes. Les nœuds auraient pu être plus jolis, mais Hannah s'avoua satisfaite, sachant qu'elle-même, dans de meilleures conditions, n'aurait pas obtenu un tel résultat.

Les Nancy Dunn refroidissaient sur leurs grilles. L'haleine parfumée au saumon, Moshe ronronnait, étendu de tout son long sur le dossier du canapé. Assise à l'étage inférieur, Hannah discutait du meurtre de Larry Jaeger avec Norman.

« Je me demande ce que faisait Larry avant de venir à Lake Eden, dit-elle. Le Dr Love est restée sans nouvelles de lui pendant quinze ans.

— Il suffit d'avoir le nom de sa société.

— Je le connais ! » s'écria Hannah en se rappelant la conversation qu'elle avait eue avec Larry et Mike au sujet de la pancarte accrochée à l'entrée du parc.

À la question de Mike, Larry avait répondu qu'il s'agissait d'un slogan qu'il affichait dans tous les commerces rattachés à L J Entreprises.

— Je vais donc chercher L J Entreprises sur Internet, dit Norman en s'installant devant l'ordinateur de Hannah. Je peux ?

— Faites donc ! Je vous rapporte du café avec une petite douceur. Les Nancy Dunn sont à la bonne température, maintenant.

— Merci bien. Mais je n'en ai pas pour très longtemps. Je parie que Larry avait créé un site pour chacune de ses boîtes. »

Quand elle revint avec un supplément de café et deux parts de gâteau, Hannah vit que Norman avait allumé l'imprimante.

« Vous êtes tombé sur quelque chose ?

— Oui. Avant de revenir à Lake Eden, Larry tenait un commerce à Madison dans le Wisconsin. Hollywood Home Theater.

— Il vendait des VHS ?

— Non, des écrans plats grand format. Il proposait à ses clients une installation personnalisée dans la pièce de leur choix, des barres de son et des sièges comme au cinéma. Malheureusement, il a dû fermer boutique assez rapidement.

— Au bout de combien de temps ?

— Cinq mois. J'ai trouvé un lien vers un article de presse, ajouta Norman en cliquant sur la page. Attendez, il arrive. C'est un papier paru dans le *Wisconsin State Journal*. Il y est question d'un certain Salvatore Bianco, un retraité qui avait investi toutes ses économies dans l'affaire de Larry. Quand le malheureux s'est retrouvé sur la paille, il n'a pas supporté le choc et a mis fin à ses jours.

— C'est atroce ! s'écria Hannah.

— Oui. D'autant plus que M. Bianco n'est sans doute pas sa seule victime.

— J'en ai peur. Vous ne trouvez pas bizarre qu'un magasin de télévisions coule si vite dans une grande ville comme Madison, où la moitié des gens suivent régulièrement les matchs des Packers et des...

— Quoi ?

— Des écrans plats grand format, disiez-vous ? Ça me rappelle le cas pratique que Mlle White nous a donné à étudier.

— C'est un peu gros comme coïncidence.

— Je ne vous le fais pas dire. Mais comment Mlle White a-t-elle pu se procurer les documents comptables de ce magasin ? »

Norman sourit.

« Il n'y a qu'une seule façon de le savoir.

— J'irai lui poser la question demain.

— *Nous* irons lui poser la question demain.

— Entendu. Votre voiture est plus confortable et mieux chauff... »

Cette fois, Norman ne lui demanda pas pourquoi elle s'interrompait au milieu de sa phrase.

« L'écran géant de Larry ?

— Oui. Vous aussi, vous pensez qu'il y a un lien ?

— C'est très possible. Quelqu'un a tué Larry *et* sa télé. Or Larry tenait un magasin de télévisions qui a fait faillite, privant au moins une personne de ses revenus et... de sa vie. Ça fait beaucoup de coïncidences, vous ne trouvez pas ?

— Beaucoup trop. »

Hannah nota dans son bloc ce qu'ils avaient appris et ce qu'ils avaient l'intention de faire le lendemain, à savoir cuisiner la prof de gestion. Elle rebouchait son stylo quand on entendit une clé tourner dans la serrure.

« Salut, Hannah, fit Michelle avec un grand sourire. Salut, Norman. Ça sent délicieusement bon. Qu'est-ce que c'est ?

— Des Nancy Dunn, répondit Hannah, puis, devançant la question suivante, elle ajouta : Ce sont des barres aux dattes et aux flocons d'avoine. »

Michelle prit un air dépité.

« Si j'avais su que tu faisais des gâteaux, je ne me serais pas arrêtée en chemin pour manger un sundae au chocolat.

— Quel dommage, intervint Norman. Ces barres fondent dans la bouche comme des bonbons.

— Euh... tout compte fait, j'ai encore un peu faim, dit Michelle en s'emparant d'un Nancy Dunn. Je trouve ton sapin très réussi. Et je suis vraiment contente que tu te sois décidée à en mettre un chez toi.

— Moi aussi », répondit Hannah.

Sa sœur avait raison. Cet arbre était vraiment splendide.

« Où est Moshe ?

— Derrière nous, vautré sur le dossier du canapé.

— C'est curieux ! D'habitude il vient m'accueillir. Il n'est pas malade, au moins ?

— Non, il digère. Je lui ai donné une boîte de saumon pour le distraire pendant que Norman emballait les cadeaux.

— Évite de les mettre sous l'arbre, gloussa Michelle. Andrea m'a dit qu'il avait déjà fait des siennes ?

— Moshe est le roi des *chatastrophes* ! Pourtant, j'ose espérer que ce sapin survivra jusqu'au 25.

— Oups, j'allais oublier, dit Michelle en se resservant. C'est toi qui t'occupes du dîner, le soir du réveillon ?

— Oui, comme chaque année.

— Et tu le fais chez toi ?

— Je le fais toujours chez moi.

— Tant mieux. Puis-je inviter un ami de la fac ? Il a prévu de manger dehors avec des collègues mais j'aimerais qu'il vienne pour le dessert.

— Bien sûr. Tu es libre d'inviter qui tu veux. Le repas commencera à 18 heures avec les amuse-gueules et, à 20 heures, je servirai mon plum-pudding du Minnesota.

— J'ai hâte. Delores m'en a parlé. Il paraît qu'il est fantastique. » Michelle regarda sa montre et soupira. « Je vais me coucher. Il n'est que 21 h 30, mais je suis épuisée. Nous avons répété le spectacle trois fois de suite. Et demain matin, c'est la couturière.

— Bonne nuit, Michelle, lui lança Norman quand elle leur tourna le dos pour rejoindre sa chambre.

— Bonne nuit, Norman. Bonne nuit, Hannah. » Michelle fit volte-face. « Il faut que je reprenne des forces », dit-elle en chipant un dernier gâteau.

Barres Nancy Dunn

Préchauffer le four à 175 °C,
la grille en position médiane.

225 g de dattes dénoyautées, grossièrement hachées
1 ½ tasse de jus d'orange
2 ½ tasses de farine ordinaire
1 ½ tasse de sucre roux
½ cuillerée à thé de sel
1 ½ tasse de beurre ramolli (3 plaquettes, ¾ livre)
2 tasses de flocons d'avoine
1 tasse de noix de coco râpée (pour la pâte)
1 tasse de noix (ou de noix de pécan) hachées
½ tasse de noix de coco râpée (pour la garniture)

Mettre les dattes hachées et le jus d'orange dans une casserole de taille moyenne. Ne pas couvrir. Porter à ébullition.

Baisser le feu et laisser mijoter pendant 15 à 20 minutes en tournant régulièrement.

Retirer la casserole du feu.

Dans un grand bol, mélanger la farine, le sucre et le sel.

Écraser le beurre ramolli sous un coupe-pâte ou avec deux couteaux jusqu'à obtenir une matière friable. Si le beurre est encore dur, on peut le couper en gros morceaux et le mettre dans un mixeur muni d'une lame en acier (deux ou trois petits coups suffisent).

Incorporer les flocons d'avoine, la noix de coco râpée et les noix hachées.

Graisser un moule rectangulaire de 33 cm sur 22.

Réserver 4 tasses de pâte et étaler le reste au fond du moule. Aplatir.

Recouvrir avec la préparation à base de dattes jusqu'à 5 mm des bords.

Étaler par-dessus les 4 tasses de pâte. Puis la seconde ½ tasse de noix de coco râpée. Égaliser.

Cuire à 175 °C pendant 35 à 40 minutes ou jusqu'à ce que le gâteau prenne une jolie couleur dorée. Le laisser refroidir dans le moule ou sur une grille.

Attendre qu'il soit froid pour le couper en morceaux. Ceux-ci se conservent dans un récipient hermétique.

Rendement : 36 barres.

Chapitre 23

« Je vais vous laisser, Hannah. » Norman alla poser sa tasse dans l'évier. « Il est presque 22 heures, et vous avez besoin de sommeil.

— C'est vrai. À quelle heure partons-nous pour l'université ? Je sais que Mlle White commence à 8 heures.

— Je n'ai pas de rendez-vous demain matin. Je passerai vous chercher au Cookie Jar à 8 h 30 et nous essaierons de la voir à la fin de son premier cours.

— Merci, Norman. »

Hannah se levait pour le raccompagner quand quelqu'un toqua à la porte.

« J'y vais, dit Norman avant de demander en élevant le ton : Qui est-ce ?

— La mère de Hannah, répondit Delores d'une voix si forte qu'on l'entendit comme si elle était dans l'appartement. Ouvrez-moi, Norman. On gèle, là-dehors. »

Norman obéit et l'introduisit dans le salon tandis que Hannah la débarrassait de son manteau et lui proposait une tasse de café.

« Seulement s'il est déjà fait, ma chérie. Je ne veux pas te déranger.

— Il est fait et, dans le cas contraire, tu ne me dérangerais pas. » Hannah se précipita dans la cuisine et revint avec la tasse promise plus quelques barres aux dattes qu'elle déposa sur l'assiette que Michelle et Norman avaient consciencieusement vidée. « Essaie ça avec ton café, maman.

— Euh... oui, juste un petit bout, alors. Nancy nous a préparé un excellent dîner. Elle n'avait pas envie de sortir.

— Et son alibi ? demanda Hannah en espérant que sa mère ait trouvé la preuve que le Dr Love était bien chez elle au moment du meurtre.

— J'ai fait chou blanc, ma chérie. Nancy n'a donné ni reçu aucun coup de fil. Personne n'est passé devant chez elle. Elle n'a noté aucun bruit particulier, et nul ne peut témoigner qu'elle se trouvait à son domicile à l'heure fatidique.

— OK. L'affaire était mal engagée, de toute façon. Tu as fait de ton mieux, ajouta Hannah pour lui remonter le moral. As-tu eu plus de chance avec Earl ?

— Hélas... non. » Delores s'assombrit davantage. « Son oncle et sa tante n'ont pas eu d'enfants, et aucun de ses cousins n'habite la région. J'ai voulu savoir s'il avait investi dans l'affaire de Larry, et si, par hasard, on aurait pu l'apercevoir près du QG de Larry la veille du meurtre. Il n'a répondu ni oui ni non. Et quand j'ai renchéri en lui demandant où il était entre 21 heures et 21 h 45 le lendemain, il a marmonné : *Quelque part.* Je pense avoir posé les bonnes questions, mais il est resté très évasif. »

Delores se tut et soupira. « Je ne suis peut-être pas une bonne enquêtrice, finalement. »

Norman lui prit la main.

« Vous êtes une très bonne enquêtrice. Auriez-vous oublié la fois où vous vous êtes infiltrée dans ce bar à karaoké ?

— Oui, mais... cela ne justifie pas mon fiasco d'aujourd'hui.

— C'est absurde ! » répliqua Norman.

Il était si gentil, si prévenant avec sa mère que Hannah eut envie de se jeter à son cou. Cela dit, elle aurait pu se jeter à son cou juste pour le remercier d'être lui.

« Racontez-nous votre après-midi, reprit Norman. Quelqu'un vous a peut-être fourni un indice sans que vous l'ayez remarqué.

— Ah, ce serait formidable ! s'écria Delores, pleine d'espoir. D'abord, je suis passée au centre commercial acheter une p... »

Hannah interpréta correctement la brusque interruption du discours maternel.

« Continue, maman. Michelle dort à poings fermés.

— Je suis passée au centre commercial acheter une paire de bottes pour Michelle, recommença Delores, un ton en dessous. Je les ai trouvées à La Pantoufle de Verre. Je peux vous les montrer, si vous voulez. » Elle ouvrit le sac à anses posé à ses pieds et en retira un gros carton dont elle souleva le couvercle. « Qu'en penses-tu, Hannah ?

— Très jolies », répondit cette dernière en lançant un coup d'œil à Norman.

C'étaient des bottes en daim fauve avec des papillons en perles cousus sur les côtés.

« Elles n'étaient pas données, mais je suis sûre qu'elles lui plairont. J'ai bien fait de les prendre, n'est-ce pas, ma chérie ?

— Absolument. Michelle va les adorer.

— Elles sont en daim ? demanda Norman pour revenir au sujet.

— Oui.

— J'aime beaucoup ces perles brodées, commenta Hannah. Ils vendent les mêmes pour hommes ?

— Oui, mais le gérant m'a dit que les dernières étaient parties voilà quelques jours. Pour Michelle, j'ai eu de la chance. Il ne lui en restait qu'une paire dans sa pointure.

— Intéressant, dit Hannah en regardant Norman. Tu as demandé qui les lui avait achetées ?

— Oui, mais il ne s'en souvenait pas. Il a juste pu me dire que c'était quelqu'un de Lake Eden. Ce qui m'a étonnée, vu le prix. Je me demande qui chez nous aurait les moyens de s'offrir des bottes aussi chères.

— Et moi donc... » marmonna Norman.

Delores lui décocha un regard acéré. « Vous dites cela pour une raison particulière ? »

Norman se tourna vers Hannah et hocha la tête.

« Il s'agit de l'homme dont je t'ai parlé ce matin, maman.

— Celui qui dînait en tête à tête avec Carrie ?

— Oui. Nous avons aperçu ses bottes sous le rideau. Les mêmes que celles que tu viens d'acheter pour Michelle.

— Tu crois que je devrais retourner à La Pantoufle de Verre pour tenter d'en savoir davantage ? Moi aussi j'ai besoin d'une nouvelle paire de bottes.

— Bonne idée, fit Hannah avant de lui remettre un sachet de Nancy Dunn.

— Merci pour votre aide, dit Norman en aidant Delores à enfiler son manteau. Je suis soulagé de savoir que ce monsieur habite à Lake Eden.

— Au revoir, ma chérie. Au revoir, Norman.

— Je vous raccompagne jusqu'au parking, dit ce dernier. J'allais partir quand vous êtes arrivée. Votre fille a besoin de sommeil. »

Hannah les regarda descendre les premières marches, referma la porte et poussa un grand soupir. Elle avait hâte de retrouver son lit. Il était plus de 22 h 30 et son alarme était réglée sur 4 heures. Pour espérer dormir ne serait-ce que cinq heures, elle devait se coucher immédiatement.

Après avoir disposé les tasses et l'assiette dans le lave-vaisselle et s'être assurée que les Nancy Dunn restants étaient protégés contre les razzias félines, elle éteignit la cuisine et alla chercher son léthargique compagnon. Elle le soulevait pour l'emmener dans leur chambre quand trois coups brefs retentirent à la porte d'entrée.

Qui osait débarquer chez elle à une heure pareille ? Il n'y avait que deux possibilités : Mike ou un cambrioleur. Penchant pour la première solution, Hannah alla ouvrir.

Mike la considéra d'un air interloqué.

« Vous n'avez pas demandé qui c'était ?

— Je le savais.

— Comment est-ce possible ? Vous n'avez même pas regardé dans l'œilleton.

— Ce truc ne sert à rien. Les lumières sur le palier sont si puissantes qu'elles font contrejour.

— Allez-vous me proposer d'entrer ? maugréa Mike. Ou allons-nous rester sur le seuil toute la nuit ? »

Hannah lui aurait volontiers claqué la porte au nez. Elle était trop lasse pour supporter les humeurs de Mike Kingston. Puis ce dernier lui sourit et aussitôt son exaspération s'envola. À présent, elle ne voulait qu'une chose : passer un moment en tête à tête avec l'inspecteur principal du comté de Winnetka. À cela s'ajoutait l'espoir de lui soutirer au passage quelques bribes d'informations susceptibles de faire avancer son enquête.

« Entrez, Mike. Je suis ravie de vous voir, dit-elle en injectant un maximum d'enthousiasme dans sa voix. Du café ?

— Avec plaisir. J'ai passé la journée sur le terrain. »

Ce qui signifiait en langage clair qu'il n'avait pas mangé. Et qu'il avait faim. Hannah accomplit la performance de maugréer intérieurement tout en conservant un air aimable.

« Vous n'avez pas dîné ?

— Si, j'ai dîné. Je me suis arrêté chez Rose juste avant la fermeture pour manger un burger et des frites. Mais je n'ai pas pris de dessert. Il ne leur restait qu'une part de tarte aux raisins. »

Un silence pesant s'installa, que Hannah laissa durer quelques secondes. « Je vais voir ce que je peux faire », dit-elle enfin en désignant le canapé à l'homme qui détestait la tarte aux raisins.

Une demi-douzaine de Nancy Dunn contre quelques infos de source sûre, le jeu en valait la chandelle.

Le café était prêt. Sans attendre que les dernières gouttes tombent dans la verseuse, Hannah en remplit une tasse et la porta au salon, accompagnée d'une assiette bien garnie.

« Voilà pour vous, dit-elle en posant le tout sur la table basse.

— Ils ont l'air délicieux. » Mike prit une barre aux dattes, croqua une bouchée, sourit et déclara : « Ils *sont* délicieux. Qu'est-ce que c'est ?

— Des barres aux dattes et aux flocons d'avoine », fit Hannah en bâillant. Elle allait devoir l'interroger rapidement, sinon elle risquait de s'endormir avant la réponse. « Avez-vous des suspects ?

— Un seul.

— Qui ? »

Hannah attendit... en vain.

« Quand vous êtes entrés dans la caravane, jusqu'où êtes-vous allés ?

— Pas très loin. Je vous l'ai déjà dit, j'ai tout de suite senti que quelque chose clochait.

— Certains détails subliminaux vous auraient-ils avertie ? »

Hannah le regarda fixement puis éclata de rire.

« S'ils étaient subliminaux, comment voulez-vous que je le sache ?

— Au temps pour moi. Je reformule ma question. Certains détails vous auraient-ils avertie que quelque chose clochait ?

— Je n'en ai aucun souvenir. Peut-être parce que Larry nous avait donné rendez-vous et qu'il n'était pas là. »

Mike prit une gorgée de café.

« J'ai une autre question, plus importante. Vous êtes-vous approchée de la télévision, à un moment ou à un autre ?

— Non. Quand j'ai vu le verre brisé j'ai pensé que, dans un accès de colère, Larry avait peut-être balancé un objet sur l'écran. Puis j'ai compris que c'étaient des impacts de balles. » Hannah s'interrompit et plissa les paupières. « Pourquoi voulez-vous savoir si je me suis approchée de la télévision ?

— Parce qu'à cet endroit nous avons relevé une empreinte de pied imbibée de sang, et que les résultats du labo sont arrivés cet après-midi. Le sang appartient à Larry, et les experts sont formels, l'empreinte est celle d'une femme. Je suis venu pour éliminer les vôtres. Quel genre de bottes portiez-vous ce soir-là ?

— Les seules que je possède. Celles en peau d'élan.

— Puis-je les voir, s'il vous plaît ?

— Si vous me les prenez, comment vais-je aller travailler demain matin ?

— J'ai seulement besoin de la gauche. Et je ne l'emporterai peut-être pas.

— Ça me rassure », grinça Hannah, qui se voyait déjà descendre l'escalier et traverser le parking à cloche-pied.

Elle alla chercha sa botte gauche, posée à l'entrée. Mike la retourna, jeta un coup d'œil sur la semelle et la lui rendit.

« Ce n'est pas la vôtre.

— Vous avez à peine regardé. Comment pouvez-vous affirmer qu'il n'y a pas de sang ? fit-elle, impressionnée par le savoir-faire de son ami policier.

— Ce n'est pas une question de sang. La botte qui a produit l'empreinte est beaucoup plus petite que celle-ci. Au fait, vous chaussez du combien ?

— Du 40, répondit Hannah en se disant qu'étant hors de cause, elle pouvait se permettre de mentir à la police. Et Courtney ? Quelle est sa pointure ?

— Elle fait du 38, mais ses talons sont différents et, de toute façon, elle possède un alibi. Elle a quitté le parc de bonne heure pour se rendre à l'auberge. Avant son départ, deux employés l'ont entendue se disputer avec M. Jaeger, mais, de 21 h 30 à presque 22 heures, elle était dans les cuisines avec Sally.

— Qui d'autre soupçonnez-vous ? demanda Hannah en espérant que Mike n'ait pas encore fait le lien entre Larry et le Dr Love, ce qui lui laisserait peut-être le temps de l'innocenter.

— Plusieurs femmes sont impliquées dans l'affaire Jaeger. Rien qu'à Lake Eden, j'en ai trouvé trois qui ont eu... »

Mike s'interrompit, l'air gêné.

« Des relations sans lendemain avec la victime ? suggéra Hannah.

— Bien dit ! Mais ces trois femmes ont également des alibis.

— Donc vous êtes à court de suspects, fit Hannah en croisant mentalement les doigts.

— Pas vraiment. Quand vous m'avez parlé des pratiques commerciales douteuses de Larry, nous nous sommes penchés sur son bilan financier. Et nous sommes tombés sur la suspecte idéale. Une femme avec un mobile en or, si je puis dire. Je pense que nous aurons bientôt de quoi l'arrêter. »

Le moral de Hannah chuta brutalement.

« Qui est-ce ? murmura-t-elle, le cœur battant.

— L'épouse de M. Jaeger. C'est à elle que profite le crime. Je l'ai interrogée avant de venir ici. Elle m'a bien plu. »

Hannah savait que, dans la bouche de Mike, le verbe *plaire* avait un sens très particulier. Nul ne lui plaisait davantage qu'un assassin sur le point d'être démasqué. Mais après tout, il n'avait prononcé aucun nom, se reprit-elle. Peut-être que, peu avant de mourir, Larry avait obtenu le divorce dans un autre État et épousé une autre femme.

« Elle n'a pas d'alibi, poursuivit Mike que le silence de Hannah poussait à développer. Et j'estime que deux millions de dollars répartis dans plusieurs banques de la région constituent un mobile plus que valable. Quand ses bottes reviendront du labo, nous en aurons le cœur net. »

Hannah déglutit avant de poser la question fatale.

« Comment s'appelle-t-elle ?

— Vous la connaissez sûrement sous son pseudo : Dr Love. En plus de son émission de radio, elle enseigne la psychologie à l'université populaire. Je ne vous raconte pas l'histoire abracadabrante qu'elle m'a servie. Elle a voulu me faire croire qu'elle n'avait pas parlé à son mari depuis quinze ans. »

Chapitre 24

L'alarme était réglée sur 4 heures mais, à 3 h 47, Hannah ouvrit les yeux, très étonnée de s'être réveillée avant la sonnerie.

Tout était calme dans l'appartement. Bien décidée à profiter des huit minutes qu'il lui restait, Hannah reposa la tête sur l'oreiller. Soudain, un miaulement sinistre retentit. Si elle n'avait pas été coiffée comme l'as de pique après une nuit presque entièrement consacrée au comptage des moutons, ses cheveux se seraient dressés sur sa tête.

Un deuxième miaulement déchira le silence, aussi puissant que le précédent. Hannah bondit de son lit et, sans prendre le temps ni d'enfiler ses chaussons ni d'allumer les lumières, se précipita dans le couloir. Son chat était en danger. Rien d'autre ne comptait.

Se découpant sous la pâle clarté diffusée par les réverbères, une scène hélas presque familière s'offrit à ses yeux. Rééditant sa cascade de la veille au soir, Moshe avait grimpé au sommet de l'arbre et ne pouvait plus redescendre.

Par chance, l'escabeau était encore dans les parages. Hannah le déplia, grimpa jusqu'au dernier échelon et récupéra l'animal. Si elle voulait garder cet arbre, elle allait devoir trouver une solution, et vite.

Hannah se versait une première tasse de café quand Michelle apparut dans l'encadrement de la porte de la cuisine.

« Que s'est-il passé ? J'ai entendu miauler.

— Moshe était encore coincé dans le sapin.

— C'est fou ! Et moi qui croyais que les chats pouvaient sauter de n'importe quelle hauteur.

— Moi aussi, je le croyais. »

Hannah remplit une autre tasse, la tendit à sa sœur puis alla s'asseoir à la table en formica.

« Qu'est-ce que tu comptes faire ? demanda Michelle en la rejoignant. Mettre un grillage autour du sapin ?

— Ou autour du chat. »

Bien sûr, Lisa avait insisté pour qu'elle prenne sa journée. Et bien sûr, Hannah avait rétorqué qu'elle ne voulait pas la laisser seule au Cookie Jar. Ce à quoi Lisa avait répondu qu'elle ne serait pas seule, qu'elle avait déjà contacté Patsy, la tante de Herb, que celle-ci avait accepté de lui donner un coup de main, et qu'en conséquence son associée était libre de courir après l'assassin de Larry.

Assise dans la berline de Norman, Hannah regardait les nuages filer dans le ciel en écoutant, sur KCOW, M. Météo promettre des chutes de neige accompagnées de fortes rafales en fin de soirée.

« Vous avez entendu ? » Norman s'engagea sur la voie menant au parking de l'université, au sommet de la petite colline d'où Hannah avait vu plonger les amateurs de luge.

« Oui. J'espère que ce n'est pas le début d'une tempête. Michelle dit qu'ils ont prévu de donner plusieurs représentations. La dernière aura lieu en matinée, le jour de Noël.

— J'ai consulté le site de la météo, ce matin. Apparemment, il n'y a pas de front orageux en formation. Donc pas de tempête cette semaine. En revanche, pour la semaine prochaine, rien n'est sûr.

— Je prédis des chutes de neige. Il y a toujours de la neige à Noël. »

Norman trouva une place, ils descendirent de voiture et prirent la direction de Stewart Hall.

« La salle de Mlle White est au deuxième étage. La troisième sur la gauche », l'informa-t-elle avant de s'engager dans l'escalier.

Comme ils avaient marché sans se presser depuis le parking, Hannah n'était même pas essoufflée en arrivant à destination. Lorsqu'ils débouchèrent dans le couloir désert, une sonnerie se déclencha, suivie d'un incroyable brouhaha. En dix secondes, l'espace se remplit d'étudiants courant dans tous les sens. Norman eut le temps d'attraper sa compagne par le bras et l'aida à se faufiler à travers la foule.

En les voyant entrer, Mlle White leva les yeux et sourit.

« Bonjour, Hannah ! Vous êtes venue me remettre votre devoir ?

— Pas encore. J'aimerais vous présenter Norman Rhodes. Il est dentiste à Lake Eden.

— Dans ce cas, mon cours peut lui être utile, embraya l'enseignante avant de se tourner vers Norman. Êtes-vous propriétaire de votre cabinet ?

— Oui. »

Mlle White ouvrit un tiroir dont elle sortit une liasse de feuilles agrafées.

« Voici notre programme annuel. Je donne quatre cours différents. Vous trouverez les détails dans ce catalogue. Savez-vous comment on construit un business plan ?

— Oui. »

Hannah estima qu'il était temps de mettre un terme à l'interrogatoire du pauvre Norman.

« Puis-je vous poser une question, mademoiselle White ?

— Oui, à condition qu'elle soit liée à l'exercice que je vous ai donné.

— Elle l'est, je crois. Ce cas pratique serait-il inspiré d'une société basée à Madison dans le Wisconsin ? Hollywood Home Theater ?

— Ne me dites pas que j'ai oublié d'anonymiser les documents !

— Non. Vous l'avez fait. Mais répondez-moi. S'agit-il des comptes de cette société ?

— Eh bien... oui.

— Quelle étonnante coïncidence ! embraya Norman. Vous l'ignorez sans doute, mais Hollywood Home Theater appartenait à Larry Jaeger, l'homme qui a été assassiné à Lake Eden il y a deux jours.

— Vraiment ? Que faisait le propriétaire du Hollywood Home Theater ici, à Lake Eden ? »

Hannah reprit la main.

« Il dirigeait une autre affaire, la foire aux sapins de l'Elfe fou, dit-elle. Et sauf erreur, il continuait à s'enrichir en employant les mêmes méthodes.

— Vous pensez qu'on l'a tué à cause de cela ?

— Oui, je le pense. Maintenant, pouvez-vous nous dire pourquoi vous avez choisi l'exemple du Hollywood Home Theater pour illustrer votre cours ?

— C'est très simple. Mon mémoire de maîtrise portait sur les pratiques commerciales frauduleuses ayant débouché sur une banqueroute. Pour cela, j'ai dû répertorier toutes les faillites survenues au cours des dix dernières années dans la zone des Grands Lacs. Celle du Hollywood Home Theater faisait partie des plus intéressantes.

— Les prochains exercices que vous donnerez à vos étudiants porteront-ils sur ce thème ? s'enquit Norman.

— Oui. C'est ma spécialité. La semaine prochaine nous étudierons le cas d'un vendeur de voitures d'occasion basé à Fargo. La semaine suivante, une franchise de jeux vidéo à Pierre, puis un fast-food à Des Moines et un bar à jus à Rochester.

— Merci beaucoup, dit Hannah en voyant plusieurs étudiants s'agglutiner devant la porte.

— De rien. » Mlle White se tourna vers Norman. « Franchement, vous devriez vous inscrire, docteur Rhodes. Cela vous plaira, j'en suis sûre... Et au passage, vous apprendrez une ou deux petites choses. »

Norman resta concentré jusqu'à ce qu'ils quittent la salle puis le bâtiment.

« C'est mon imagination ou elle me draguait ? dit-il lorsqu'ils eurent atteint le parking.

— Elle vous draguait.

— Vraiment ?

— Vraiment.

— Ses avances ne n'intéressent pas le moins du monde, fit-il d'un air flatté. Mais j'ai peu l'habitude qu'une personne s'intéresse à moi sans me demander un détartrage gratuit. »

« J'espère qu'il aura laissé sa cafetière allumée, dit Norman en s'arrêtant devant la maison d'Earl Flensburg.

— Et moi, j'espère le contraire. D'après Cyril Murphy, son café a un goût d'huile moteur. En pire. Or tout le monde sait que le café de Cyril est absolument infect. Et encore, il vient en deuxième sur la liste des horreurs.

— Qui tient la première place ?

— Jon Walker. Il n'a pas lavé sa cafetière depuis des années. Si elle ne tombe pas en morceaux, c'est uniquement grâce aux couches de calcaire qui en tapissent l'intérieur. »

Norman réfléchit un instant puis éclata de rire.

« Merci, Hannah. Je renonce au café.

— Désolée, je vous ai coupé l'envie.

— En effet. Dites-moi, pourquoi sommes-nous ici ? Mike vous a pourtant certifié que le tueur était une femme.

— Quand Delores lui a demandé où il se trouvait le soir du meurtre, Earl a botté en touche. Et il a refusé de lui dire s'il avait investi dans la société de Larry. Il n'a peut-être rien fait de répréhensible, mais j'aimerais quand même en savoir davantage. Ma mère et lui se connaissent et s'apprécient depuis l'école élémentaire. Son comportement l'affecte énormément, bien qu'elle n'en laisse rien paraître.

— C'est une raison suffisante. Que dois-je faire, exactement ?

— Quand nous aborderons le sujet qui fâche, je passerai dans la cuisine pour boire un verre d'eau. Il vaut mieux que je m'éclipse au cas où il aurait quelque chose de gênant à confesser. Entre hommes on se confie plus facilement.

— D'accord. On fait comme ça. Mais dépêchons-nous, je sens revenir mon envie de café. »

Earl parut surpris de les voir.

« Hannah ? Et Norman ? Quelqu'un est tombé dans un fossé ?

— Non, Earl, le rassura Hannah. J'ai juste un mot à vous dire. Pouvons-nous entrer ?

— Euh... oui... bien sûr. » Earl s'effaça puis les suivit dans le salon. « De quoi voulez-vous me parler, Hannah ?

— De mardi soir, fit-elle sans préambule. Où étiez-vous mardi soir, Earl ? »

Hannah vit sa pomme d'Adam bouger de haut en bas et son regard inquiet coulisser vers Norman avant de revenir vers elle.

« Pourquoi cette question ?

— C'est important, Earl. Dites-nous ce qui vous tracasse.

— Je... je ne peux pas. »

Il était si mal à l'aise que Hannah le prit en pitié. « J'ai besoin d'un verre d'eau, fit-elle en toussotant. Ne bougez pas, je reviens. » En entrant dans la cuisine, Hannah entendit Norman dire que lui-même hésitait à aborder certains sujets devant les femmes. Elle sourit et se prit à espérer que la solidarité masculine ferait son œuvre. Les deux hommes avaient de l'estime l'un pour l'autre. Avec un peu de chance, Earl confesserait à Norman ce qu'il craignait d'avouer à Delores.

C'était une jolie cuisine, propre et bien aménagée. À mille lieues de ce à quoi elle s'attendait, la plupart des hommes célibataires privilégiant le fonctionnel sur l'apparence. Earl, lui, semblait apprécier les deux.

Hannah récapitula ce qu'elle savait à son sujet. Cela se résumait à peu de chose, en dehors du fait qu'il avait connu Delores sur les bancs de l'école, que c'était un homme charmant et qu'il travaillait pour le comté. Avait-il acheté cette maison avec ses propres deniers ? En avait-il hérité ? Elle l'ignorait. Au besoin, elle interrogerait Andrea, laquelle connaissait l'historique de tous les biens immobiliers dans un rayon de vingt kilomètres autour de Lake Eden.

Quand elle ouvrit le placard pour prendre un verre, Hannah ne put s'empêcher de remarquer que la vaisselle était impeccable et parfaitement rangée. Poussée par la curiosité, elle remplit son verre, le posa sur le plan de travail et se lança dans une petite tournée d'inspection. Sur la table, une brochure attira son regard. Il s'agissait d'un rapport gouvernemental sur les grandes tendances économiques.

Posé sur un vieux bureau à caisson, elle vit un ordinateur portable connecté au seul réseau satellite de la région. Et par terre, sous la fenêtre, une paire de bottes en daim couleur fauve dont l'empeigne s'ornait d'un délicat motif brodé de perles.

La surprise faillit lui arracher un cri. M. Bottes-en-daim, l'homme avec lequel Carrie avait dîné derrière un rideau et pour lequel elle annulait tous ses rendez-vous avec son fils et sa meilleure amie, n'était autre qu'Earl Flensburg.

Hannah prit la paire de bottes, revint sur ses pas et entra dans le salon juste à temps pour entendre les dernières paroles d'Earl.

« Franchement, je ne peux rien vous dire.

— Elles sont neuves ? demanda-t-elle, avec un discret clin d'œil à l'intention de Norman.

— Oui. Je les ai achetées en début de semaine.

— On dirait qu'elles n'ont pas été beaucoup portées, renchérit Norman en dévisageant son interlocuteur.

— Non, pas tellement. Je les ai mises une fois pour dîner, mais c'est tout.

— Un dîner au champagne avec ma mère dans une alcôve de l'auberge de Lake Eden ? »

Un ange passa. « Oui, finit par avouer Earl en soupirant. Et je ne suis pas mécontent que vous soyez au courant. Carrie m'a fait promettre de ne rien dire tant qu'elle ne vous aurait pas parlé. Si vous n'y voyez pas d'inconvénient, j'aimerais épouser votre mère. » Il s'interrompit et fronça légèrement les sourcils. « En fait... je l'épouserai même si vous y voyez un inconvénient. »

Chapitre 25

« Je n'en reviens pas qu'Earl m'ait battue froid à cause de *cela* », fit Delores en riant de bon cœur.

Hannah, qui était en train de se garer sur le parking de l'université, jeta un coup d'œil furtif à sa mère. Celle-ci paraissait soulagée d'un grand poids. Les rides qu'au cours des dernières semaines l'inquiétude avait creusées sur son front s'étaient effacées.

« Tu n'es pas fâchée que Carrie ne t'ait rien dit ?

— Pas du tout. Cet après-midi, elle m'a tout raconté. Leur histoire d'amour a démarré si soudainement et de manière tellement inattendue qu'elle avait peur d'en parler. C'était comme ces rêves merveilleux qui s'évanouissent au réveil, m'a-t-elle expliqué. Et elle ne voulait pas se réveiller. »

Hannah trouva une place à côté de la berline dont Michelle avait pris soin de brancher le chauffe-moteur à l'une des prises prévues à cet effet. Hannah fit de même avec son break puis aida sa mère à descendre.

« Quand prévoyait-elle de t'en parler ?

— Le soir du réveillon. Elle comptait venir avec Earl et nous annoncer la grande nouvelle au dessert.

— Elle n'avait pas l'intention d'informer Norman d'abord ? s'étonna Hannah en prenant le bras de sa mère pour lui éviter de se tordre une cheville, ses nouvelles bottines étant pourvues de talons particulièrement hauts et fins.

— Si, elle voulait le faire ce soir, avant les Christmas Follies. Norman devait venir la chercher. Elle lui aurait tout raconté dans la voiture, et ensuite, s'il avait bien réagi, elle lui aurait proposé de s'asseoir à côté d'Earl dans l'auditorium.

— Donc elle craignait que Norman voie sa relation d'un mauvais œil ? demanda Hannah tandis qu'elles traversaient prudemment la route jusqu'au trottoir déblayé menant à l'auditorium.

— Oui. Elle craignait qu'il ne s'oppose à son remariage. Après tout, Earl et lui se connaissent à peine. »

Hannah et Delores entrèrent dans le hall et prirent place dans la file d'attente.

« J'ai un peu le trac pour Michelle, confessa Delores.

— Moi aussi. Mais elle, pas du tout. Je l'ai trouvée très détendue ce matin. Il paraît que le spectacle sera enregistré et présenté à des producteurs. »

Delores considéra sa fille d'un air abasourdi.

« Pardon ?

— Le spectacle sera enregistré et présenté à des producteurs. Tu n'aimerais pas que Michelle devienne une reine du music-hall ?

— Oh, mais si. D'ailleurs, si j'avais son âge, je ferais exactement comme elle. »

L'orchestre universitaire entamait son premier morceau lorsque l'ouvreuse les conduisit aux places que Michelle leur avait réservées, près de la scène. En passant, Hannah fit un petit coucou à Andrea, Bill et Tracey, installés au premier rang sur la gauche. Puis Delores lui donna un coup de coude et elle aperçut Norman, Carrie et Earl, assis un peu plus haut sur la droite. Mike n'était visible nulle part. Sans doute était-il trop absorbé par son enquête pour songer à se divertir.

Les deux femmes se glissèrent jusqu'à leurs sièges. Ces derniers étaient confortables, la salle bien chauffée et les lumières tamisées. Trois handicaps pour quelqu'un qui n'avait dormi que quatre heures la nuit précédente. Pour éviter de piquer du nez – voire de se mettre à ronfler – avant le début de la comédie musicale qui lancerait peut-être la carrière de sa sœur, Hannah ouvrit le livret remis par l'ouvreuse et s'appliqua à en déchiffrer le contenu.

« Regarde, maman, dit-elle en pointant la liste des morceaux inscrits au programme. Ils vont chanter "Mon beau sapin" en allemand.

— *O Tannenbaum,* fredonna Delores. Cela me rappellera ma grand-mère.

— Je vois aussi "Feliz Navidad" en anglais et en espagnol.

— Formidable. J'adore ce chant de Noël. Il est tellement joyeux ! Quoi d'autre ?

— "Noël blanc" en italien.

— *Bianco Natale,* traduisit Delores.

— J'ignorais que tu parlais italien !

— Je ne le parle pas. Quand nous étions jeunes mariés, ton père avait embauché un émigré italien pour l'aider à la quincaillerie. Comme sa famille était restée au pays, je l'ai invité à notre table le soir du réveillon. Eh bien, figure-toi qu'il nous a chanté "Bianco Natale".

— C'est trop mignon », dit Hannah avant de se replonger dans sa lecture.

Quand ses yeux tombèrent à nouveau sur le titre en italien, son sang ne fit qu'un tour. Le retraité qui s'était suicidé après avoir perdu les économies qu'il avait investies dans le Hollywood Home Theater s'appelait Bianco. Les documents comptables liés à cette même société lui avaient été remis par Mlle White, professeure de gestion à l'université populaire de Lake Eden. Hollywood Home Theater vendait des télévisions grand format. La femme qui avait tué Larry s'était également défoulée sur sa télévision grand format. White et Bianco voulaient dire la même chose. Mlle White était-elle d'origine italienne ? Aurait-elle modifié son nom de famille ?

« Il y a un problème, ma chérie ? »

Sans le vouloir, Hannah venait de pousser un petit cri. « Non, ça va. Juste une idée qui m'a traversé l'esprit », dit-elle en se rencognant dans son siège pour tâcher de se concentrer.

Elle était quasiment certaine que le meurtre de Larry avait un lien avec la banqueroute du Hollywood Home Theater. Il y avait trop de coïncidences. Mais comment prouver la relation entre Mlle White et Salvatore Bianco ?

Prise d'une soudaine illumination, Hannah se tourna vers sa mère.

« Mlle White exerce en tant que professeure invitée, n'est-ce pas ? Saurais-tu, par hasard, à quelle université elle est rattachée ?

— Elle y a fait allusion lors de son premier cours. Laisse-moi réfléchir. Je crois qu'elle vient d'un État limitrophe. Peut-être l'Iowa. Ou le Wisconsin. »

Encore une coïncidence. Mais pas le début d'une preuve. Si au moins elle avait pu trouver quelque chose qui rattache Mlle White à l'État du Wisconsin... Hannah tenta de reconstituer les brefs échanges qu'elle avait eus avec elle. L'enseignante était arrivée à Lake Eden trois mois plus tôt. Peut-être n'avait-elle pas encore eu le temps de changer ses plaques d'immatriculation.

« Quel type de véhicule conduit-elle ? rebondit Hannah.

— Un coupé gris métallisé. Je ne me rappelle pas la marque. Ces petites voitures se ressemblent toutes. »

Le jour où Mlle White était passée au Cookie Jar avec Delores, Hannah avait vu un coupé Honda gris métallisé garé devant l'entrée.

« J'ai un truc à faire, maman. Je reviens tout de suite.

— D'accord, mais dépêche-toi. Ta sœur passe en troisième position.

— Je serai revenue à temps », promit Hannah avant de se faufiler dans l'autre sens pour aller vérifier les plaques de la Honda gris métallisé de Mlle White.

Pour une fois, M. Météo avait vu juste. Le vent avait forci et la neige tombait à gros flocons. En ressenti, il faisait dix degrés de moins qu'un quart d'heure plus tôt, quand elles étaient entrées dans la salle de spectacle, estima-t-elle. Une différence essentiellement due aux rafales qui lui transperçaient le corps.

Hannah fourra ses mains glacées dans les poches de l'élégant manteau noir que sa mère lui avait offert et en extirpa une paire de gants tout aussi chic mais trop fins pour la saison. Cette tenue, elle la portait pour faire plaisir à Delores. Un sacrifice qui n'allait pas jusqu'à la paire de bottes en vachette que sa mère avait souvent menacé de lui acheter. Ses vieilles bottes en peau d'élan lui convenaient parfaitement. En plus, comme elle les avait trouvées d'occasion chez Helping Hands, la friperie de Lake Eden, elle n'avait même pas à se sentir coupable de contribuer à la raréfaction de la faune sauvage.

Projetées par de violentes bourrasques, des myriades de flocons lui fouettaient le visage. Partant du principe qu'un bonnet de laine aurait juré avec son joli manteau, Hannah était sortie nu-tête. Maintenant, elle le regrettait. Pourquoi n'avait-elle pas emporté ce fichu bonnet ? De toute façon, il n'y avait personne pour la voir. Toute la ville était rassemblée à l'intérieur de l'auditorium.

Hannah traversa la route et s'engouffra entre les véhicules garés sur le parking. La première rangée comptait deux coupés Honda gris métallisé. L'un d'eux appartenait-il à Mlle White ? Et comment savoir lequel ?

Sa dernière question trouva une possible réponse lorsqu'en passant devant la berline de sa mère, Hannah remarqua, collée sur le pare-brise, une vignette bleue marquée ÉTUDIANT. Celles réservées aux professeurs étaient certainement d'une autre couleur, se dit-elle.

Afin de vérifier son hypothèse, elle refit le chemin en sens inverse. Les deux Honda gris métallisé au centre de la rangée arboraient des vignettes bleues. En revanche, sur le pare-brise du gros 4X4 près de la sortie, s'étalait un cercle rouge au centre duquel était inscrit le mot ENSEIGNANT.

Malgré le froid mordant qui menaçait de la changer en bloc de glace, Hannah poursuivit sa quête, parcourant les allées et s'arrêtant systématiquement devant les coupés Honda gris métallisé. En l'espace d'un quart d'heure, elle en répertoria six appartenant tous à des étudiants. Conclusion : soit Mlle White avait autre chose à faire qu'assister aux Christmas Follies, soit elle était venue avec quelqu'un d'autre.

Hannah allait jeter l'éponge quand un véhicule pénétra sur le parking, passa sous un réverbère et s'arrêta au bout de l'allée centrale. C'était un coupé gris métallisé, mais, à cette distance, impossible d'en déterminer la marque. Elle s'approcha.

Au bout d'une dizaine de pas, Hannah en eut le cœur net. Il s'agissait bien d'une Honda. La portière s'ouvrit, Mlle White descendit, l'aperçut et lui fit un petit signe amical.

« Bonsoir. Que faites-vous ici toute seule ? »

Hannah avait besoin d'une excuse valable, et vite.

« J'avais oublié mon sac dans mon break.

— Le spectacle va bientôt commencer. Nous risquons d'être en retard.

— Vous avez raison. »

Tout en discutant, Hannah tentait d'apercevoir la plaque d'immatriculation derrière l'enseignante, laquelle ne semblait pas comprendre que son interlocutrice restât plantée là, au lieu de rejoindre l'auditorium.

« Vous venez ? » insista Mlle White.

C'est alors que, se rappelant la méthode dont elle avait usé avec succès à l'auberge de Lake Eden, Hannah laissa choir sa sacoche dans la neige.

« Oups ! »

Sans attendre, elle se pencha pour ramasser ses affaires et, en même temps, lire ce qui était inscrit sur la plaque. À droite, elle vit un dessin stylisé représentant une grange et un silo. Ce qui ne l'avançait guère, un tel motif pouvant servir d'emblème à n'importe quel État céréalier.

« Je crois que mon stylo a roulé par ici. » Hannah se pencha un peu plus loin sur la gauche, tendit le cou et finit par apercevoir la lettre W.

Le W du Wisconsin, du Wyoming ou de Washington ? Pour le savoir, elle avait besoin d'une lettre supplémentaire.

Hannah en était là de ses spéculations quand la prof de gestion fit un pas de côté. « C'est mieux, comme ça ? »

Elle a compris ce que tu essaies de faire ! hurla une voix dans sa tête. Mais après tout, songea Hannah en reprenant espoir, Mlle White avait peut-être seulement voulu lui faire de la place.

« Merci, dit-elle en se relevant. Je crois que j'ai tout récupéré.

— J'en suis sûre, et par la même occasion vous avez vu que ma voiture était immatriculée dans le Wisconsin.

— Pardon ? » bredouilla Hannah avec un air innocent, tandis que son cœur battait à tout rompre.

Elle était seule sur un parking désert avec la femme qui avait assassiné Larry Jaeger.

Mlle White s'avança. Hannah recula vivement.

« Qu'y a-t-il ? murmura la meurtrière avec un sourire malsain. Je vous fais peur ? »

Hannah décida de jouer franc jeu.

« Oui.

— Pourquoi ?

— Parce que je sais qui vous êtes. Vous ne vous appelez pas White mais Bianco, et vous avez supprimé Larry Jaeger pour venger un certain Salvatore Bianco.

— Félicitations ! Vous êtes plus maligne que je ne le pensais. » Mlle White esquissa un autre sourire, tout aussi malsain que le premier. « Salvatore Bianco était mon père, et Larry l'a tué. Il n'a pas pressé sur la détente, mais c'est tout comme. Mon père avait placé toutes ses économies dans la société de ce sinistre individu. Sur mes conseils.

— C'est… horrible ! » balbutia Hannah, dont l'esprit bourdonnait comme un essaim d'abeilles sous l'afflux des questions qui le traversaient.

Cette femme avait déjà commis un meurtre. Elle n'avait plus rien à perdre. Comment faire pour lui échapper ?

« Oui, en effet, c'est horrible. Je l'aimais, savez-vous ?

— Votre père…

— Oui. Et j'aimais Larry également… Du moins, je le croyais. » Mlle White sortit une arme à feu de son sac. « Assez discuté. Avancez. »

Hannah obéit. Que pouvait-elle faire d'autre ? Marcher, d'accord, mais sans cesser d'interroger la femme qui la poussait vers le sommet de la colline, là où le parking s'interrompait pour laisser place à une pente abrupte.

« Pourquoi avoir tiré sur la télévision de Larry ? » Elle connaissait la réponse mais voulait l'entendre de la bouche même de l'intéressée.

« J'ai eu tort. Mais quand j'ai vu cet écran géant la colère m'a prise.

— À cause du Hollywood Home Theater ?

— Oui. En faisant cela, je me suis trahie. Si je m'étais contentée de l'abattre froidement, vous n'auriez jamais fait la relation. Vous êtes douée, Hannah. Mais surtout vous avez l'esprit logique. J'aurais pu faire de vous une excellente comptable. Dommage que je doive vous tuer. »

Hannah vit qu'elles avaient atteint la limite du parking. Il fallait qu'elle trouve une idée. Sinon... Ses yeux écarquillés fouillaient l'espace autour d'elle à la recherche d'une échappatoire. Ils se posèrent sur les luges fabriquées par les élèves de l'atelier de mécanique. Pourrait-elle en décrocher une et la jeter sur Mlle White ?

« Stop ! » ordonna cette dernière.

Comprenant qu'il était temps d'agir, Hannah pivota sur elle-même, balança son sac au visage de la meurtrière, courut vers le râtelier et décrocha la luge du haut. Puis, serrant la planche contre sa poitrine, elle fit trois pas et, sans se retourner, s'élança dans le vide.

Chapitre 26

Hannah atterrit si rudement qu'elle en eut le souffle coupé. Mais très vite, elle reprit l'équilibre en s'agrippant à la luge avec une fermeté qui l'étonna elle-même. Après une glissade de quelques mètres, elle comprit comment la diriger, ce qui lui évita de s'écraser contre un énorme sapin. Contourner les obstacles n'était pas si compliqué. Il suffisait de repérer les poignées creusées dans le plastique, puis de tirer d'un côté en poussant de l'autre...

Un claquement retentit derrière elle. Une fraction de seconde plus tard, un projectile siffla près de son oreille. Mlle White s'était déjà remise du coup reçu à la tête !

Il y eut un deuxième claquement, mais cette fois, pas de sifflement. N'ayant mal nulle part, Hannah conclut qu'elle était indemne. Toujours attentive à la trajectoire de son engin, elle vira sur la droite et passa à cinquante centimètres d'un monticule qui aurait pu l'envoyer dans le décor. Une image s'afficha dans son esprit, celle d'une tortue renversée sur le dos, incapable de se remettre dans le bon sens, son fragile abdomen exposé aux balles de Mlle White. En parlant de balles, combien lui en restait-il ?

Hannah tenta de visionner le revolver pointé sur elle. En vain. Elle ne se souvenait que du trou béant au bout du canon, un trou par lequel sortirait le bout de métal qui la tuerait. Tout en continuant à dévaler la pente neigeuse, Hannah se remémora le décompte que Mike avait fait devant elle. Une balle pour Larry, trois pour l'écran plat. Mlle White avait donc tiré quatre balles. Or la plupart des revolvers en contenaient six… Ou plus ? Si l'on retranchait celle qui était passée près de son oreille et celle qui s'était perdue dans la nature, on pouvait supposer que le barillet était vide. À moins que Mlle White ne l'ait rechargé après avoir tué Larry.

La neige explosa à un mètre devant elle, l'aveuglant momentanément. Quand elle vit la balle terminer sa course dans le tronc d'un sapin sur la gauche, Hannah renonça à ses calculs et se prit à espérer que la tueuse soit moins douée au tir qu'en comptabilité analytique.

Hannah étouffa un juron et agrippa les poignées placées de part et d'autre de la planche. Un buisson d'épineux se rapprochait à une allure folle. Il fallait absolument virer de bord sinon la rencontre risquait d'être douloureuse. Sa mère avait raison. Elle n'avait jamais su diriger une luge. Des ronces valaient-elles mieux qu'un tronc d'arbre ?

Les cinq secondes suivantes défilèrent au ralenti, comme dans les films avant la survenue d'une catastrophe. Il y eut plusieurs gros plans, d'abord sur la main droite de Hannah, crispée sur la cordelette, puis sur sa joue balayée par une rafale de neige, puis sur sa bouche s'ouvrant dans un cri muet et enfin sur la tête de chardon, grosse comme une balle de tennis, qui attendait impatiemment de faire connaissance avec son postérieur.

Puis, soudain, le temps reprit son cours normal. Au même instant, Hannah atterrit au beau milieu des broussailles. Violemment. Emportée par son élan, elle roula plusieurs fois sur elle-même, tandis que des dizaines d'épines s'enfonçaient allégrement dans son épiderme.

Était-elle anesthésiée par le froid ou simplement trop paniquée pour ressentir une quelconque douleur ? Plutôt que de s'interroger inutilement, Hannah se redressa, récupéra sa luge, courut vers l'arbre le plus proche et s'accroupit derrière.

Son esprit logique, celui-là même qui plaisait tant à Mlle White, la félicita d'avoir choisi une luge verte et pas rouge. Mieux elle se fondrait dans le paysage, plus elle aurait de chances d'en réchapper.

Hannah ne se faisait pourtant guère d'illusions. Sa cachette n'en était pas vraiment une. La luge avait laissé des traces dans la neige. Son agresseuse n'aurait qu'à les suivre. Seule solution : changer de place.

Hannah risqua un œil et le regretta aussitôt. Une balle passa à deux doigts de son nez avant de ricocher sur le tronc. Elle était repérée.

Que faire ? Elle ne pouvait quand même pas attendre passivement que Mlle White descende la colline et l'abatte. Où était Mike ? Dans ce genre de situation, il débarquait toujours à point nommé. Cet homme n'était-il pas doté d'un sixième sens qui l'avertissait chaque fois que Hannah était aux prises avec un dangereux criminel ?

Un nouveau coup de feu la ramena à la triste réalité. Il fallait qu'elle bouge. Tout de suite ! Mais comment ?

Devait-elle ramper dans la neige jusqu'au prochain abri ou courir se cacher derrière un autre sapin en se servant de la luge comme d'un bouclier ?

Il faisait sombre, le ciel était couvert, la neige tombait dru, soulevée par de violentes rafales. Comptant sur la collaboration des éléments, Hannah se jeta à plat ventre et se traîna vers l'arbre suivant.

Arrivée à destination, elle tendit l'oreille en s'efforçant de ne pas respirer. Plus un bruit. Était-elle tirée d'affaire ? Non, il était trop tôt pour crier victoire, songea-t-elle avant de reprendre sa reptation, partant du principe que plus il y aurait d'arbres entre elle et Mlle White, mieux cela vaudrait.

Hannah progressait à reculons pour garder en vue le sommet de la colline. Comme un crabe sur une plage. Elle parvenait à mi-pente lorsqu'un bruit la fit sursauter. Un bruit non pas produit par le vent ou un animal de la forêt, mais par un objet en acier. Quand Hannah leva la tête, Mlle White était là, penchée au-dessus d'elle.

« Bien essayé, dit cette dernière en visant le crâne de sa future victime. Une balle devrait suffire. Je m'en veux de détruire un cerveau aussi brillant, mais je n'ai pas d'autre solution. »

C'en était fini pour elle. Hannah ferma les paupières et attendit que sa vie défile devant ses yeux. Mais au lieu de sa vie ce fut son chat qui lui apparut. Pourvu que Norman et Caresse l'accueillent chez eux après sa mort, espéra-t-elle. Moshe lui manquait déjà. Il n'était pas toujours sage, mais c'était son méchant garçon adoré.

La détonation qui résonna dans l'air glacé faillit lui crever les tympans. Mlle White lui avait troué la cervelle. Elle était morte.

Dans son délire, Hannah perçut un autre bruit, beaucoup plus léger, comme celui d'un corps s'affaissant dans la neige. Puis des pas crissèrent. Si elle était morte, comment pouvait-elle entendre quoi que ce soit ? La musique des anges, à la rigueur. Ou alors elle était encore un peu vivante, spécula-t-elle sans oser ouvrir les yeux.

Deux bras puissants la soulevèrent. Une main lui caressa les cheveux et les plaqua en arrière. Non seulement elle n'était pas morte, mais le contact de ces bras et de cette main lui déclenchait d'agréables frissons dans tout le corps.

« Tout va bien ? demanda Mike en la serrant contre lui.

— Je... crois... que oui. »

Parler constituait un tel effort que les mots mettaient du temps à sortir de sa bouche.

« Tranquillisez-vous. Elle ne fera plus de mal à personne, dit Mike en remontant la colline. Lonnie va sécuriser la scène de crime. Pendant ce temps, je vous conduis à l'hôpital.

— J'ai reçu une balle ? s'affola Hannah.

— Non, mais ces égratignures sur votre visage doivent être soignées. Et il faut vérifier que votre chute n'a pas occasionné de traumatisme. Bref, je veux m'assurer que vous êtes en bonne santé. »

Hannah sourit, même si ses joues lui faisaient mal. Mike s'inquiétait pour elle. C'était trop chou.

« Pourquoi ?

— Parce que vous m'avez fait peur. »

Bonne réponse. Hannah se détendit enfin. Puis, au soulagement d'avoir échappé à la mort, s'ajouta le plaisir de sentir les lèvres de Mike se poser sur les siennes.

« J'espère que vous serez sur pied à temps pour préparer le formidable dîner de réveillon que vous m'avez promis. »

Chapitre 27

L'ambiance était à la fête. Autour de la grande table de bibliothèque prêtée par Marge Beeseman, les invités de Hannah s'adonnaient aux divers excès permis chaque année à la veille de Noël. Les bougies posées au centre faisaient scintiller la nappe dorée fournie par Andrea. Michelle avait aidé à confectionner les petits cartons nominatifs, ainsi que les aumônières contenant chacune une truffe chocolat noir-framboise et une truffe chocolat blanc-abricot, posés derrière chaque assiette. Delores était arrivée de bonne heure pour dresser le couvert et réorganiser le plan de table de telle sorte que Hannah soit coincée entre Mike et Norman. Comme d'habitude.

Des chants de Noël passaient en sourdine sur la chaîne stéréo, la seule chose – avec l'arbre à chat de Moshe – qui n'avait pas changé de place, les autres meubles ayant été dégagés vers les autres pièces.

« Hannah, ton sapin est splendide, dit Michelle en étalant un peu de sauce cocktail aux crevettes sur un cracker.

— Tu as raison, mais... fit Delores avec un léger frisson, ces souris sont trop réalistes pour moi.

— J'en connais un qui les trouve à son goût », sourit Mike en désignant du menton le gros chat qui, tapi sous l'arbre, observait d'un œil féroce les rongeurs en caoutchouc suspendus au-dessus de lui.

Le problème de cohabitation entre Moshe et le sapin de Noël avait été résolu sans qu'on ait eu à enfermer ni l'un ni l'autre. S'étant relayés auprès de Hannah pendant le week-end que cette dernière avait passé chez elle à se remettre de ses blessures physiques et psychologiques, Mike et Norman avaient eu l'occasion d'observer les manœuvres du matou. Après l'avoir pris sur le fait deux ou trois fois, ils optèrent pour des mesures radicales. Retirer le sapin aurait été admettre leur défaite, ce à quoi ils se refusaient. Ils avaient donc fait venir les frères Murphy pour discuter écrous, poulies et leviers, puis s'étaient rendus à la quincaillerie. Le lundi matin, Hannah était retournée au travail et, le soir en rentrant chez elle, avait découvert son arbre protégé contre toute incursion féline.

« Tout est bien qui finit bien, commenta Norman. Vu sous cet angle, il n'est plus tout à fait le même, mais c'était ça ou pas d'arbre du tout. »

Hannah ne pouvait que lui donner raison. Passée la première surprise, elle avait fini par apprécier son sapin inversé, retenu par une poulie à la plus haute poutre de son plafond cathédrale. Mike et Norman avaient pris soin de le redécorer entièrement avec des boules, des guirlandes, des lumières... bref, tout le nécessaire, plus les deux oiseaux survivants de l'arrière-grand-mère Elsa. Et pour éviter à Moshe de se sentir frustré, ils avaient suspendu par des fils de nylon fixés à la pointe de l'arbre – placée à un mètre cinquante du sol – six adorables petites souris en caoutchouc qu'il pouvait faire osciller à son gré sans mettre en péril l'ensemble.

Les convives avaient déjà fait un sort aux palets au fromage, et la sauce cocktail disparaissait rapidement. Il était temps de passer aux choses sérieuses. Hannah se leva et fila dans la cuisine avec, à sa suite, Michelle, Andrea et Tracey.

« Tante Hannah, dis-moi ce que je peux rapporter sans le faire tomber », demanda l'enfant.

Hannah se pencha et serra gentiment sa nièce dans ses bras. « Tu ne feras rien tomber, mon trésor. »

Pour Tracey, ce réveillon était une grande première. Elle avait enfin le droit de participer au service au lieu de rester à table avec Mamie McCann et Bethany.

En entrée, Hannah avait préparé la traditionnelle soupe de courge, accompagnée de persil haché et de crème aigre.

« Ta mère et Michelle apporteront les bols de soupe. Si tu t'occupais de la crème aigre ? proposa Hannah. Tu la présenteras à chaque invité et tu attendras qu'il se serve. Je te suivrai avec le persil.

— Je veux bien. Tu crois que tout le monde prendra de la crème ?

— Grand-mère Delores adore ça. Pareil pour Mike et Norman. Ton père aussi. Et peut-être également Mamie McCann ainsi que...

— Donc tout le monde ! » l'interrompit Tracey, flattée qu'on lui confie une mission aussi importante.

Une fois la soupe servie, Hannah retourna en cuisine pour dresser la suite. Le rôti de porc endiamanté était cuit.

Elle le sortit du four et le posa sur une grille pour qu'il refroidisse un peu avant la découpe. Puis elle choisit une assiette digne de recevoir le gâteau à la gelée d'Andrea. Le démouler serait un jeu d'enfant, supposa-t-elle, puisque sa sœur l'avait transporté dans le coffre de sa Volvo et que les vibrations avaient sûrement fait la moitié du travail.

Elle posa la grande assiette sur le moule Bundt, retourna le tout d'un geste adroit et, pour faire bonne mesure, donna au fond une petite tape qui eut pour effet de décoller la gelée à l'ananas et à la canneberge. Hannah sourit en entendant le bruit révélateur. Sa sœur était vraiment la reine de la gelée, pensa-t-elle en découvrant la chatoyante sculpture comestible.

Venait ensuite la salade carillon de Noël. Hannah l'avait préparée une heure à l'avance et mise au frais. Elle ôta le film alimentaire couvrant le grand saladier et déposa ce dernier sur le comptoir près de la gelée.

Il était temps d'assembler les barquettes de petits pois. L'eau salée frémissait doucement dans la grande casserole. Hannah poussa le feu puis sortit du frigo les « barquettes » confectionnées en évidant des moitiés d'orange. Quand l'eau se mit à bouillir, elle y versa les petits pois surgelés puis appela ses deux sœurs, lesquelles la rejoignirent après avoir confié à Tracey la tâche de rapporter les bols vides.

Michelle et Andrea connaissaient leur rôle par cœur. Pendant que la seconde plantait des petites voiles sur les « barquettes », la première réalisait la sauce aux airelles, à base de confiture d'abricots – faute de confiture d'airelles.

Les petits pois étaient cuits. Hannah les versa dans une passoire, les arrosa d'eau froide pour qu'ils gardent leur couleur, les remit dans la casserole avec du beurre, du sel et du poivre, touilla puis en garnit les frêles esquifs fièrement alignés sur un plat de service.

Les pommes de terre à la scandinave attendaient dans le four. Hannah enfila deux maniques, sortit le plat en grès et le déposa sur le comptoir avec le reste.

« Rôti de porc. Sauce. C'est bientôt fini », annonça-t-elle en s'emparant d'une planche à découper et d'un couteau électrique.

Le rôti de porc était si tendre que la lame s'y enfonçait comme dans une motte de beurre. Hannah en coupa une vingtaine de tranches épaisses de deux centimètres tandis que, de son côté, Michelle versait la sauce dans le pichet que sa sœur aînée préférait à l'habituelle saucière.

« Qu'est-ce que j'emporte, maintenant ? demanda Tracey.

— Les couverts de service, s'il te plaît, mon trésor. » Hannah rassembla les fourchettes à viande, les grandes cuillères à sauce et la pelle à tarte qu'elle utiliserait pour couper le gâteau à la gelée d'Andrea et déposa le tout dans une corbeille en osier. « Tu n'auras qu'à nous suivre jusqu'à la table. Ensuite, nous prendrons le relais. » Elle se retourna vers le comptoir et fronça les sourcils. « Il manque quelque chose, mais je ne vois pas quoi.

— Le pain ? proposa Tracey. Tu fais toujours des jolis petits pains !

— Bien observé ! la félicita sa tante en allant chercher le panier doublé d'une serviette à carreaux où reposaient les scones à la canneberge qu'elle avait sortis du four peu avant que ses invités arrivent. Prêtes ? »

Hannah attendit que ses aides cuisinières répondent « prêtes » dans un chœur parfait pour prendre la tête du cortège, direction le salon. Quelques secondes plus tard, les différents plats garnissaient la table de fête.

Comme elle n'avait plus rien à faire jusqu'au moment du dessert, Hannah s'installa à sa place, bien déterminée à profiter des fruits de son labeur.

Dix minutes passèrent dans un profond silence entrecoupé d'onomatopées censées traduire le degré de satisfaction des convives. Puis, quand les estomacs eurent cessé de crier famine, la conversation momentanément interrompue reprit de plus belle.

« Vous savez ce que Nancy compte faire de l'argent de Larry ? démarra Delores.

— Qui est Nancy ? demanda Michelle.

— Le Dr Love. C'est elle la veuve, et donc l'unique héritière. »

Mike parut intéressé.

« Non, je n'ai rien entendu à ce sujet.

— Moi non plus, dit Carrie, qui maniait sa fourchette avec la main gauche parce que la droite était glissée dans celle d'Earl.

— Elle va rembourser les victimes de Larry.

— Ça suffira ? s'écria Michelle, incrédule.

— Largement. En classant les papiers de Larry, Nancy et Courtney ont trouvé la liste des personnes qui avaient investi dans chacun de ses commerces.

— Ton nom y figure, Earl ? voulut savoir Delores.

— Non. Le soir où Hannah m'a vu entrer dans la caravane, j'étais venu seulement pour discuter. Larry voulait ouvrir un spa à Duluth et cherchait des associés. Je lui ai posé quelques questions sur le financement, mais ses réponses ne m'ont pas convaincu. Alors je l'ai planté là.

— Tu as bien fait, roucoula Carrie.

— Je saute du coq à l'âne, intervint Michelle en posant sa fourchette, mais j'ai une bonne nouvelle à vous annoncer. Qui a vu le DVD que nous avons réalisé sur ma prestation dans les Christmas Follies ?

— Moi ! dit Hannah qui, trop occupée à se faire tirer dessus dans les bois, avait complètement raté le spectacle mais s'était rattrapée en découvrant le numéro de sa sœur en vidéo.

— Un gros producteur new-yorkais l'a vu, lui aussi. Et ça lui a plu. Il nous a demandé de lui présenter deux autres morceaux, en direct cette fois.

— Tu veux dire... à New York ? articula Delores, frémissante d'excitation.

— Oui, maman. Nous partons lundi. L'audition se déroulera dans son théâtre.

— Mais que feras-tu si jamais il t'engage ? demanda Andrea, inquiète. Tu t'installerais là-bas ?

— Ne te mets pas la rate au court-bouillon, sœurette, s'esclaffa Michelle. Qui voudrait d'une petite étudiante inconnue ? »

La conversation rebondit sur d'autres sujets, mais personne ne semblait décidé à évoquer la mort de Mlle White. On sentait comme une gêne autour de ce tragique événement, même si Mike n'avait pas l'air affecté par le fait d'avoir tué la prof de gestion – mais, après tout, c'était de la légitime défense.

Vint le moment où chacun reposa ses couverts et s'affaissa sur sa chaise d'un air repu. Comme mues par le même ressort, les trois sœurs se levèrent pour débarrasser.

Le café était prêt, grâce à Hannah qui avait pensé à allumer la cafetière quelques minutes auparavant. Elle le versa dans un joli pot en porcelaine qui rejoignit les tasses, les cuillères et le sucre sur un plateau. Andrea ajouta le pichet de crème et transporta le tout sur la table pendant que sa sœur aînée, après avoir lancé une deuxième tournée, rinçait les assiettes que Michelle glissait dans le lave-vaisselle au fur et à mesure.

À son retour, Andrea rassembla les restes du repas et les mit au frigo.

« C'est fait, dit-elle en passant un coup d'éponge sur le comptoir.

— Dans ce cas, on passe au dessert. » Hannah tendit un bol de crème à chacune de ses assistantes puis ajouta, en les poussant gentiment hors de la cuisine : « Allez donc vous asseoir. J'en ai pour deux minutes.

— Tracey attend ton signal près de l'interrupteur, l'informa Andrea. Par précaution, elle a inscrit le mot de passe au feutre sur son bras.

— Oups. Ce n'est pas un feutre indélébile, j'espère, dit Michelle.

— De toute façon, ça finira par disparaître. »

Quand elle fut de nouveau seule dans sa cuisine, Hannah sortit la bouteille de cognac qu'elle avait achetée pour l'occasion, en versa un doigt au fond d'une petite casserole, mit à chauffer et alla jeter un œil sur son plum-pudding du Minnesota. Ce qu'elle vit sous le couvercle la remplit d'aise. Son dessert promettait d'être mémorable.

Le cognac arrivait à la bonne température, comme en attestaient les filets de vapeur qui s'élevaient de la casserole, quand la sonnette retentit à la porte d'entrée. L'invité de Michelle était pile à l'heure. Cette dernière cria qu'elle allait ouvrir.

Hannah arrosa délicatement son plum-pudding, saisit l'allume-gaz et fit jaillir une étincelle. Dès que l'alcool s'enflamma, elle promena l'allume-gaz à la surface de manière à obtenir une belle flamme circulaire. À présent, c'était à Tracey de jouer.

« Le clou du spectacle ! » lança Hannah en poussant la porte de la cuisine. Ayant reconnu le mot de passe, Tracey éteignit toutes les lumières.

Grâce à la lueur diffusée par les guirlandes du sapin, Hannah atteignit la table sans encombre. De ses invités, elle ne discernait que les silhouettes. Lorsqu'elle déposa son chef-d'œuvre au centre de la nappe, tout le monde se leva pour applaudir.

« Bravo ! Il est superbe ! » déclara une voix grave qu'elle reconnut sur-le-champ.

C'était la voix qui, trois ans auparavant, avait murmuré des mots doux à son oreille et juré de l'aimer jusqu'à la fin de ses jours. Comme un automate, Hannah tourna la tête vers l'ami de Michelle et, tandis que le cognac finissait de se consumer, ses yeux croisèrent ceux de Bradford Ramsey.

Sauce cocktail aux crevettes

Note de Hannah : cette sauce se déguste froide sur des crackers.

225 g de fromage à la crème ramolli
½ tasse de mayonnaise
¼ tasse de sauce chili
1 cuillerée à soupe de raifort
⅛ cuillerée à thé de poivre
6 cébettes
2 tasses de crevettes cuites décortiquées*
sel

Mélanger la mayonnaise et le fromage à la crème. Ajouter la sauce chili, le raifort et le poivre. Tourner jusqu'à obtenir une matière homogène.

Nettoyer les cébettes, couper les racines et les feuilles (à 3 cm au-dessus du bulbe). Les émincer aussi finement que possible et les ajouter à la sauce. Mélanger.

*** Il est conseillé d'utiliser des crevettes congelées (une fois décongelées, les sécher avec une feuille d'essuie-tout). Si l'on opte pour des crevettes en conserve, tenir compte du fait qu'elles sont plus salées.**

Couper les crevettes en petits morceaux avec un couteau bien aiguisé ou un mixeur muni d'une lame en acier (deux coups brefs suffisent).

Incorporer les crevettes à la sauce. Goûter et, si besoin, saler.

Laisser au frigo dans un bol couvert pendant au moins 4 heures. Si l'on prévoit de servir la sauce au dîner, il vaut mieux la préparer le matin.

Rendement : environ 3 tasses.

Soupe de Noël à la courge

600 g de purée de courge congelée
½ tasse d'oignons hachés
2 cuillerées à thé de bouillon de poulet en poudre ou deux cubes*
2 tasses de crème épaisse
¼ cuillerée à thé de poivre
225 g de fromage à la crème ramolli (au micro-ondes pendant une minute)
crème aigre et/ou persil pour la garniture

Note de Hannah : si le blender est trop petit, mixer la moitié des ingrédients puis l'autre.

Cuire la purée de courge selon les indications figurant sur l'emballage. Égoutter avant de verser dans le blender.

Ajouter les oignons hachés, le bouillon de poulet et la crème.

Mixer jusqu'à obtenir un mélange parfaitement homogène (veiller à ce que les oignons soient réduits en purée).

*** Plonger les cubes dans une petite quantité d'eau chaude et les faire fondre en les écrasant avant de les mettre dans le blender.**

Ajouter le poivre et le fromage à la crème, mixer puis verser la préparation dans la marmite.

Après un dernier tour de cuillère, vérifier l'assaisonnement. S'il manque du sel, rajouter plutôt une cuillerée à thé de bouillon de poulet ou un cube. Si la soupe est trop claire, on peut l'enrichir avec ½ plaquette de beurre coupée en petits morceaux.

Cuire à feu très doux pendant 4 heures (ou plus, si les invités sont en retard).

Avant de servir, vérifier à nouveau l'assaisonnement. Quand les bols sont remplis, garnir avec une cuillerée de crème aigre et/ou une pincée de persil frais haché.

Rendement : environ 6 tasses.

Note de Hannah : si la soupe est trop épaisse, on peut la délayer avec du bouillon de poule.

Gelée à l'ananas et à la canneberge

Un sachet de gelée instantanée à la framboise (170 g)
1 ¾ tasse d'eau bouillante
450 g de gelée de canneberge en conserve
225 g d'ananas en morceaux (ne pas égoutter)
¾ tasse de jus d'orange
1 cuillerée à thé de jus de citron (fraîchement pressé, de préférence)
½ tasse de noix hachées

Dissoudre la poudre de framboise dans l'eau bouillante. Tourner au moins 30 secondes jusqu'à ce qu'elle soit parfaitement dissoute.

Verser la gelée de canneberge. Bien mélanger.

Ajouter les morceaux d'ananas (avec le sirop), le jus d'orange, le jus de citron et les noix hachées. Mélanger.

Verser dans un moule à savarin.

Mettre au frigo et laisser au moins 4 heures. La veille pour le lendemain, c'est encore mieux.

Rendement : 4 à 6 parts.

Note de Hannah : Andrea tient cette recette de Sally Hayes.

Salade carillon de Noël

1 gros poivron rouge (nettoyé, épépiné et coupé en fines lamelles)
1 gros poivron jaune (nettoyé, épépiné et coupé en fines lamelles)
1 gros poivron vert (nettoyé, épépiné et coupé en fines lamelles)
6 oignons verts (nettoyés et émincés)
¼ tasse de persil fraîchement haché
4 tasses d'épinards frais (ou congelés)
½ tasse de raisins de Smyrne
½ tasse de noix hachées

2 cuillerées à soupe de vinaigre de framboise (ou de vin rouge)
¼ tasse d'huile d'olive extra-vierge
¼ tasse de sucre blanc
poivre noir fraîchement moulu
¼ cuillerée à thé de sel

Note de Hannah : faute de poivrons frais, on peut prendre des lamelles de poivrons congelés (respecter les trois couleurs). Les laisser décongeler au frigo toute la nuit puis éponger les lamelles avec de l'essuie-tout.

Dans un grand saladier, mélanger les lamelles de poivrons, les oignons, le persil et les épinards. Ajouter les raisins et les noix. Malaxer.

Dans un petit bol, mélanger le vinaigre, l'huile d'olive, le sucre, le poivre et le sel.

On peut dresser la salade et la laisser au frais pendant une heure ou bien servir immédiatement.

Rendement : 3 à 4 parts.

Rôti de porc endiamanté

5 livres de filet de porc
1 livre de fruits secs mélangés*
3 cuillerées à soupe de beurre
3 cuillerées à soupe d'huile d'olive vierge
sel
poivre noir fraîchement moulu
1 tasse de vin blanc
1 tasse de crème épaisse
lait

Couper le rôti en deux morceaux de 20 cm maximum. Dresser le premier à la verticale et le percer avec une broche sur toute sa longueur, comme une saucisse géante.

Remuer la broche de manière à élargir le trou. Pour faciliter l'opération, on peut enfiler une deuxième broche.

*** J'ai choisi un mélange à base de pruneaux, de pêches, de poires, de pommes et d'abricots séchés. Je ne suis pas fan des pruneaux, mais je reconnais qu'ils se marient bien avec le rôti de porc !**

Quand le trou est assez large, retirer les broches et les remplacer par le manche d'une cuillère en bois. Remuer jusqu'à obtenir un trou de 2 cm de diamètre (on doit pouvoir y enfoncer le doigt).

Étaler les fruits secs sur une feuille de papier sulfurisé. Vérifier que les pruneaux soient dénoyautés puis fourrer le rôti de porc de la manière suivante : avec le manche de la cuillère, enfoncer un pruneau jusqu'à la moitié du rôti, poursuivre avec un abricot, puis une pêche, puis une poire, et finir par deux tranches de pomme.

Prendre le demi-rôti par l'autre bout et le remplir de la même manière, toujours en alternant les couleurs. Plus il y aura de fruits, meilleur ce sera. Refermer les orifices avec un pic en métal ou du fil et une aiguille. (Moi qui aime vivre dangereusement, j'ai tout laissé ouvert mais j'ai été très prudente en retournant mes rôtis dans la cocotte.)

Répéter l'opération avec l'autre moitié de la viande.

Dans une grande cocotte, mettre le beurre et l'huile à chauffer. Poser les filets et cuire à feu vif en les retournant avec des pinces pour que toute la surface soit bien dorée. Saler, poivrer.

Choisir un plat à four assez large et profond pour recevoir à la fois la viande et la sauce.

Verser le vin blanc et la crème. Poser les rôtis dans le plat. Si leurs extrémités ne sont pas fermées, les pousser contre les bords du plat pour empêcher les fruits de sortir pendant la cuisson.

Verser le lait de telle sorte que le liquide arrive à la moitié des rôtis.

Étaler une grande feuille d'aluminium sur le plat en la rabattant sur les côtés. Cuire à 175 °C pendant 2 heures ou jusqu'à ce que la viande soit assez tendre pour qu'on y enfonce facilement la pointe d'un couteau.

Sortir le plat du four. Enlever la feuille d'aluminium en prenant garde à la vapeur qui se dégage. Poser les rôtis sur une planche à découper et les laisser reposer au moins 10 minutes, protégés par la feuille d'aluminium.

Jeter le liquide qui reste dans le plat. Il ne sert plus à rien.

Avec un couteau bien aiguisé couper les extrémités des rôtis puis faire des tranches de 2 cm d'épaisseur. Disposer harmonieusement sur un plat de service.

Rendement : 6 à 8 personnes.

Sauce aux airelles (ou à l'abricot s'il n'y a pas d'airelles)

À cause de son mode de cuisson, le rôti de porc endiamanté ne produit pas le bon jus de viande nécessaire à la réalisation de la sauce destinée à l'accompagner. Voici une solution de remplacement.

Note de Hannah : pour sa sauce aux airelles, ma grand-mère utilisait exclusivement de la confiture d'airelles. Mais on peut très bien la remplacer par de la confiture d'abricot, de la gelée de framboise ou de mûre, voire de la gelée de pomme.

3 sachets de fond de porc (chaque sachet produit une tasse de sauce) + 1 en dépannage
½ tasse de confiture d'airelles (ou l'équivalent)

Avec les 3 sachets, réaliser un fond de sauce en suivant les indications figurant sur l'emballage. Ajouter ½ tasse de confiture d'airelles (ou l'équivalent).

Si la confiture rend la sauce trop liquide, ajouter le quatrième sachet.

Pommes de terre à la scandinave

12 grosses pommes de terre à chair tendre
2 cuillerées à soupe de beurre ramolli (¼ plaquette)
8 cuillerées à soupe de beurre salé fondu (1 plaquette, ¼ livre)
1 cuillerée à thé de sel
Quelques gouttes de jus de citron
2 cuillerées à soupe de basilic séché
1 cuillerée à thé de paprika
4 cuillerées à soupe de chapelure
8 cuillerées à soupe de beurre salé froid (1 plaquette, ¼ livre)

Prendre un récipient assez large pour contenir toutes les pommes de terre. Le remplir d'eau froide. Ajouter une cuillerée à thé de sel et quelques gouttes de jus de citron.

Peler une première pomme de terre, la rincer et la poser dans une grande cuillère de service, elle-même posée sur un torchon (s'assurer qu'elle ne bascule pas). Les droitiers tourneront le manche vers la gauche, les gauchers vers la droite. Couper en laissant un bon centimètre aux extrémités. Les tranches doivent être bien fines. Grâce à la cuillère, la lame du couteau n'ira pas jusqu'au bout et la pomme de terre ne sera que partiellement tranchée. Immerger cette dernière dans l'eau froide pour éviter qu'elle brunisse et passer à la suivante.

Note de Hannah : on peut couper les pommes de terre à l'avance, si on les conserve au frigo dans de l'eau froide et salée.

Si jamais la lame va trop loin, pas d'inquiétude. Il suffira de serrer les deux parties dans le plat à four et on n'y verra que du feu.

Une heure et dix minutes avant de servir, préchauffer le four à 220 °C, la grille en position médiane.

Choisir un plat assez large pour pouvoir y déposer toutes les pommes de terre en une seule couche. Au besoin, prendre deux plats. Beurrer.

Sortir les pommes de terre de l'eau, les éponger avec de l'essuie-tout et les disposer dans le ou les plats, partie tranchée au-dessus, en une seule couche.

Les arroser délicatement de beurre fondu. Saler. Saupoudrer de basilic séché et de paprika.

Cuire à 220 °C sans couvrir pendant 30 minutes.

Sortir les pommes de terre sans éteindre le four. Répandre la chapelure.

Faire fondre le beurre salé froid dans une casserole. Verser sur la couche de chapelure.

Remettre au four sans couvrir et laisser encore 25 minutes.

Piquer les pommes de terre avec une fourchette pour s'assurer qu'elles sont cuites. Si tel est le cas, les sortir et laisser reposer au moins cinq minutes avant de servir.

Rendement : 8 à 10 personnes.

On peut diviser cette recette par deux. Ou la multiplier par deux si Mike fait partie des invités. Le soir du réveillon, il mange comme trois.

Scones à la canneberge

Préchauffer le four à 220 °C,
la grille en position médiane.

3 tasses de farine ordinaire
2 cuillerées à soupe de sucre blanc (semoule)
2 cuillerées à thé de crème de tartre (important)
1 cuillerée à thé de levure chimique
1 cuillerée à thé de bicarbonate de soude
½ cuillerée à thé de sel
½ tasse de beurre salé ramolli (1 plaquette, ¼ livre)

2 gros œufs battus (à la fourchette dans un verre)
1 tasse de yaourt nature (250 g)
1 tasse de canneberge séchée et sucrée
½ tasse de lait entier

Dans un bol de taille moyenne mélanger la farine, le sucre, la crème de tartre, la levure chimique, le bicarbonate de soude et le sel. Couper le beurre salé comme pour confectionner une pâte à tarte et l'incorporer.

Note de Hannah : on peut également réaliser cette première étape en se servant d'un mixeur. Dans ce cas, le beurre salé doit être froid, coupé en huit morceaux et mélangé aux ingrédients secs. Mixer avec la lame en acier jusqu'à obtenir une matière ayant la consistance de la farine de maïs. Transférer dans un bol de taille moyenne et passer à la deuxième étape.

Mélanger les œufs battus et le yaourt nature puis incorporer les canneberges séchées et sucrées.

Verser le lait tout en remuant.

Déposer 12 cuillerées à soupe de pâte sur une plaque à pâtisserie préalablement enduite de matière grasse ou recouverte d'une feuille de papier sulfurisé.

Avec des doigts mouillés, les modeler pour leur donner une forme ronde.

Cuire à 220 °C pendant 12 à 14 minutes ou jusqu'à ce que les scones commencent à prendre une belle couleur dorée.

Laisser refroidir cinq bonnes minutes sur la plaque avant de les décoller à l'aide d'une spatule. Pour qu'ils restent à bonne température, servir dans un panier doublé d'une serviette.

Rendement : 12 grands scones.

Petites barques de petits pois

½ orange par personne
1 livre de petits pois congelés (ou 1 kg, en fonction du nombre d'invités)
Beurre
Sel
Poivre
Miettes de bacon
Petits triangles de papier coloré pour les voiles
Cure-dents

Couper les oranges en deux et retirer la pulpe avec une cuillère. Pour que les « barques » ne roulent pas sur le plat de service, trancher légèrement l'écorce au niveau de la « quille ».

Cette opération peut se faire la veille à condition de conserver les écorces d'orange au frigo dans un sac plastique.

Cuire les petits pois en suivant les indications figurant sur l'emballage. Égoutter, saler, poivrer, beurrer.

Poser les barques sur un plat. Fixer les petites voiles en papier coloré sur les cure-dents et enfoncer les « mâts » dans la peau blanche de l'orange, de façon qu'ils restent bien droits.

Garnir avec les petits pois, saupoudrer de miettes de bacon et servir.

Index des recettes

Conversion des volumes

États-Unis	**France**
½ cuillerée à thé	2 millilitres
1 cuillerée à thé	5 millilitres
1 cuillerée à soupe	15 millilitres
¼ tasse	50 millilitres
⅓ tasse	75 millilitres
½ tasse	125 millilitres
¾ tasse	175 millilitres
1 tasse	250 millilitres

(NB : les quantités prévues dans les différentes recettes sont généreuses !)

Imprimé en Espagne par Liberdúplex
en octobre 2024